CW01472259

KNAUR⭐

Christmas Dreams and Winter Kisses

24 romantische Storys für eine
zauberhafte Weihnachtszeit

KNAUR

Besuchen Sie uns im Internet:
www.droemer-knaur.de

FSC
www.fsc.org
MIX
Papier | Fördert
gute Waldnutzung
FSC® C083411

Originalausgabe September 2024
© 2024 Knaur Verlag
Ein Imprint der Verlagsgruppe
Droemer Knaur GmbH & Co. KG, München
Alle Rechte vorbehalten. Das Werk darf – auch teilweise –
nur mit Genehmigung des Verlags wiedergegeben werden.
Die Nutzung unserer Werke für Text- und Data-Mining
im Sinne von § 44b UrhG behalten wir uns explizit vor.
Redaktion: Franziska Tometschek (Geschichten 1, 4, 8, 9,
14, 18, 19, 20, 23) und inhouse
Covergestaltung: ZERO Werbeagentur, München
Coverabbildung: Collage unter Verwendung von Shutterstock.com
Alle Illustrationen im Innenteil von Megumi Maria Loy,
außer Christbaumkugeln, Zweige, Kranz von
Aleksandra Kholodova / Shutterstock.com und Kreise
und Sprenkel von Rusakova Halina / Shutterstock.com
Satz und Layout: Adobe InDesign im Verlag
Druck und Bindung: CPI books GmbH, Leck
ISBN 978-3-426-29370-6

2 4 5 3 1

1 Ada Bailey, The Chemistry of Christmas 7

2 Laura Labas, Frostzauber 23

3 Lin Rina, Apfel-Zimt-Waffeln zum Frühstück 39

4 Julia Hausburg, Ein unerwarteter Fund zu
Weihnachten 55

5 Nina Bilinszki, The Butterfly Effect 69

6 Beril Kehribar, Spieglein, Spieglein … 85

7 Kristin MacIver, In der Weihnachtsdekorei 103

8 Jennifer Wiley, No Christmas Cake Without You 119

9 Lea Kaib, Der Klang von Eis 135

10 Antonia Wesseling, Das Glück liegt auf der Straße 151

11 Regina Meissner, Herzen im Duell 167

12 Andreas Dutter, Christmas Motel for one Night 181

13 Sophie Bichon, Schneeflockennächte 197

14 Nica Stevens, Zeit der Sehnsucht 213

15 Sarah Saxx, Apfelpunsch und Zuckerkuss 229

16 Inka Lindberg, Eisblau ist eine warme Farbe 245

17 Maike Voß, Until Forever 261

18 Valentina Fast, Ein Date zu Weihnachten 277

19 Julia Niederstraßer, Christmas Makes the Heart
Grow Fonder 293

20 Basma Hallak, Food Wars –Second Meal for love 309

21 Noah Stoffers, Flammenzungen und Sternenstaub 325

22 Justine Pust, Eisprinzessin 341

23 Christian Handel, Drei Herzen 353

24 Janine Ukena, Winterherz 369

1

ADA BAILEY

The Chemistry
of Christmas

Ada Bailey wurde 1996 in einem Ort an der Nordseeküste geboren und kann einfach nicht ohne das Meer, weshalb sie auch heute noch dort wohnt. Neben dem Lesen, Schreiben und Gaming bestimmen Kreativität und Reiselust ihr Leben, weshalb selten Langeweile aufkommt. Auf Social Media ist sie nicht nur unter adas.worlds, sondern auch als Teil des Mystery-Podcast *Scarytales* zu finden.

Ich, Libby Anders, bin ein Grinch. Woran man das merkt? Ich liebe es, jede freie Minute der Vorweihnachtszeit im Labor zu verbringen, während alle anderen Geschenke kaufen und miese Romcoms inhalieren. Auch jetzt ist die Stille der sonst belebten Forschungseinrichtung ein Segen. Das einzige Geräusch, das ich wahrnehme, ist das Quietschen meiner Sneaker auf dem grauen Linoleumboden des Laborflurs. Zumindest bis ausgerechnet Connor Riley, der gerade mit einem 3-D-Drucker hantiert, durch die geöffnete Glastür eines Raumes zu mir aufsieht. Lange habe ich geglaubt, mein Collegejob als Maskottchen eines Hotdogladens wäre der Tiefpunkt in meinem Leben gewesen. Doch da kannte ich Mr Sexiest Chemist Alive noch nicht. Seitdem ich mit ihm arbeiten muss, fühlt sich jeder Tag nach dem graphisch dargestellten Minimum einer Funktionsgleichung an. Woran das liegt? Nun, er tut auf charmant, nur um einem am Ende einen mit Informationen gefüllten Besserwisser-Dolch in den Rücken zu rammen.

»Falls du den Drucker verwenden willst, der ist besetzt. Geh dir doch einen Kaffee holen. Ich sag Bescheid, wenn ich durch bin.«

Ich beuge mich zur Seite, um einen Blick an ihm vorbei auf den Druck zu werfen, doch ich erkenne nichts. »Nein danke. Zu viel Koffein schadet dem Herzen«, antworte ich gewollt beiläufig.

»Ich wünschte, ich wäre so vernünftig wie du, aber ich

bin süchtig«, erwidert Connor seufzend und zieht meine Aufmerksamkeit damit wieder auf sich.

Ich versuche, die Augen nicht über seine vermutlich einzige Schwäche zu verdrehen, aber es gelingt mir nicht. »Oh, ich denke, darum brauchst du dir keine Sorgen zu machen. Es kann schließlich nichts beschädigt werden, was gar nicht existiert.« Mit Sicherheit könnte er mich dafür feuern lassen, aber das würde er nicht tun. Dafür genießt er unsere Schlagabtausche einen Hauch zu sehr. Zu meinem Bedauern geht es mir ähnlich. Ein Rivale kann so erfrischend motivierend sein.

»Wahrscheinlich hast du recht, denn wenn ich ein Herz hätte, wäre ich jetzt sicher gekränkt.«

Ich hebe eine Augenbraue. »Seit wann kannst du denn Selbstironie?«

»Schön, dass es dir auffällt. Ich habe letzte Woche einen Kurs besucht, damit ich es in Zukunft besser mit dir aufnehmen kann.«

»Ach, wirklich? Das wäre dann sicher die erste wirklich beeindruckende Leistung in deinem Lebenslauf«, antworte ich ironisch, wohl wissend um seinen Caltech-Abschluss.

Connor lehnt sich an die Glastür vor dem 3-D-Drucker, wobei das Lächeln auf seinen schmalen Lippen von Sekunde zu Sekunde breiter wird. »Da bin ich sicher. Du solltest in Erwägung ziehen, den Kurs auch zu besuchen, dann sind deine Konter in Zukunft vielleicht weniger vorhersehbar.«

Unsere Blicke kreuzen sich einen Moment zu lange, weshalb ich mein Sichtfeld nach unten verlagere. Weg von den huskyblauen Augen und der naturroten GQ-Männermodel-Frisur. Böser Fehler. Denn jetzt sehe ich sein Stockfoto-Gesicht zwar nicht mehr, dafür aber den Stockfoto-Oberkörper, der unter seinem weißen Laborkittel ein grünes Hemd trägt. Ich hasse mich dafür, dass ich mir für den Bruchteil eines Augenblickes vorstelle, er würde es aufknöpfen und ausziehen. Jeder, der einem gegen Nervosität dazu rät, sich Menschen nackt vorzustellen, ist ein verdammter Sadist.

»Ist alles in Ordnung, Libby?« Automatisch schwingt mein Blick zurück nach oben. Er sieht mich nicht besorgt an, sondern so, als wüsste er genau, was mir gerade durch den Kopf geht.

»Klar, abgesehen davon, dass ich hier mit di…« Wie durch ein Wunder ertönt, gerade als ich etwas furchtbar Dummes sagen will, mein Klingelton. Ich versuche, ihn zu ignorieren, doch Connor lässt mich nicht. Er lehnt sich vor und zieht mein Smartphone aus dem Laborkittel. Ich rechne damit, dass er auflegt, doch stattdessen nimmt er den Anruf an. Mein Körper verfällt in eine opossumähnliche Schockstarre.

»Hallo, hier ist Connor. Libby kann gerade nicht ans Telefon kommen. Kann ich etwas ausrichten?« Ich überlege, ihm das Telefon aus der Hand zu reißen, doch ich kann mich nicht bewegen. »Oh, interessant. Eine Tausend-Dollar-Wette darüber, ob Libby Single ist?« Sein Mundwinkel zuckt amüsiert. »Oh nein, sie wird nicht allein kommen. Gerade eben erst hat sie mich gefragt, ob ich sie Weihnachten begleite. Ich freue mich darauf, die Familie meiner Zuckermaus endlich kennenzulernen.« Er zwinkert mir zu, und ich sehe ihn verwirrt an. Was zum Teufel?

»Richte ich aus. Dann bis die Tage! Liebe Grüße und schon mal frohe Weihnachten!« ist das Letzte, was Connor in den Hörer säuselt, bevor er mir das Smartphone mit einem »Gern geschehen« zurück in den Kittel steckt.

»Was genau war das?«

Eine rote Locke fällt ihm in die Stirn, als er die Arme vor der Brust verschränkt. »Deine Schwägerin Carla. Sie wollte wissen, ob du ein Date mitbringst. Dein Dad hat offenbar noch Hoffnung, aber dein Bruder? Puuuhhh.«

Um meinen Beziehungsstatus zu wetten, sieht Will ähnlich, aber dass Dad sich darauf eingelassen hat, bedeutet, dass seine Sorge ein neues Level erreicht hat. Während der Feiertage sehe ich jedes Mal die Befürchtung in den Augen meiner Familie, ich könnte irgendwann allein in einer Wohnung voller Katzen sterben. Als ob das so schlecht wäre. »Und da dachtest du, es wäre klug, sich einzumischen, um was genau zu bewirken?«

Connor grinst. »Ist das nicht offensichtlich?«

»Nein, sonst würde ich nicht fragen.«

»Ich hatte dich für klüger gehalten, Libby Anders«, haucht er verführerisch, um mich zu provozieren. Bevor ich darauf reagieren kann, schiebt er sich an mir vorbei auf den Flur, Richtung Fahrstuhl. Sein Modell hält er dabei so, dass ich noch immer keinen Blick darauf erhaschen kann.

Diesen Mann an Weihnachten mit nach Hause zu nehmen, würde für Fragen sorgen. Andererseits wären diese kalkulierbar. *Wie habt ihr euch wo und wann kennengelernt?* Das ganze Blabla, das nichts aussagt und dennoch alle zufriedenstellt. Schon allein zu sehen, wie mein Bruder tausend Dollar verliert, könnte es wert sein, Connors Anwesenheit ein paar weitere Tage zu ertragen. Will würde sich nie wieder etwas Derartiges erlauben.

»Angenommen, ich nehme dich mit … Was willst du dafür? Mein Erstgeborenes?«, rufe ich ihm hinterher.

Er bleibt eine Sekunde lang stehen. »Verlockend, aber nein. Fällt es dir so schwer zu glauben, ich könnte dir aus purer Freundlichkeit helfen?«

»Ja, definitiv.«

Connor schüttelt den Kopf. Als er in den offenen Fahrstuhl am Ende der Forschungsabteilung steigt, dreht er sich ein letztes Mal zu mir um. »Es ist Weihnachten, Libby. Manche Menschen versuchen da alles, was sie übers Jahr verbockt haben, mit einer guten Tat zu relativieren. Selbst die Herzlosesten unter ihnen.«

Die Fahrstuhltüren schließen sich. Dieses Mal bin ich wirklich die Einzige, die auf der Etage zurückbleibt. Connor Riley ist ein beschissenes Mysterium, aber so wie es aussieht, brauche ich ihn, um meiner Familie eine Lektion zu erteilen. Das kann ja was werden.

»Okay, bist du bereit?«, frage ich, während ich mir nervös auf die Oberschenkel klopfe. Ich sitze auf dem Beifahrersitz des Mannes, den ich meiner Familie gleich als meinen neuen Freund vorstellen werde, obwohl wir einander nicht leiden können. Das schlechte Gewissen, das sich in den letzten Tagen in meinem Kopf manifestiert hat, wächst gerade ins Unermessliche.

»Wir haben uns auf der Arbeit kennengelernt, und unser erstes Date war bei einem *Star Wars*-Kino-Marathon«, rattert Connor herunter, während er seinen Peugeot hinter dem Van meines Dads parkt.

»Richtig. Danach hast du mich nach Hause gefahren und nicht geküsst, weil du ein Gentleman bist.«

Connor grinst unanständig. »In der Realität hätte ich das sicher so nicht getan, aber das hier ist deine Lüge.«

»Stimmt, und du bist mein Werkzeug, also mime gefälligst den Gentleman.«

»Oh ja, benutz mich!«, stöhnt er gespielt beim Anziehen der Handbremse.

Aus Reflex boxe ich ihm in die Seite. »Benimm dich.«

»Da drinnen werde ich es tun, hier draußen genieße ich

noch für einen Moment deine Verzweiflung. Du bist heiß, wenn du verzweifelt bist.« Er weiß genau, wie er einem das Blut in die Wangen treibt. Bevor er sehen kann, wie gut es ihm gelingt, drücke ich die Autotür auf. Draußen habe ich wenigstens die Möglichkeit, die Rotfärbung meines Gesichts auf die Dezemberkälte zu schieben.

Gemeinsam machen wir uns auf den Weg zur Eingangstür meines Elternhauses. Die dünne Schneedecke knirscht unter unseren Schuhen und sorgt für das erste bisschen Weihnachtsstimmung. Tief in meinem Inneren bin ich froh, dass Connor hier ist, auch wenn ich das niemals zugeben würde. Schweigend drücke ich die Klingel. Der weihnachtliche Kranz wackelt, als die Haustür aufschwingt und meine Eltern uns in aufeinander abgestimmten Weihnachtspullovern anstrahlen. Ich bin mir sicher, dass sie hinter der Tür gelauert haben wie Hyänen, weil sie nicht glauben konnten, dass ausgerechnet ihr ewiges-Single-Grinch-Kind jemanden über die Feiertage mitbringt. Manchmal wünschte ich mir, sie würden mich weniger gut kennen.

Dad klatscht überraschend euphorisch in die Hände, bevor er erst mich und dann Connor in eine Umarmung zieht. »Da seid ihr ja endlich!« Normalerweise gehört er eher zu der ruhigen, beobachtenden Sorte Vater, doch heute gewinnt er tausend Dollar.

»Das Essen steht schon auf dem Tisch. Wir freuen uns so, dich kennenzulernen, Connor«, begrüßt Mom meine Begleitung, bevor auch sie uns kurz in die Arme schließt. Wir streifen die Jacken ab und folgen meinen Eltern ins Esszimmer, wo Will und Carla bereits auf uns warten. Bunt blinkende Lichterketten, selbst gebastelte Strohengel und Mistelzweige schmücken nicht nur den Weihnachtsbaum. Es sieht aus, als wäre ein Hersteller kitschiger

Weihnachtsdekorationen hier explodiert und meine Eltern hätten das einfach so hingenommen. Bevor Connor sich setzt, reicht er meinem Bruder und seiner Frau die Hand.

»Es freut mich. Libby hat schon viel von euch erzählt.«

»Ach, wirklich? Von dir hat sie gar nicht erzählt«, entgegnet Will etwas grimmiger, als ich es sonst von ihm gewohnt bin. Das kleine bisschen Schadenfreude, das ich empfinde, zeigt mir, wofür ich das hier tue.

»Komm schon, William! Freu dich doch für deine Schwester. Es ist Weihnachten, du alter Miesepeter«, tadelt ihn Carla liebevoll. Mein Blick heftet sich an Connor, der seine Rolle spielt, als hätte ich sie ihm auf den Leib geschneidert.

»Ich weiß. Ich habe sie darum gebeten. In der Vergangenheit hatte ich nicht viel Glück in der Liebe. Da warte ich immer erst mal, ob sich wirklich etwas Ernsteres entwickelt.«

»Na, wenn das so ist, herzlich willkommen in der Familie«, antwortet Will beinahe aufrichtig, während Carla ihm stolz die Hand tätschelt. Man sieht ihnen ihre Liebe an, was die Frage aufwirft, wie durchschaubar es ist, dass Connor und ich hier eine Show abziehen? So offensichtlich wie möglich greife ich nach seiner Hand. Er streichelt mit seinem Daumen sanft über meinen, während Dad den dampfenden Braten tranchiert. Schnell ist das Einzige, was man hört, das von Weihnachtsklassikern untermalte Klirren von Besteck.

Ganz automatisch sehe ich immer wieder zu Connor, als wäre er ein Kühlschrank und ich einer dieser Magnete in Buchstabenform. Er scheint sich wohlzufühlen. Als er meinen Blick bemerkt, schenkt er mir ein Lächeln und lehnt sich zu mir herüber. »Du hast mir gar nicht von dem

Dresscode erzählt. Schäm dich! Ich besitze einen äußerst hässlichen Pullover mit einem leuchtenden Christbaum. In dem hätte ich locker mithalten können.« Er ist in der Tat der Einzige von uns, der keine Ausgeburt der Weihnachtshölle trägt. Während mein Long Bob ebenso braun ist wie das Wollmonster, das ich trage, ist sein Hemd so blau wie seine im Kerzenlicht glänzenden Augen. Ich hasse es, wie schwer Connor es mir macht, zu verleugnen, wie attraktiv ich ihn finde.

»Oh, und ich dachte, ich hätte dir etwas erspart. Aber wenn du unbedingt willst, können wir hier und jetzt tauschen. Meinen Rudolph-Pullover gegen dein Designerteil«, flüstere ich stichelnd wie immer.

Ich versuche das Kribbeln in meiner Bauchregion zu ignorieren, als er flüsternd antwortet: »Na, na, Libby. Meinst du nicht, dass das hier der falsche Ort für einen Striptease ist?«

Dad unterbricht uns mit einem aufgesetzten Räuspern. Ich kann spüren, wie mir die Röte in die Wangen schießt. Schon wieder. Schnell schiebe ich mir eine Salzkartoffel in den Mund. »Und Connor, wie hast du mein kleines Mädchen kennengelernt?«

»Oh ja, das würde mich auch interessieren. Es ist so schön, dass sie mal einen echten Freund hat«, ergänzt meine Mom meinen Dad. Mir schwant Übles.

»Einen echten Freund?« Natürlich springt Connor sofort darauf an.

»Na ja, wir haben uns lange Sorgen gemacht, sie würde niemanden finden. Sie hat Jahre keinen Mann mehr mitgebracht …« Sie hält Dad die Schale mit Bohnen hin, die er ihr nicht abnehmen kann, ohne sie anzulächeln. Früher habe ich immer gedacht, alle Beziehungen wären so perfekt wie die meiner Eltern. Jeder, der auch nur eine Minute bei einem Tinder-Date verbracht hat, weiß, dass das ein romantisches Hirngespinst ist.

»… und unser Mädchen verbringt zu viel Zeit auf der Arbeit. Es gibt nichts Wichtigeres, nicht mal die Familie.«

»Mom, Dad, ich bin auch hier«, ermahne ich meine Eltern, doch mein Dad winkt ab.

»Libby, Spatz, dein Freund muss wissen, worauf er sich einlässt, sonst wird das doch wieder nichts mit der Verlobung.«

Bei dem Wort *Verlobung* erstarre ich und sehe zu Connor hinüber. Ich erwarte, in weit aufgerissene Augen zu blicken, doch er lehnt sich zurück und setzt sein Zauber-Grübchen-Lächeln auf, für das ihn sämtliche Frauen im Labor umschwärmen. Und scheiße, ich kann es ihnen nicht verdenken.

»Glauben Sie mir, ich weiß, worauf ich mich eingelassen habe, immerhin habe ich eine ganze Zeit um die Aufmerksamkeit Ihrer Tochter gebuhlt.« Demonstrativ krault er sanft über meinen Rücken, und ein leichtes Kribbeln überzieht meine Haut. Das ist nur Biologie. Das würde mir bei jedem passieren, nicht nur bei Connor Riley. Oder?

»Ach ja?«, fragt Will immer noch misstrauisch.

»Oh ja. Sie ist störrisch, sarkastisch, rechthaberisch und lebt für die Arbeit. Und es macht keinen Unterschied, ob man sie beleidigt oder ihr ein Kompliment macht. Von beidem fühlt sie sich angegriffen.«

Will lacht. »Klingt nach meiner Schwester.«

Ich stoße ein »Hey« aus, doch bevor ich hochkoche wie eine Mentos-Cola-Reaktion, beginnt Connor wieder zu reden. »Und das Schlimmste daran ist, dass sie die erste Person ist, bei der ich jede dieser Eigenschaften attraktiv finde. Libby gibt alles für die Forschung, weil sie an das glaubt, was sie tut. Sie macht sich nichts aus dem, was andere über sie denken, weil sie es meistens tatsächlich besser weiß. Als ich im Labor angefangen habe, hat sie mich herumgeführt und war genervt darüber, weil sie gerade irgendwas Spannendes entdeckt hatte. In diesem Moment bin ich ihr verfallen.«

Dass ich ihn damals durchs Labor geführt habe, hatte ich vergessen. An dem Tag habe ich ein neues Spektrum in der Zellerneuerung von Chamäleons entdeckt und gedacht, dass das meine Forschung revolutionieren wird. Er hat mich damit aufgezogen, was ich für Arroganz gehalten habe. Damit haben die Sticheleien zwischen uns begonnen. Anfangs war es süß. Im Nachhinein schäme ich mich etwas dafür, dass ich sogar gehofft habe, dieses Necken würde sich in etwas anderes als Rivalität verwandeln. Wie oft habe ich mir vorgestellt, er würde mich nach einem Schlagabtausch gegen die Wand drücken und küssen, aber er hat es nie getan.

»Es gibt niemanden, für den ich mehr empfinde oder den ich mehr bewundere, und sie merkt es nicht mal.« Connor sieht mich an, während er die letzten Worte spricht. Seine Augen lügen nicht. Ich realisiere, dass er meint, was er sagt. Mein Herz stolpert ein paarmal, bevor es zurück in seinen gewohnten Takt findet. *Heilige Scheiße.*

Meine Mom legt die Hand auf die Brust und sieht mich stolz an, während Dad zustimmend nickt. Selbst Will scheint seine Zweifel zu begraben, während Carla »Oh, ist das schön« in eine Serviette schluchzt.

In diesem Moment realisiere ich, dass ich jedem Einzelnen an diesem Tisch das Herz brechen werde, sobald meine Lüge auffliegt. Ich habe Mist gebaut. Großen Mist.

»Entschuldigt mich einen Moment.« Ich rücke den

Stuhl zurück, hole mir meinen Mantel und flüchte in die winterliche Kälte. Der Mond taucht den Schnee in bläuliches Licht und strahlt mit der Vorgarten-Weihnachtsbeleuchtung meiner Eltern um die Wette. Mir fällt auf, dass eines ihrer blinkenden Rentiere umgekippt ist. Genauso fühle ich mich, weshalb ich zu ihm hinüberstapfe und es aufrichte. »Zumindest eine von uns sollte heute Abend Contenance bewahren«, murmle ich der nun schief stehenden Weihnachtsdekoration zu, als könnte sie mich hören.

»Vielleicht kein schlechter Plan«, höre ich eine vertraute Stimme hinter mir. Connor. »Ist alles in Ordnung?«

»Klar. Wir können jetzt wieder rein.«

Als ich mich zu ihm umdrehe, rechne ich damit, ihn lächeln zu sehen. Amüsiert darüber, dass ich kurz davor bin, meiner Familie alles zu gestehen, weil mich mein schlechtes Gewissen plagt. Doch er runzelt besorgt die Stirn. Schneeflocken verfangen sich in seinen roten Haarspitzen. »Komm schon, Libby. Rede mit mir.« Sein Blick ist warm. Vertraut. Wann hat Connor Riley angefangen, mich so anzusehen?

»Das, was wir hier tun, ist falsch«, bringe ich gepresst hervor.

Connor macht ein paar Schritte auf mich zu. »Da gebe ich dir recht, und es tut mir leid, dass ich dir diese Situation eingebrockt habe.« Nun ist er mir so nah, dass ich seinen warmen Atem nicht nur sehen, sondern auch auf meinen kalten Lippen spüren kann. Ich versuche es zu hassen, doch ich will nicht. Nicht mehr.

»Es ist nicht deine Schuld. Gerade bin ich einfach überfordert, weil ich meiner Familie genauso gut hätte sagen können, dass du mein Arbeits-Erzfeind bist und mich am Telefon reinreiten wolltest. Aber das habe ich nicht. Und jetzt habe ich ein schlechtes Gewissen, weil ich sie anlüge. Dann hast du all diese netten Dinge gesagt, und das hat etwas in mir ausgelöst. Wir können uns nicht ausstehen, nerven uns und sind fies zueinander. Aber irgendwie …« Kühle Luft füllt meine Lungenflügel, als mein Mund einfach offen stehen bleibt. Aber Connor scheint mir anzusehen, was in mir vorgeht. Ich hätte nie gedacht, einmal dankbar für meine eigene Durchschaubarkeit zu sein. Sein durchdringender Blick wird offener.

»… ist da noch etwas anderes.«

Mehr als ein Nicken bringe ich nicht zustande, aber sein Grübchen zeigt mir, dass es ausreicht. Zärtlich legt er einen Zeigefinger unter mein Kinn und hebt es an.

»Weißt du, warum ich wirklich hier bin?«

»Um dein Karma zu reinigen?«

Connor schüttelt leise lachend den Kopf. »Meine Absichten sind eindeutig zu eigennützig dafür. Nein.« Sein Blick fällt auf meine Lippen. Mein Mund wird plötzlich ganz trocken, und ich könnte schwören, dass ich den gesamten Reifeprozess einer Tomate durchlebe. Monatelang habe ich mir eingeredet, Connor Rileys Charme und seine Neckereien hätten keine Wirkung auf mich. Und nun reichen ein Fake Date und der pure Gedanke an seine Hände auf meiner Haut, um genau das zu hinterfragen. »Du bist die klügste Person, die ich kenne. Es wundert mich, dass du meine Gefühle für dich nicht längst bemerkt hast. Ich meine, ich habe beantragt, Teil deines Forschungsteams zu werden. Ich dachte, viel offensichtlicher geht es nicht.«

»Und ich dachte, du wolltest mir einfach rund um die Uhr auf die Nerven gehen.«

»Vielleicht ein wenig, aber eigentlich habe ich versucht, dir nah zu sein. Und jetzt stehe ich hier, lege dir mein Herz zu Füßen und hoffe, dass du nicht vorhast, in deinen Absatzstiefeln draufzutreten.«

Ich greife nach seiner Hand. Sie ist eiskalt. Es wäre klug, wieder reinzugehen. Vernünftig. Und trotzdem rühren wir uns keinen Millimeter. »Ich bin gut im Forschen, aber nicht mit Gefühlen. Ich hätte es vermutlich nicht mal erkannt, wenn du mit einem Pappschild mit der Aufschrift *Ich-bin-dein-Dopamin-Libby-Anders* vor mir gestanden hättest«, gestehe ich.

Sein Daumen malt feine Kreise auf meinen Handrücken, bevor er mich näher an sich zieht. »Was sagst du zu einem Neustart? Einem Date? Ich bastle dir auch dein eigenes Dopaminschild.«

»Klingt nach einem Deal.«

»Aber eine Sache muss ich noch tun.«

Als sich seine Lippen auf meine legen, durchzieht mich ein Feuerwerk. Oxytocin, Serotonin und Dopamin fluten meine Blutbahnen. Ich ziehe ihn weiter an mich, bis wir einander umschlingen und uns in diesem Kuss verlieren. Als er sich von mir löst, scheint nichts von dem übrig zu sein, was monatelang zwischen uns stand. Sanft streicht er mir eine Strähne hinters Ohr. »Sieht so aus, als könnten wir das Fake streichen.«

»Ja, sieht so aus.«

Zufrieden greift Connor nach meiner Hand und führt mich zurück zum Haus. Doch bevor wir hineingehen, halte ich inne. Ich erlaube mir, diesen Moment zuzulassen. Zu akzeptieren, dass dieses Weihnachten mein Leben verändern wird.

2

LAURA LABAS

Frostzauber

Laura Labas wohnt mit ihren zwei Katern in der schönen Kaiserstadt Aachen. Schon früh verlor sie sich im geschriebenen Wort und kreierte eigene Geschichten, die sie mit ihren Freunden teilte. Mit vierzehn Jahren beendete sie ihren ersten Roman. Spätestens da wusste sie genau, was sie für den Rest ihres Lebens machen wollte: neue Welten kreieren. Heute schreibt sie nach ihrem Master of Arts in Englisch und Deutscher Literaturwissenschaft immer noch mit der größten Begeisterung und Liebe und vertieft sich in Fantasy, Drama und Romance. Ihre neue Dilogie *Night of Shadows and Flames* bringt Hexen und Vampire zu einem ganz neuen Mix zusammen. Wenn du mehr über die Hintergründe ihrer Bücher erfahren und immer auf dem neuesten Stand sein willst, folge Laura Labas auf Instagram (@laura_labas_) oder schaue auf ihrer Website vorbei (https:// www.laura-labas.com).

1

Der gläserne Fürstenpalast glitzerte im Schein des Vollmonds. Ein paar helle Wolken schoben sich bereits vor die unzähligen Sterne und würden auch bald den leuchtenden Planeten verschlingen. Noch aber bot dieser im Hintergrund einen beeindruckenden Anblick, während unsere Kutsche über die Einfahrt zum Palast ruckelte.

»Ich kann nicht glauben, dass du mich dazu genötigt hast, mitzukommen«, sagte ich zu Mutter.

Sie saß mir gegenüber neben Vater, als sie mir ein nachsichtiges Lächeln schenkte. »Deine Abneigung gegenüber dem Sohn des Fürsten ist unangebracht, Frances«, ermahnte sie mich ohne Schärfe.

Ich wollte bereits widersprechen, doch sie hob eine Hand.

»Selbst wenn er wirklich ein Troll ist, wie du behauptest, solltest du dir nicht einen bezaubernden Abend wie diesen hier entgehen lassen«, fügte sie hinzu.

Flehend sah ich zu Vater.

»Das, was deine Mutter sagt«, brummte er, bevor er wieder die Augen schloss, um die wenigen Minuten bis zu unserer Ankunft zum Ausruhen zu nutzen.

Ich machte ein abfälliges Geräusch und verschränkte die Arme, die bis zu den Ellbogen in roséfarbenen Seidenhandschuhen steckten. Passend zu meinem Kleid, das dazu noch eine Lage Tüll besaß sowie eine Reihe blumiger Stickereien am Saum und diversen Nähten aufwies. Es schmiegte sich eng an meinen Oberkörper und ließ die Schultern frei. Zum Glück hatte ich eine Stola mitgenommen. Anders als die Frostfae, zu denen wir heute eingeladen waren, spürte ich die Kälte nämlich deutlich.

Im Ballsaal würde es warm sein. Wenn auch stickig.

Normalerweise ließen mich meine Eltern in Frieden, wenn ich sie nicht zu einer ihrer unzähligen Veranstaltungen während der Saison begleiten wollte. Ich war mit neunzehn Jahren erwachsen und konnte meine eigenen Entscheidungen treffen. Doch Mutter wusste, wie ich zu Maddox, dem Sohn des Fürsten, stand, und sie hatte gesagt, dass ich heute lernen sollte, meine eigene Freude nicht von der Existenz loser Bekanntschaften abhängig zu machen. Ein Rat, der mich nicht überzeugte, aber letztlich hatte ich nachgegeben, denn der Palast war wunderschön. Und ich liebte es, zu tanzen.

Nur nicht in Anwesenheit eines arroganten Mistkerls wie Maddox, den ich als Sohn unserer Gastgeber nicht einfach ignorieren konnte.

Vor einem Jahr hatte ich ihn das erste Mal gesehen, als er zu demselben Bankett eingeladen worden war wie ich. Es war mir nicht peinlich, zuzugeben, dass ich bei unserer Begegnung ein Flattern in meiner Brust gespürt hatte. Sein Antlitz hatte mir den Atem geraubt. Ich hatte gewusst, dass Frostfae besonders attraktiv waren, doch vor ihm hatte ich noch nie einen gesehen. Seine und meine Familie hielten sich normalerweise nicht in denselben

Kreisen auf. Während er irgendwann den Fürstentitel seines Vaters erben würde, wäre mir – wenn überhaupt – nur eine Heirat mit einem Lord vergönnt. Und das war schon weit nach oben gegriffen. Meine Familie war wohlhabend, besaß aber keinen Titel.

Deshalb hatte ich an jenem Tag auch nicht mit dem Fürstensohn gerechnet. Seine eisblauen Augen hatten direkt bis in meine Seele geblickt und mich zunächst von seinen scharfkantigen Gesichtszügen abgelenkt. Der blassbraunen Haut und den schmalen, aber ausdrucksstarken Lippen, die sich arrogant gekräuselt hatten. Mit einer Hand hatte er sich durchs schwarze, leicht wellige Haar gestrichen, um sich dann wortlos von mir abzuwenden.

Und das war's.

Den Rest des Banketts hatte er überall verbracht, nur nicht in meiner Nähe. Nicht dass ich mich für so unwiderstehlich gehalten hätte, doch es war schon auffällig, dass er jedes Mal förmlich flüchtete, wenn wir uns im Verlaufe des Abends in der gleichen Gruppe wiederfanden.

Schließlich, kurz vor Ende, hörte ich ein Gespräch mit, das er mit seinen Freunden führte. Es ließ mir das Blut in den Adern gefrieren.

»… Miss Frances? Niemals«, sagte er und schüttelte amüsiert den Kopf.

Ich stand mit dem Rücken zugewandt direkt hinter ihm, doch eine hohe Topfpflanze verhinderte, dass ich erkannt wurde. Panik stieg in mir auf. Ich wollte das nicht hören. Ich suchte nach einem Fluchtweg, doch Mutter und Tante flankierten mich. Sie würden Fragen stellen.

»Niemals? Warum denn nicht?«, fragte Lord Forrest.

Ein Waldfae, mit dem ich meinen letzten Walzer getanzt hatte. »Sie ist schöner als die meisten, und ihre Klugheit sorgt für unterhaltsame Gespräche.«

Ich schloss die Augen und bedankte mich für meine Charakterkenntnis. Lord Forrest war mir immer sehr höflich und sympathisch vorgekommen. Seine Aussage bestätigte meine Einschätzung.

»Sie steht unter ihm, Forrest«, sagte ein anderer, dessen Stimme ich nicht zuordnen konnte. »Ihr Vater ist nicht mal ein Lord. Das ist der Grund, nicht wahr?«

Maddox' Antwort ging unter, als meine Tante laut auflachte, weil mein Cousin einen besonders grandiosen Scherz zum Besten gegeben hatte. Und ich war dankbar dafür, denn ich wollte sie nicht hören.

Es sollte mich nicht grämen. Schließlich war es eine Tatsache, dass Vater kein Lord war. Außerdem hatte ich ohnehin nie vorgehabt, Maddox näher kennenzulernen. Umso besser, im Vorhinein zu wissen, dass ich mich nicht um eine Freundschaft zu bemühen brauchte.

Das redete ich mir in den kommenden Monaten ein. Jedes Mal, wenn wir auf Veranstaltungen aufeinandertrafen, ignorierten wir einander. Dann war die Frühlingssaison zu Ende, und ich hatte ihn seitdem nicht mehr gesehen. Heute wurde sein dreiundzwanzigster Geburtstag gefeiert, und ich hatte nicht den blassesten Schimmer, warum ich hier sein musste.

Immerhin war mir das Glück beim Eintreten hold, denn wir waren so spät dran, dass niemand auf uns achtete. Der Herold rief unseren Namen aus, traf aber auf taube Ohren. Es floss bereits bitterer Kräuterschnaps, und die Tanzfläche in dem weiß-blau geschmückten Saal war gefüllt. Ein Streichquartett spielte ein flottes Stück, das die Menge gut unterhielt. Wir mischten uns darunter, doch als meine Eltern den Gastgeber begrüßen wollten, stahl ich mich davon.

Ich wollte mir durch Maddox' Anblick nicht den Abend verderben lassen.

Mein Blick huschte zu den offen stehenden Türen, die auf eine Terrasse führten. Schnee fiel in kleinen Flocken herab.

Obwohl ich eine Wiesenfae war, liebte ich den Schnee. Er dämpfte zwar meine Verbundenheit zur Natur, doch ich war ein Opfer der makellosen Schönheit, die sich nach einer schneereichen Nacht am Morgen präsentierte. Ich wurde von den Flocken angezogen wie eine Motte vom Licht, und als ich erfolgreich vor meinen Eltern fliehen konnte, hielt mich nichts mehr zurück. Auch nicht die Kälte, der ich mich gerade erst entzogen hatte.

2

Die halbmondförmige Terrasse mit den magisch erhaltenen Rosen war vollkommen verlassen, sodass ich ohne musternde Blicke über die Steintreppe in die Gärten flüchten konnte. Im Gehen hielt ich die wärmende Stola fest vor meiner Brust.

Die Gärten standen dem Palast in nichts nach. Soweit ich das von meinem kurzen Aufenthalt beurteilen konnte, waren sie riesig, gepflegt und im Frühling sicher noch beeindruckender.

Die Rosen, die sich um die Spaliere rankten, befanden sich im Gegensatz zu denen auf der Terrasse in einem tiefen Winterschlaf, doch das saftige Grün der Blätter und Zweige stand im starken Kontrast zum gepuderten Weiß.

Ich schritt über einen Kiesweg, der von hohen Hecken flankiert wurde. Das Licht des Palastes reichte gerade noch aus, um den Pfad zu beleuchten und das Ende zu erkennen. Ein Springbrunnen in Form einer Meerjungfrau, dessen Wasser im Becken gefroren war, erwartete mich. Doch das war nicht das Einzige.

Ein Stück dahinter hielt sich ein männlicher Fae auf. In einen schwarzen Anzug gekleidet, der die gleiche Farbe aufwies wie sein Haar. Er stand von mir abgewandt und nahm mich offenbar nicht wahr, als er mit dem Schnee magische Formationen in den Himmel entließ. Seine langgliedrigen Finger bewegten sich elegant vor seinem Körper, während die Flocken scheinbar glücklich aufstoben und in einem Wirbelwind nach oben kreisten. Dort formierten sie sich zu einem Reh, das davongaloppierte.

Als Nächstes erschien eine Kugel, die an den Mond erinnerte, der von den Wolken verschluckt worden war. Kurz darauf lösten sie sich zugunsten kleiner weißer Feuerwerke auf. Der Fremde drehte seine Hand, und unter ihm wurden die Pflastersteine von hartem Frost bedeckt. Eine Spur, die sich von ihm bis zu mir zog. Kurz vor den Spitzen meiner Samtschuhe stoppte der Frost.

Begeistert und mit erhitzten Wangen sah ich wieder auf. Das Lachen blieb mir sogleich im Hals stecken. Der Frostfae hatte sich zu mir umgedreht und die Hände sinken gelassen.

»Maddox«, flüsterte ich.

Selbst im schwachen Schein, der bis zu uns reichte, konnte ich die Einzigartigkeit seiner Augen erkennen. Es fröstelte mich.

»Hast du dich verirrt?«, fragte er. Den Kopf legte er leicht schief, als stellte ich ein Rätsel für ihn da.

»Nicht unbedingt«, murmelte ich ausweichend.

Stirnrunzelnd verschränkte er die Hände hinter seinem Rücken und trat näher. Gemächlich und trotzdem ... bedrohlich.

Ich weigerte mich, Schwäche zu zeigen, und blieb, wo ich war.

»Eine kuriose Antwort«, merkte er an. Rund einen Meter vor mir blieb er stehen. Der Frost hatte ihn beim Gehen nicht beeinflusst. Nicht für eine Sekunde hatte er so ausgesehen, als würde er ausrutschen. Natürlich nicht. Frost war sein Element. »Findest du allein nicht mehr zurück?«

»Doch. Ich denke schon.« Warum sah er mich derart intensiv an? »Deine Magie ist beeindruckend. Ich habe so was noch nie zuvor gesehen«, entschlüpfte es mir, bevor ich mich zurückhalten konnte.

Beinahe verlegen kratzte er sich am Kinn. Aber das konnte nicht sein, oder? Jemand wie er wurde nicht meinetwegen verlegen.

»Das liegt vermutlich daran, dass es kaum noch Frostfae gibt.«

»Vielleicht.«

»Vielleicht? Was ist daran vielleicht?« Er wirkte ehrlich verwirrt.

Mein Herz schlug mir bis zum Hals, weil ich mich immer noch zu ihm hingezogen fühlte. Obwohl er meine Familie als unter seiner Würde empfand, konnte ich meine körperliche Reaktion nicht abstellen.

Komm schon, Frances. Mach jetzt keinen Rückzieher!

Ich nahm all meinen Mut zusammen und bewegte mich beim Reden von ihm weg, allerdings ohne ihm vollends den Rücken zuzuwenden. Es schneite weiter heftig, was mir seltsamerweise half, mich freier zu fühlen. Als wäre Schnee mein Element und nicht seines.

»Vielleicht fühlen sich Frostfae einfach als etwas Besseres und halten ihre Fähigkeiten versteckt, anstatt sie mit anderen zu teilen«, antwortete ich. »So wie wir Wiesenfae es zum Frühlingserwachen tun, in dem wir Blütenblätter im Wind fliegen lassen. Oder Waldfae, die uns einmal im Jahr gestatten, dabei zuzusehen, wie sich Setzlinge aus dem feuchten Waldboden erheben.«

Maddox presste die Lippen zusammen. Schon glaubte ich, es zu weit getrieben zu haben, doch er beschimpfte mich nicht. Nein. Es dauerte nur einen Moment, dann brach er in Gelächter aus.

»Götter, du hast recht«, sagte er und überraschte mich damit mehr als mit seinem warmen Lachen. »Wir sind schon ein arrogantes Pack, hm? Verdammt.«

»Das findest du lustig?« Erstaunt blieb ich neben dem Brunnen stehen.

»Sehr. Aber nur, weil es stimmt.« Mit dem Zeigefinger fuhr er sich unter den Augen entlang, als hätte er vor Lachen Tränen vergossen. »Danke, dass du die Wahrheit gesagt hast.«

Ich errötete. »Ich gehe jetzt besser.«

»Warte! Bleib doch noch etwas.« Er sah mich an und offenbarte eine Verwundbarkeit, die ich nicht ganz greifen konnte.

»Warum? Es ziemt sich nicht, und außerdem will ich dich in keine Bredouille bringen.«

»Bredouille?« Er schüttelte den Kopf. »Ich habe das Gefühl, egal, was ich erwarte, du wirst mich überraschen.«

Abweisend verschränkte ich die Arme vor der Brust. Ich war schon so weit gekommen, jetzt musste ich das Gespräch auch zu Ende bringen und ein für alle Mal mit Maddox abschließen.

»Wenn wir zusammen gesehen werden, ganz ohne Begleitung, könnte man … es für unangebracht halten. Ich möchte nicht, dass du dir mit deinen Freunden das Maul über meinen Stand zerreißt. Das ist alles.« *Bravo!* Meine Stimme hatte nur ein klein wenig gezittert.

»Hm, mich beschleicht das Gefühl, dass du etwas weißt, das ich nicht weiß.« Mit dem Zeigefinger wirbelte er in der Luft, und die Flocken folgten seiner Bewegung. Sie bildeten einen vierzackigen Stern, der sogleich wieder verschwand. »Du würdest dir also nicht das Maul über mich zerreißen?«

»Natürlich nicht.«

»Und warum sollte ich das dann tun?«

Räuspernd blickte ich auf den gefrorenen Brunnen. Mir wurde zunehmend kälter. Das Wunder von Maddox' Magie lenkte mich nicht mehr ab.

»Es ist besser, wenn ich gehe.«

»Bitte erklär es mir, Frances.« Mein Name aus seinem Mund ließ mich erstarren. Ein nicht unangenehmer Schauer rann meinen Rücken hinab. »Ich will es verstehen.«

3

Ich entließ den kurzzeitig angehaltenen Atem. »Ich habe gehört, wie du dich mit deinen Freunden über mich unterhalten hast. Dass ich deiner nicht würdig wäre, weil mein Vater kein Lord ist. Ich will dir meine Anwesenheit nicht aufdrängen.«

»Frances«, sagte er leise. »Bitte sieh mich an.«

Widerwillig gehorchte ich. Es half, dass er mir die Wahl ließ. Dass er weder näher rückte noch laut wurde. Er wartete einfach ab. Als ich in sein Gesicht blickte, wurde mir ganz flau im Magen. So viele Gefühle.

»Hast du mich etwas dergleichen sagen hören?«, fragte er dann leise.

»Nun …« Verwirrt kramte ich in meinen Erinnerungen. »Du hast damals auf dem Bankett der Viturius' gesagt: *Frances? Niemals.* Und dann haben deine Freunde über die Gründe spekuliert und …«

»Ich erinnere mich daran.« Langsam näherte er sich mir wieder, und ich konnte nicht anders, als ihn anzustarren. Ich war ihm ausgeliefert. Das Eis seiner Augen hatte mich gefangen genommen. »Weißt du, worum es ging?«

»Ich dachte …«

Sein Mundwinkel zuckte. »Es ging darum, mit wem meine kleine Schwester mich verkuppeln wollte. Sie war sechs. Mittlerweile ist sie sieben.«

»W-was?«

»Es tut mir leid, dir das sagen zu müssen, aber Ciera ist von Adelstiteln geblendet. Sie findet, dass nur eine Prinzessin gut genug für mich ist.« Direkt vor mir blieb er stehen. Mit meinen Absätzen befanden wir uns fast auf Augenhöhe. »Seitdem ist nun fast ein Jahr vergangen. Ich denke, sie wäre mittlerweile mit dir einverstanden. Vorausgesetzt, du begleitest sie auf ihren Streifzügen durch den Palast.«

Mein Verstand hatte teilweise aufgehört zu arbeiten. So ganz begriff ich noch nicht, dass ich die Unterhaltung vollkommen falsch aufgefasst hatte.

»Aber … du bist mir aus dem Weg gegangen. Während jeder Veranstaltung hast du es dir zur Aufgabe gemacht, mich zu ignorieren und zu verschwinden, sobald ich in deine Nähe kam. Das habe ich mir sicher nicht eingebildet.«

Nachsichtig lächelnd legte er eine Hand an meine Wange. Entgegen meiner Erwartung war sie warm.

»Das stimmt. Weil ich deinen finsteren Blick nicht ausblenden konnte und weil …« Er senkte seine Stimme.

»Weil?«, hauchte ich atemlos.

»Weil ich dich mag und dachte, du könntest es mir von der Nasenspitze ablesen.«

»Was?«

»Ich mag dich, Frances. Als du damals über Barrys Füße gestolpert bist und dich bei der Blumenvase entschuldigt hast, gegen die du dann gelaufen bist …« Ich sah mich selbst nicht, aber ich war sicher, dass das Rot meiner Wangen schlimmer wurde. »Besteht die Chance, dass du mich auch mögen könntest? Ich weiß, du hast bisher das Schlimmste von mir gedacht, aber lass mich dir versprechen, dass ich nichts auf den Stand gebe. Selbst wenn wir Frostfae *arrogant* sind.«

Schneeflocken verfingen sich in seinen Wimpern und landeten auf seinen Wangen.

»Ja«, flüsterte ich. Einerseits war ich erschöpft wegen der verschiedenen Gefühle in den letzten Minuten, andererseits war ich aufgedreht. »Ich könnte dich mögen.«

Das Lächeln, das sich auf seinen Lippen ausbreitete, erhellte mein Innerstes. Mit dem Daumen strich er über mein Kinn.

»Darf ich dich küssen? Etwas, worüber ich viel zu oft nachgedacht habe …«

Ich nickte, weil ich meiner Stimme nicht traute. Der Schnee wirbelte um uns herum, bevor ich meine Lider schloss und Maddox meinen Mund mit seinem bedeckte. Mein Herz hämmerte in meiner Brust, doch eigentlich nahm ich nur noch Maddox' Wärme wahr. Seine Hand an meiner Taille und die Unnachgiebigkeit seiner Brust unter meinen eigenen Handflächen.

Der Kuss war kurz und bittersüß. Ich verlangte nach

mehr, aber ich gab mich für den Moment damit zufrieden.

»Es wird nicht der letzte sein, oder?«, fragte ich.

»Nicht, wenn es nach mir geht«, antwortete er. »Sollen wir wieder zurückgehen? Du fühlst dich kalt an.«

Ich lächelte, und er legte meine Hand in seine Armbeuge.

3

LIN RINA

Apfel-Zimt-Waffeln zum Frühstück

Ein Lächeln auf den Lippen, eine Tasse Tee in der Hand und den Kopf voller Geschichten: Wenn **Lin Rina** schreibt, träumt sie sich in andere Welten. Mit ihrem Roman *Animant Crumbs Staubchronik* hat sie internationale Beliebtheit erreicht und sogar einen tschechischen Buchpreis gewonnen. Bei Knaur ist bisher der New-Adult-Roman *You found me in Paris* erschienen. Ihren Alltag verbringt sie mit Träumen, Tanzen und Zeichnen. Sie lebt mit Kindern, Freundin und Hund in einem Cottage im Schwarzwald.

Ich halte meine eisigen Finger über den Toaster und reibe die Handflächen aneinander, während ich darauf warte, dass die heiße Toastscheibe heraushüpft. Es ist die einzige, die ich in dieser Küche finden konnte. Wenn Oma irgendwo noch mehr Toastbrot aufbewahrt, dann weiß zumindest ich nicht, wo. Es gibt auch keine Streichhölzer und daher auch kein Feuer im Kaminofen. Und da ich keine Ahnung habe, wie man den Boiler einschaltet, auch keine funktionierende Heizung. Was dieses kleine, sehr alte Fachwerkhaus am Berg unweigerlich zu einer Eishöhle erstarren lässt. Es ist so dermaßen kalt, dass ich mir den Hintern abfriere.

Und dennoch bin ich froh, dass ich hier bin. Auch wenn Oma protestiert hat, dass sie trotz gebrochenem Arm alles allein schafft. Aber das entspricht einfach nicht der Wahrheit. Der Abwasch stapelt sich im Waschbecken, das untere Klo ist verstopft, Lebensmittel sind Mangelware, und draußen sind die Straßen so zugeschneit wie schon seit Jahren nicht mehr. Kein Durchkommen mit einem Gehstock. Und in Omas Zustand im Vorweihnachtstrubel allein einkaufen? Besser nicht. Außerdem ist meine Mitbewohnerin Melinda über Weihnachten eh bei ihrer Familie in Südtirol, und ganz allein werde ich nach ein paar Tagen merkwürdig.

Ich ziehe meine Winterjacke enger um meinen Körper, hole einen geblümten Teller mit Goldrand aus einem der

Küchenschränke und durchforste dann den Kühlschrank, ob ich nicht doch noch etwas finde, das nicht abgelaufen ist.

Die armselige einzelne Toastscheibe hüpft lautstark aus dem Toaster, und mir rutscht vor Schreck beinahe die Himbeermarmelade aus den Händen, als ich mich umdrehe.

Da steht ein Huhn neben dem Toaster auf der Küchenablage. Es starrt mich mit schlangengelben Augen an wie ein Wesen aus der Hölle, das Gefieder so schwarz, dass es bläulich im trüben Vormittagslicht schimmert.

Ein Déjà-vu der letzten Tage.

»Du schon wieder«, zische ich, stelle das Marmeladenglas beiseite und stürze mich auf das Tier. Die Henne flattert, gibt schluckaufartige Geräusche von sich und schlägt mir ihre Flügel ins Gesicht. »Meine Güte! Hör auf! Wie kommst du hier immer rein?«, schimpfe ich. Zu spät denke ich daran, dass ich damit meine Oma aus dem Bett hole – und das alles nur, weil ich Angesicht zu Angesicht mit einem aufmüpfigen Huhn irgendwie Angst um meine Augen habe.

Oben rumpelt es laut, und ich seufze genervt. So hatte ich mir meinen ersten Morgen hier nicht vorgestellt. Seit ich Oma aus dem Krankenhaus abgeholt und heimgefahren habe, bin ich jeden Tag der letzten Woche hergekommen, um ihr Mittagessen zu bringen und ein bisschen mit ihr zu quatschen. Aber da es nun seit einiger Zeit nicht mehr aufhört zu schneien, dachte ich in meiner absoluten Naivität, es wäre sinnvoller, das anstehende Wochenende hier zu schlafen und alles auf Vordermann zu bringen, so kurz vor Weihnachten. Ganz in Ruhe ein bisschen Deko aufhängen und ohne Uni-Stress Zeit mit meiner Oma verbringen. Wer rechnet auch damit, ständig einer Höllenhenne zu begegnen?

Eine Sekunde bin ich unaufmerksam, da flattert sie zu meinem Toast und krallt ihn sich.

»Hey, nein! Das ist meiner«, rufe ich empört, auch wenn ich ehrlich nicht weiß, wie viel das Huhn versteht. Ich versuche, ihr die Scheibe abzunehmen, doch sie stürzt sich damit von der Arbeitsplatte.

Das ist ja wohl die Höhe! Ein Huhn stiehlt mein Frühstück!

Ich jage der Henne hinterher, falle beinahe über meine Schuhe, die ich gestern achtlos abgestreift habe, und erwische das Vieh, bevor es in den Flur ausbüxen kann.

Es schlägt um sich wie eine Kriegerin und schafft es zweimal fast, sich aus meinen Händen zu befreien, bis ich es endlich richtig zu packen bekomme. Die Federn sind weich und warm, die Krallen graben sich in meine Winterjacke, und ich kann froh sein, dass es sich verzweifelt mit dem Schnabel an mein Toastbrot klammert, sonst wäre mein Arm wahrscheinlich durchlöchert.

»Toni? Ist alles in Ordnung bei dir?«, ruft Oma die Treppe hinunter, während ich in meine Schuhe schlüpfe.

»Ja«, gebe ich zurück. »Die Henne von nebenan ist schon wieder reingekommen. Du kannst ruhig weiterschlafen. Ich kümmere mich darum.«

»Danke, mein Schatz«, kommt es verschlafen von oben, und ich höre sie zurück zum Bett schlurfen.

Ich drücke die Klinke mit dem Ellenbogen runter und trete nach draußen in den Schnee. Es ist so kalt, dass meine Augen zu tränen beginnen und die Henne sich in meine Jacke kuschelt.

Jaja, dieses verlogene Biest. Da wärmt es sich an mir, immer noch meinen Toast im Schnabel. Heimtückisch.

Ich stapfe vor zur Straße und zum Haus nebenan. Meine Schuhe hinterlassen Abdrücke im frischen Schnee, und die Welt sieht aus wie mit Zuckerguss übergossen. Eigentlich ganz schön, aber ich habe Hunger, und es ist kalt, und ich habe definitiv etwas anderes vor, als ein Federvieh durch die Gegend zu tragen.

Es ist sicher schon das vierte Mal diese Woche, dass ich diesen Weg zurücklege, genau diese Henne in den Händen, weil sie es sich zur Aufgabe gemacht hat, mich zu quälen.

Glücklicherweise finde ich die Frau, die nebenan wohnt, ziemlich cool. Sie trägt karierte Hemden, hat einen Buzz Cut, und ihre Schultern und Oberarme verraten mir, dass sie Gewichte hebt. Ich würde meinen kleinen lesbischen Arsch darauf verwetten, dass sie eine Butch ist. Sie bewegt sich zumindest wie eine, und sie nickt mir vielbedeutend zu, seit sie das Dutzend Regenbogen-Buttons an meinem Rucksack entdeckt hat.

Ich klingele, erneut mit meinem Ellenbogen, und die Henne wird sichtbar unruhig bei dem Geräusch, wie ein Wachhund in Alarmbereitschaft. Wenn sie wirklich aus der Hölle stammt, was sich angesichts der Bosheit in ihren Augen vermuten lässt, dann hat sich da vielleicht jemand im alten Griechenland vertan und Cerberus ist eine rasende Henne und kein Hund.

Ein Huhn mit drei Köpfen wäre richtig schräg.

Die Tür geht auf, und ich hebe das Huhn aus meiner Jacke.

»Hey, hier ist wieder Toni von nebenan. Ich habe …« Ich stocke, denn es ist nicht die Karohemd-Butch, die vor mir steht. Die Frau ist jünger, etwa in meinem Alter, ihre Haare sind honigblond und mit einem gemusterten Tuch zusammengefasst. Sie hat Augen wie eine Wildkatze, blau wie der Frühlingshimmel über einem Meer aus Wiesenblumen.

Fuck! Sie ist süß, denke ich, während sich in meinem Kopf die Drähte lockern und einen Kurzschluss verursachen. Mein Herzschlag flackert, mein Mund wird ganz trocken, und ich habe vergessen, wie man spricht.

Wer ist sie? Wie heißt sie? Ob sie die Freundin der Karohemd-Butch ist? Gott*, ich hoffe nicht!

»Oh nein! Ist sie schon wieder abgehauen?«, ruft die junge Frau und nimmt mir mit sicherem Griff das Huhn ab. Es hat aufgehört zu zappeln und lässt sich ohne Mucken in den Flur setzen. »Es tut mir so leid. Meine Schwester und ich merken gar nicht, wenn sie sich wegschleicht.«

»Ähm … ja … äh«, stammle ich, und meine Stimme klingt ganz atemlos. Ich wische mir die Hände an meiner Jacke ab. *Schwester*, denke ich dabei, und auf meinen Lippen erblüht ein absolut dümmliches Lächeln, das ich nicht zurückhalten kann. Es sollte mich nicht so freuen, dass sie nicht die Freundin der Butch ist, ich kenne sie doch gar nicht. Es kann ja immer noch sein, dass sie anderweitig vergeben ist. Oder nicht auf Frauen wie mich steht. Oder gar nicht auf Frauen.

Ich verbanne all diese Gedanken aus meinem Kopf, konzentriere mich aufs Hier und Jetzt und nicht darauf, wie wunderschön der Schwung ihrer Augenbrauen ist und wie fein ihre Finger aussehen.

Die Frau sieht mich fragend an.

Meine Güte, mach den Mund auf, schreie ich mich innerlich an.

Die diebische Henne macht sich mit meinem Frühstück auf und davon, den Flur entlang, und verschwindet durch eine geöffnete Tür.

»Das Huhn hat mein Frühstück gestohlen«, sage ich das Erste, was mir in den Sinn kommt, und will es sofort wieder zurücknehmen. Die honigblonde Schönheit soll nicht denken, ich wäre hier, um mich zu beschweren.

Ihre Augen weiten sich, und ihr Mund formt sich zu einem erschrockenen, unglaublich süßen O.

»Also, es ist nur eine Scheibe Toast. Nichts Besonderes. Ich werde nachher sowieso einkaufen. Da besorge ich dann neuen.«

»Ich kann dir Waffeln als Entschädigung anbieten.« Sie schmunzelt und verschränkt die Hände hinter dem Rücken. Ihre flauschige Strickjacke rutscht zur Seite und entblößt dabei eine sommersprossige Schulter.

Ist ihr nicht kalt?

»Das … das ist … sehr nett …«, stammle ich und fahre mir mit der Hand durch die Haare. Ich kann spüren, wie sie in alle Richtungen abstehen. Fuck, ich habe heute noch nicht in den Spiegel gesehen.

»Dann komm rein«, erwidert sie, ehe ich mein Aber anbringen kann, und ich stehe einen verwirrten Moment zu lange da und rühre mich nicht.

»Jetzt komm schon. Ich kann dich nicht ohne Frühstück lassen«, lacht sie, und ich vernehme mehrstimmiges Gackern aus dem Haus.

»Sind da noch mehr Hühner?«, frage ich, während ich den Schnee von meinen Schuhen klopfe und zu ihr in den Flur trete. Sofort schließt sie die Tür hinter mir, zieht ihre Strickjacke wieder zurecht und fröstelt.

»Im Moment ja. Normalerweise halte ich sie hinten im Garten, aber Dämonen-Anne und die kleine Ann richten sich gerade in der Küche häuslich ein«, erzählt sie, als ich aus den Schuhen schlüpfe und ihr durch den Flur nach hinten folge.

Es ist warm hier drin, überall hängt Weihnachtsdeko aus Tannenzweigen, goldenen Nüssen und getrockneten

Orangenscheiben. Es riecht auch unfassbar gut. Je näher wir der Küche kommen, desto stärker wird der Duft von Zimt und gebackenen Äpfeln.

»Dämonen-Anne?«, hake ich nach, und die junge Frau lacht erneut.

»Ja. Wir nennen sie so wegen des schwarzen Gefieders und des irren Blicks.«

»Oh mein Gott*«, rufe ich. »Ich wusste doch, sie kommt aus der Hölle.«

Meine Gastgeberin kichert, und ihre Nase kräuselt sich dabei auf entzückende Weise.

»Ich bin Frieda«, sagt sie unvermittelt und streckt mir die Hand entgegen. Doch ehe ich diese ergreifen kann, schreckt Frieda plötzlich auf und rennt in die Küche. »Aaaah! Ich habe die Waffel vergessen!«, quietscht sie dabei wie ein Frühlingsvogel. Im nächsten Moment öffnet sie das Waffeleisen, das neben dem Herd auf der Ablage steht, und zieht eine sehr knusprige Waffel heraus. »Mist! Also falls ich vorhatte, dir mit meinen Kochkünsten zu imponieren, ist das ja mal super schiefgelaufen«, stöhnt sie, und ein Lachen blubbert über meine Lippen.

»Wieso solltest du mir imponieren wollen?« Ich bin irritiert, elektrisiert und viel zu aufgekratzt.

»Keine Ahnung, nur so«, behauptet sie, schiebt die verbrannte Waffel auf einen Teller und gießt neuen Teig aus einer großen Rührschüssel in das Eisen. »Bist du drüben bei Ilse, um auszuhelfen?«, spricht sie weiter, ehe ich nachfragen kann. Sie zieht einen Stuhl unter dem Tisch hervor, damit ich mich zu ihr setze.

Ich bin nicht überrascht, dass sie den Namen meiner Oma kennt. Es ist ein Dorf, und hier weiß generell jeder über jeden Bescheid.

»Ja, ich bin ihre Enkelin. Ich dachte, ich bleib die Tage

bis Weihnachten bei ihr. Ich wohne aber eigentlich auch nur fünfzehn Minuten mit dem Auto von hier. Drüben in Fridburg.«

»Wie gut. Voll schlimm mit dem Arm«, beteuert Frieda und holt zwei Tassen aus einem Schrank.

»Ist zum Glück ein unkomplizierter Bruch. Sie ist auf dem Weg zu ihrer besten Freundin auf dem vereisten Boden ausgerutscht.« Ich hatte den Schreck meines Lebens bekommen, als Mama mir erzählte, dass Oma im Krankenhaus ist.

Frieda wuselt durch die Küche, füllt etwas aus einem Topf in die Tassen und stellt eine davon vor mich auf den Tisch.

Ich schnuppere vorsichtig daran. Es ist eindeutig heiße Schokolade, und ich fühle mich, als wäre ich aus der Eiszeit im Haus meiner Oma in ein Weihnachtsmärchen gefallen. Es ist so heimelig warm, dass ich meine Winterjacke ausziehe und sie über die Stuhllehne hänge. Jetzt trage ich noch den ausgeleierten Pullover, den ich gerade als Pyjamaoberteil nutze. Richtig stilvoll, Toni, denke ich grimmig und sehe zu Frieda, die unter ihrer bunt gemusterten Strickjacke eine Jogginghose mit Dinosaurierprint trägt.

»Ist es echt okay, dass ich hier bin?«, versichere ich mich, die Tasse wieder in den Händen, ohne einen Schluck getrunken zu haben. Ich traue mich nicht, ihre Großzügigkeit zu genießen, und fühle mich wie ein Eindringling.

»Eigentlich wollte ich mit meiner Schwester frühstücken. Aber die hatte einen Notfall bei der Arbeit und ist losgezogen«, erzählt Frieda, und Frust schwingt in ihren Worten mit. Sie holt eine Waffel aus dem Eisen, die absolut perfekt aussieht. Cremefarben mit ein paar hellbraunen Stellen, wie die flauschige Katze, die hier gegenüber wohnt. »Sie ist ein Workaholic. Ihr Job geht über alles, und ich wette, sie ist erst heute Abend wieder zurück«, grummelt sie und dreht sich dann mit einem lauten Seufzen zu mir um. »Ich habe eine Tonne Waffelteig hier. Bitte iss Waffeln!«

Ich lächle verlegen, und sie erwidert es, süß und auch ein bisschen verschlagen, wie eine Füchsin.

In meinem Bauch flattert es.

Frieda schnappt sich die zweite Tasse und trinkt einen Schluck heiße Schokolade. Dunkler Schaum bleibt an ihrer Oberlippe kleben, als hätte sie einen sehr französischen Schnurrbart.

»Du hast da was«, sage ich und tippe mir in den Mundwinkel.

»Das ist für die Dramatik«, behauptet Frieda nur und lässt den Schokobart, wo er ist. Wow, sie hat das Selbstbewusstsein, das ich gerne hätte.

Das Geräusch von Flügeln lenkt mich ab, und ich sehe mich suchend um, bis ich Dämonen-Anne entdecke. Sie sitzt neben dem Küchentresen auf dem Boden, zerpickt meinen Toast und nimmt kleine Teile auf. Diese streckt sie einer zweiten Henne hin, die zwischen dem Tresen und einer Kiste mit Altpapier auf einem Handtuch hockt und sich füttern lässt. Sie ist hellbraun meliert und ein gutes Stück kleiner als das schwarze Dämonenhuhn.

»Die kleine Ann hat die Ecke zum Brutplatz erkoren«, erklärt Frieda, die meinem Blick folgt. »Aber geh nicht zu nah hin, sonst wird die Dämonin versuchen, dich zu töten.«

»Und da muss sie gefüttert werden?«, frage ich, und Frieda schüttelt den Kopf. Dabei tropft ihr Waffelteig von der Kelle und auf den gefliesten Küchenboden.

»Nein. Aber die große Anne und sie … sie sind ein

Hennenpärchen. Also sucht die Große feine Leckerlis, die sie ihrer kleinen Liebsten bringen kann. Und weil ich hier mittlerweile alles doppelt gesichert habe, kommt sie wohl immer zu euch rüber. Sorry.«

Ich blinzle, und als hätte es einen geheimen Startschuss gegeben, beginnt mein Puls zu rasen. Meine Schüchternheit hält mich zurück, leichtfertig auszusprechen, was ich denke, und unsere Unterhaltung in eine Richtung zu lenken, die mir schon die ganze Zeit auf der Zunge brennt. Doch eigentlich hat Frieda das ja schon selbst gemacht, also fasse ich mir ein Herz. »Es gibt lesbische Hennen?«

Friedas Augen blitzen auf, und sie grinst mich so breit an, dass ich mir sicher bin, dass sie auf die Frage gewartet hat. »Klar«, erwidert sie, als wäre es selbstverständlich, und legt eine weitere dampfende Waffel auf ihren Stapel. »Deshalb dürfen sie auch in der Küche wohnen. Weil sie besonders sind.«

Ich sehe den Hennen dabei zu, wie die eine die andere weiter mit meinem Toast füttert und ihre kleinen Schnäbel aneinanderklackern. Okay, ich gebe zu, dass das wirklich niedlich ist. Dafür bin ich auch bereit, mein Frühstück zu opfern. Was leicht ist, wenn man dafür Apfel-Zimt-Waffeln bekommt.

Frieda stellt mir einen von zwei Tellern hin und schiebt ihren Hintern auf den Stuhl neben mich. Die Bewegung sieht schön aus, wie der Hüftschwung einer Tänzerin, und ich wünsche mir sofort, mit ihr tanzen zu dürfen. Eine Strähne ihres dicken Haars löst sich aus dem Tuchkonstrukt auf ihrem Kopf und fällt ihr in die Stirn. Ihr Gesicht wirkt weich im warmen Licht der Küche, und sie wischt sich gedankenverloren den Kakaobart fort. Dann zerteilt sie eine der Waffeln in die einzelnen Herzchen, schiebt sich eins davon komplett in den Mund und seufzt laut.

»If liebe Waffefn«, nuschelt sie, und ich muss lachen.

Mein Magen knurrt laut, als der süße Geruch meines dampfenden Waffelhaufens all meine Sinne betört, und ich nehme ebenfalls einen Bissen. Der Teig zergeht mir geradezu auf der Zunge. Er schmeckt nach Zucker und Zimt, und die kleinen eingebackenen Apfelstückchen geben dem Ganzen eine frische Note.

»Die sind wirklich richtig lecker«, sage ich, und Frieda lächelt mit geschlossenem Mund und vollen Backen. »Du siehst aus wie ein Hamster«, kommentiere ich neckend, und sie knufft mich in die Seite.

Mein Herz flattert wie verrückt, und ich komme mir maximal bescheuert vor, weil ich mich so sehr zu ihr hingezogen fühle, ohne sie überhaupt zu kennen.

»Wenn du bis Weihnachten hier bist, hast du dann bei deiner Oma viel zu tun?«, fragt sie, nachdem sie geschluckt hat, und sieht mir dabei zu, wie ich eine Waffel falte und in meine heiße Schokolade tunke.

»Mal sehen. Im Großen und Ganzen ist meine Oma ja fit. Ich muss nur einkaufen und ein bisschen sauber machen. Küche aufräumen, durchsaugen. Ich dachte, ich häng morgen mal ihre Lichterketten ans Vordach und schau, ob ich einen kleinen Weihnachtsbaum im Topf bekomme. Und vielleicht ist es auch ganz gut, zu dieser Zeit des Jahres abends nicht allein zu Hause rumzusitzen.« Das gilt genauso für mich wie für Oma. Zu viel Zeit in einer leeren WG tut mir nicht gut und führt nur dazu, dass ich mir Sorgen über unnötige Dinge mache. Und zu meiner Mutter fahren, seit sie diesen neuen Freund hat? Äh … nein, danke.

»Verstehe«, meint Frieda, und es ist eine Vieldeutigkeit in ihrer Stimme, die ich nicht deuten kann. Sie sieht mich unter hellen Wimpern an, dann schweift ihr Blick zu den

Hennen, die sich zusammen in ihre Ecke gekuschelt haben. Die Kleine unter dem schwarzen Flügel der Großen. Sie beißt sich auf die Unterlippe und schaut wieder zu mir.

»Vielleicht hast du ja Lust, mit uns morgen Nachmittag eislaufen zu gehen? Der Kemplinger See ist zugefroren«, schlägt sie vor, und etwas Schüchternes liegt plötzlich in ihren Augen.

Fragt sie mich nach einem Date? Sie hat »mit uns« gesagt, also kein Date. Oder? Mir wird ganz heiß, und ich zähle die Sekunden, die sie den Blickkontakt hält. Eins, zwei, drei, vier … zu lang, um nichts zu bedeuten. Oder?

»Klingt gut. Ich durchwühl mal den Schuppen meiner Oma nach Schlittschuhen. Aber da ist so ziemlich alles drin«, stimme ich so lässig zu, wie ich nur kann, doch die Hitze steigt mir viel zu auffällig in die Wangen. Ich greife nach meiner Tasse, um einen Grund zu haben, meinen Blick abzuwenden.

»Wer ist *uns*?«, traue ich mich zu fragen, und sie macht eine weitläufige Bewegung mit der Hand.

»Meine Schwester und ich. Theo wird aber beschäftigt sein. Sie übernimmt bestimmt wieder die Aufsicht. Dann könnten wir zusammen fahren.« Sie sieht mich an, und ihre Augen mustern mich ganz genau. »Wenn du magst.«

Ich nicke, während die Aufregung in mir Purzelbäume schlägt. Bei Gott*, es ist ein Date!

»Klar, gerne«, bringe ich heraus, sogar ohne zu stottern, und schiebe mir schnell noch eine kakaogetränkte Waffel in den Mund, um meinen nervösen Magen irgendwie zu beruhigen. Prompt verschlucke ich mich, und Frieda klopft mir kichernd wie eine Weihnachtselfe auf den Rücken. Sie ist wunderschön und ich kurz davor, Waffelstückchen auf meinen Schoß zu husten. Ich bin so peinlich, ich sollte mich in einem Loch im Wald verscharren.

Frieda lässt sich davon zum Glück nicht abschrecken. Sie rückt nur näher an mich heran, probiert ihre Waffeln ebenfalls mit heißer Schokolade, und wir quatschen, bis die Kuckucksuhr an der Wand ein seltsames Quaken von sich gibt.

Mist. Ich bin schon seit einer Stunde hier, Oma ist sicher längst aufgestanden, und auch Frieda scheint zu wissen, dass ich wieder rübermuss.

»Könntest du mir ein Feuerzeug leihen? Meine Oma hat keines«, frage ich, während ich mich vom Stuhl erhebe.

Sie nickt, und ich folge ihr in den Flur, wo sie sich durch die Schublade einer Kommode wühlt, bis sie eines findet.

»Danke«, sage ich und will zur Tür, doch Frieda hält mich am Arm zurück.

»Warte«, ruft sie lachend und zeigt nach oben. Genau über uns hängt ein kleiner Mistelzweig von der Decke herab.

Mir wird heiß und kalt, und ich öffne den Mund wie ein Fisch auf dem Trockenen, während meine Gedanken im Kreis stolpern. Doch Frieda lächelt nur, stellt sich auf die Zehenspitzen und drückt mir einen sanften Kuss auf die Wange. Eine Gänsehaut entsteht in meinem Nacken und zieht sich über meinen ganzen Körper.

»Ich sehe dich morgen, Toni«, flüstert sie mir zu, und ich bin so aufgeregt, dass ich nicht anders kann, als von einem zum anderen Ohr zu grinsen.

4

JULIA HAUSBURG

Ein unerwarteter Fund zu Weihnachten

Julia Hausburg hat mit ihrer *Dark-Elite*-Reihe die Leser*innenherzen im Sturm erobert und landete auf Anhieb auf der SPIEGEL-Bestsellerliste. Ihre Geschichten zeichnen sich durch große Gefühle und eine ordentliche Portion Spannung aus. Wenn sie nicht gerade an ihrem nächsten Buch arbeitet, findet man sie mit einem Liebesroman in ihrer eigenen kleinen Bibliothek.

Weihnachten wird total überbewertet.

Für mich bedeutet das Fest Stress, Druck und Erwartungen. Jedes Jahr läuft es gleich ab; eine Schleife aus mühsamen Traditionen, in der ich gefangen bin, obwohl ich tausend andere Arbeiten zu erledigen hätte.

Ich lehne mich im Ohrensessel zurück, der im Kaminzimmer des Hotels *Alpenhof* direkt neben den knisternden Flammen steht. Sie strahlen eine wohlige Wärme ab, während ich an meinem Laptop arbeite. Zum Knacken der Holzscheite im Feuer mischt sich das stete Tosen des Windes, der am Gemäuer des Hotels rüttelt. Es liegt mitten in den österreichischen Alpen, dreißig Minuten entfernt von der nächsten Stadt. So ist der *Alpenhof* perfekt gelegen, um dem Trubel der Weihnachtsfeiertage zu entfliehen. Hier kann ich in Ruhe arbeiten. Deshalb stört es mich nicht, dass draußen ein Schneesturm tobt und unaufhörlich Flocken gegen das Fenster schleudert. Die Sonne ist bereits vor einer Stunde untergegangen und hat das Panorama verschluckt.

Ich buche eine Finanz in das System der Softwarefirma, für die ich arbeite. Selbst an Heiligabend und den Feiertagen gibt es eine Menge zu tun. Etwas, das meine Eltern und meine große Schwester nicht verstehen können. In ihren Augen soll ich meinen Alltag ein paar Tage auf Eis legen, mich freiwillig in einen Stillstand begeben. Allein bei dem Gedanken an meine Familie schlägt mein Herz schneller. Sobald ich bei ihnen bin, konfrontieren sie mich mit ihren Erwartungen: Ich soll weniger arbeiten, dafür endlich eine Freundin finden und bald eine eigene Familie gründen.

Dass ich das überhaupt nicht will und mit meinen fünfundzwanzig Jahren meine Karriere an erste Stelle setze, ist ihnen egal. Deshalb habe ich mich dieses Jahr für ein Weihnachten ohne meine Familie entschieden. Darauf, mir anhören zu dürfen, dass meine Schwester in meinem Alter längst verheiratet und mit ihrem ersten Kind schwanger war, kann ich wirklich verzichten.

Verdammt. Mein Laptop hat nur noch ein Prozent Akku. Genervt von mir selbst verdrehe ich die Augen und springe vom Sessel, um das Gerät schnell an den Strom zu schließen. Immer bemerke ich die niedrige Batterie erst auf den letzten Drücker …

Als ich mich daraufhin wieder in das weiche Polster fallen lasse, öffnet sich die Tür, und ein sehr schief gesungenes *Santa Tell Me* erklingt. Eine hübsche junge Frau, der ich in den letzten Tagen schon öfter im Hotel begegnet bin, betritt tänzelnd das Kaminzimmer. Ihre brünetten Haare sind mit einer Schleife zu einem Pferdeschwanz gebunden, und sie trägt einen Weihnachtspullover, auf dem ein die Zunge herausstreckendes Rentier abgedruckt ist. *Wild.*

Als sie mich entdeckt, verstummt sie und erstarrt mitten im Zimmer. »Entschuldige bitte, ich wusste nicht, dass jemand hier ist.« Ihre Wangen laufen leicht rot an. Ich glaube, sie ist die Tochter der Inhaber.

»Schon okay, ich habe einen ruhigen Ort zum Arbeiten gebraucht.« Normalerweise ziehe ich mich dafür auf mein Hotelzimmer oder in eine hintere Ecke der Bar zurück, aber vorhin habe ich mich für das Kaminzimmer entschieden, da außer mir kein Gast anwesend zu sein scheint. Zumindest habe ich heute Morgen beim Frühstück niemanden gesehen, und ich saß eine ganze Weile dort, um bei frischem Kaffee die ersten To-dos zu erledigen. Wahrscheinlich ist die Frau deshalb singend durch das Hotel spaziert.

»Oh, du bist unser einziger Gast, richtig?«, bestätigt sie mir gleich beide meiner Vermutungen. Ich nicke, was sie nur noch mehr zum Strahlen bringt. Ob sie jemals schlechte Laune hat? Wann auch immer ich ihr auf den Fluren begegnet bin oder sie von meinem Platz in der Bar aus heimlich beobachtet habe, hatte sie dieses einnehmende Lächeln im Gesicht. Es sorgt auch jetzt wieder dafür, dass sich eine angenehme Wärme in meinem Bauch ausbreitet. Oder ist sie lediglich dem Kaminfeuer geschuldet?

»Ich bin Lena vom Empfang«, sagt sie. »Ich wollte den Kamin ausmachen, bevor ich in den Feierabend gehe. Aber ich kann stattdessen Holz nachlegen und später noch einmal kommen, wenn du möchtest?«

Das Feuer ist gemütlich, insbesondere da draußen unaufhörlich der Schneesturm tobt. Aber ich will kein Arschloch sein und sie um ihren Feierabend bringen. Vor allem nicht an Heiligabend.

»Eduard«, stelle ich mich ebenfalls vor. »Du kannst den Kamin gerne ausmachen.« Danach kann ich hoffentlich ohne eine weitere Unterbrechung weiterarbeiten.

Lena geht an mir vorbei zum Kamin und beginnt zu summen. Wieder *Santa Tell Me*. Den Song konnte ich wegen seiner Ohrwurmgefahr noch nie ausstehen. Sie greift geschäftig nach einem Eimer Sand, der neben einem Schürhaken auf einem Gestell aus schwarzem Messing hängt.

Ich überlege, sie zu bitten, mit dem Summen aufzuhören, bemerke aber im nächsten Augenblick, dass ich mich wegen Lenas überraschenden Auftauchens bei meiner letzten Buchung vertippt habe. *Mist!*

In mich hineingrummelnd klicke ich auf die Zahl, um sie zu ändern. Plötzlich erlischt das Deckenlicht. Nur noch die Flammen und das jetzt viel zu grelle Licht meines Bildschirms erhellen den Raum. Ich blinzele. »Was zur …?«

»Oje!«, stößt Lena aus. »Der Strom muss ausgefallen sein. Wegen dem Schneesturm.« In ihren Händen hält sie noch immer den Eimer mit Sand, den sie jetzt wieder zurückstellt, ohne ihn benutzt zu haben.

»Gibt es im *Alpenhof* kein Notstromaggregat?«

»Ich fürchte nein. Wir sind ein kleiner Betrieb und so weit abgelegen, dass wir im Notfall mit batteriebetriebenen Taschenlampen und Kerzen auskommen müssen.«

»Okay, und …« Ich verstumme, weil der Bildschirm meines Laptops einfriert und wenige Sekunden später schwarz wird. Ohne Stromzufuhr hat der Akku endgültig den Geist aufgegeben. »Das darf doch jetzt nicht wahr sein«, fluche ich.

Lena späht an mir vorbei auf meinen Bildschirm. »Was für ein Pech. Soll ich dir Stift und Papier zum Arbeiten bringen? Der Strom wird bestimmt bald wieder gehen, aber so könntest du die erzwungene Pause überdauern.«

Stift und Papier. Im Ernst? In welchem Jahrhundert ist sie stecken geblieben? Ich arbeite für ein Softwareunternehmen!

Ich mahne mich zur Ruhe, atme tief durch. »Ich bin auf meinen Laptop angewiesen.«

Sie tritt unruhig auf der Stelle. »Sicher gibt es bald wieder Strom. Nur noch ein bisschen Geduld.«

Geduld ist nicht meine Stärke, aber ich verkneife mir

einen bissigen Kommentar. Lena anzukeifen, ändert nichts an der Situation. Innerlich koche ich jedoch. Sobald der Strom wieder geht, werde ich komplett von vorne anfangen müssen, weil durch den Absturz des Laptops die Arbeit der vorherigen Stunden gelöscht sein wird. Dabei wollte ich bis morgen damit fertig sein! Mir wird nichts anderes übrig bleiben, als eine Nachtschicht einzulegen.

Ich erhebe mich vom Sessel und gehe zur Steckdose. »Herzukommen war so eine bescheuerte Idee«, fluche ich in mich hinein und wünschte, ich wäre einfach in meiner Wohnung geblieben. Hätte meine Familie geklingelt, um mich zu den Feierlichkeiten zu überreden, hätte ich nicht aufmachen oder gleich die Klingel ausstellen können. Aber nein, ich dachte, hier im *Alpenhof* könnte ich dem Stress entgehen und mich so sehr in die Arbeit vertiefen, bis ich vergesse, dass Weihnachten ist…

Immer noch aufgebracht, reiße ich den Adapter am Kabel aus der Steckdose. Durch den Schwung klatscht er mir beinahe ins Gesicht, prallt gegen die Wand und … *nein, nein, nein!* Der Adapter rastet mit einem Volltreffer in das goldgerahmte Bild ein, das dort hängt. Erst wackelt es gefährlich, dann muss ich mit Entsetzen dabei zusehen, wie es mit einem ohrenbetäubenden Krachen von der Wand fällt.

Ich springe zurück, bevor es mich erschlagen kann, lasse dabei vor Schreck das Kabel fallen. In der nächsten Sekunde durchdringt ein Klirren den ganzen Raum, als die Glasscheibe in tausend Teile zerspringt. Mein Ladekabel wird darunter begraben.

Lena entfährt ein spitzer Schrei, bevor sie zu mir herübereilt.

»Verdammt, es tut mir so leid, das wollte ich nicht«, stammele ich.

»Ach nein? Für mich sah es ganz danach aus, als wolltest du mit dem Kabel Rodeo spielen!« Sie ist wütend, zu Recht. Im nächsten Moment weiten sich ihre Augen, weil ihr wieder bewusst wird, dass ich Gast in ihrem Hotel bin. »Entschuldige bitte, das war unprofessionell von mir.«

»Schon okay, ich komme selbstverständlich für den Schaden auf.«

Lena atmet tief durch, bevor sie den Kopf schüttelt. »Nicht nötig, das Gemälde ist ein altes Erbstück, der Rahmen ist ohnehin nicht mehr zeitgemäß.« Sie betrachtet das Chaos zu unseren Füßen. »Ich gehe Putzzeug suchen, damit ich die Scherben auffegen kann.«

Mein schlechtes Gewissen wächst weiter an. »Ich helfe dir.«

»Musst du nicht.«

»Doch, bitte, das ist das Mindeste.« Schließlich ist es meine Schuld. Außerdem habe ich ohne Strom sowieso keine andere Aufgabe.

Sie seufzt. »Na gut. Bis gleich.«

Lena schaltet die Taschenlampenfunktion an ihrem Handy ein und verlässt den Raum. Ich bleibe zurück und lausche dem Tosen vor dem Gemäuer. Die Läden an den Fenstern klappern, halten den heftigen Sturmböen eisern stand.

Wenige Minuten später kehrt Lena mit Kehrschaufel und Handfeger bewaffnet zurück und fegt konzentriert die Scherben zusammen.

»Hast du nicht gesagt, der Strom würde nur kurz ausfallen?«, frage ich.

Lena hält inne, schaut zu mir auf und rümpft die Nase. Jetzt, da wir einander so nah sind, bemerke ich die Sommersprossen auf ihrem Gesicht. Für die hatte ich schon immer eine Schwäche.

»Ich habe mich wohl geirrt. So oft ist es aber auch noch nicht vorgekommen.«

Um mich nützlich zu machen, greife ich nach dem Bilderrahmen, in dem das Bild nur noch mit letzter Mühe hängt.

»Sei bitte vorsichtig damit, das hat mein Großvater meiner Großmutter in den 1950er-Jahren zu Weihnachten geschenkt!«, warnt mich Lena.

»Keine Sorge, ich bin durchaus in der Lage, ein Bild festzuhalten und –«. Plötzlich fällt der Rahmen komplett auseinander. Die Rückseite segelt zu Boden, samt Ölgemälde und … Moment, was ist das?

Lena schnaubt theatralisch, aber ich ignoriere sie, gehe in die Knie und ziehe vorsichtig das zweite Bild hervor, das hinter dem ersten steckt.

Es ist bunt und vollgestopft mit verschiedenen Elementen. Zwei Elefanten auf Stelzen, verzerrte Uhren, tropfende Gebäude. Ich erkenne keine wirkliche Bedeutung darin, muss aber zugeben, es ist wunderschön. Warum versteckt es jemand hinter dem langweiligen Ölgemälde einer verschneiten Berglandschaft?

»Was hast du da?« Lena legt das Kehrblech beiseite und beugt sich zu mir. Ich spüre ihren warmen Atem an meinem Hals kitzeln, ihre Nähe lässt mein Herz vor Aufregung schneller schlagen. Auf einmal stößt sie einen spitzen Schrei aus. »Das kann nicht echt sein. Oh mein Gott! Leg es sofort hin! Da rüber, auf den Zweisitzer.«

Ich runzele die Stirn, aber mache, worum sie gebeten hat. Mit weit geöffnetem Mund starrt Lena auf das Bild. Oder besser, auf die Signatur am unteren rechten Rand.

Sie ist blass um die Nase, sieht aus, als hätte sie ein Gespenst gesehen. Unaufhaltsam murmelt sie vor sich hin, und ich beschließe, die restlichen Scherben zusammenzufegen, um ihr Raum zu geben. Nachdem ich fertig bin, ist immerhin etwas Farbe in ihr Gesicht zurückgekehrt.

»Verrätst du mir, was es mit dem versteckten Bild auf sich hat?«

»Das glaubst du mir nie. Ich kann es ja selbst kaum glauben.«

Sie weicht ruckartig einen Schritt vom Bild zurück, streift dabei meinen Unterarm mit ihrem. Ein warmer Schauer rieselt durch mich hindurch.

»Ich … ich muss mich setzen.«

Wegen eines Bildes? Ich verstehe gar nichts mehr.

Sie lässt sich in einen der Sessel neben dem Kamin fallen. Ich setze mich neben sie. Etwas neugierig, was es mit meiner Entdeckung auf sich hat, bin ich schon. Vielleicht muss ich mich dadurch doch nicht mehr so schuldig dafür fühlen, ein Erbstück kaputt gemacht zu haben?

»Meine Großmutter hatte eine Lieblingsgeschichte. Sie hat sie mir immer wieder erzählt. Sie handelte von einem Kunstraub während des Kalten Krieges. Zu dieser Zeit wurden von Geheimdiensten wertvolle Kunstwerke aus den östlichen Blockländern gestohlen, um sie zur Finanzierung von Spionageoperationen oder als Tauschmittel zu nutzen. Zum Beispiel für Informationen.« Lena atmet tief durch. »Ich glaube, bei dem versteckten Bild handelt es sich um geraubte Kunst. Natürlich muss es erst geprüft werden, aber ich vermute, es ist ein echter Dalí.« Lena schüttelt den Kopf, ringt die Hände.

Mich überkommt das Bedürfnis, sie in den Arm zu nehmen. Sie sieht aus, als könnte sie eine Umarmung vertragen. Aber ich halte mich zurück, wir kennen uns schließlich kaum.

»Geraubte Kunst? Versteckt hinter einem Weihnachtsgeschenk?«, wiederhole ich und fühle mich wie in einem Kriminalfilm. »Und jetzt?«

»Ich schätze, das ist ein Problem für nach den Feiertagen. Aber falls das Gemälde wirklich echt ist, sollte es in einem Museum hängen und nicht in einem kleinen Familienhotel versteckt sein, oder?«

»Obwohl du mit dem Verkauf Unsummen machen könntest?«

»Es hat nie wirklich meiner Familie gehört.« Sie zuckt die Achseln. »Ich kenne mich damit nicht aus, aber ich vermute, dass wir es gar nicht verkaufen dürften. Vielleicht wird es sogar beschlagnahmt? Immerhin wurde das Bild gestohlen, und mein Großvater ist vermutlich durch einen illegalen Tauschhandel in seinen Besitz gekommen.«

Kurz herrscht Schweigen zwischen uns, und wir hängen jeder unseren eigenen Gedanken nach. Draußen stürmt es noch immer. Das Heulen des Windes ist zu einem steten Hintergrundgeräusch geworden, an das ich mich mittlerweile gewöhnt habe.

»Gut, dass ich Rodeo mit meinem Kabel gespielt habe«, versuche ich mich an einem Scherz.

Ihre Mundwinkel heben sich. »Du kannst ja doch noch etwas anderes außer griesgrämig sein.«

Ich zucke die Achseln. »Wenn man mich nicht gerade bei meiner Arbeit stört.«

Apropos, daran habe ich die ganze Zeit über nicht gedacht. Kurz erschrecke ich. Dann realisiere ich verwundert, dass diese kurze Zwangspause, die ich gerade mit Lena eingelegt habe, mich weitaus weniger stresst als erwartet.

Das Licht geht wieder an. Ich blinzele in der plötzlichen Helligkeit.

»Das passt ja perfekt«, sagt Lena und lächelt. »Siehst du, ich habe gesagt, es würde nicht lange dauern.«

»*Nicht lange* bedeutet zwei Minuten, nicht dreißig.«

Sie winkt ab. »Sei nicht so kleinlich.«

Ich muss ebenfalls lächeln. In ihrer Gegenwart fällt mir das leicht.

»Ich hoffe, das kommt jetzt nicht unhöflich rüber, schließlich gehöre ich zum Hotelpersonal«, beginnt Lena zögernd. »Aber hast du Lust, mit mir einen Weihnachtsfilm zu schauen? Ich habe in den letzten Tagen Kekse gebacken und bin fest entschlossen, mich bis zur Bescherung durch alle Sorten durchzutesten.«

Ich denke über ihr Angebot nach. Jetzt, da der Strom wieder geht, kann ich weiterarbeiten und habe eine Menge aufzuholen. Andererseits würde mich bei Lenas Weihnachtsfeier im Gegensatz zu meiner Familie kein Druck erwarten. Vielleicht … Nein, ein Abend Auszeit würde bedeuten, in Verzug zu geraten, das kann ich mir nicht leisten. »Vielen Dank für das Angebot, aber ich habe leider noch eine Menge zu tun.«

Sie wirkt enttäuscht, überspielt es aber hastig mit einem Lächeln und erhebt sich. »Na gut, dann frohe Weihnachten, Eduard.« Sie läuft zur Tür und schlüpft auf den Flur hinaus.

Ich setze mich wieder in meinen Sessel, das warme Licht erhellt den Raum, mein Laptop ist bereit zum Weiterarbeiten, und trotzdem fühle ich mich, als würde ich gerade eine riesige Chance verpassen. Warum kommt es mir so falsch vor, Lena gehen zu lassen?

Ich handele instinktiv, springe vom Sessel auf, lasse den Laptop im Kaminzimmer zurück und renne ihr nach.

»Hey, Lena!«, rufe ich auf dem Flur.

Sie bleibt stehen, dreht sich zu mir um. »Ja?«

»Ich habe es mir anders überlegt. Plätzchen naschen und dabei einen Weihnachtsfilm schauen klingt perfekt.«

Kurz kann ich selbst kaum glauben, dass diese Worte meinen Mund verlassen haben. Aber sie fühlen sich absolut richtig an. Meine Arbeit kann ich morgen noch erledigen und dafür ein paar Stunden länger machen. Aber das hier? Das kann nicht warten oder nachgeholt werden.

Irgendetwas gibt mir das Gefühl, dass mir ein so verrückter Nachmittag wie heute nur einmal im Leben passieren wird.

Lena grinst. »Gerade noch mal die Kurve bekommen, du hättest sonst echt was verpasst.«

Flirtet sie etwa mit mir? Mein Herzschlag beschleunigt sich. »Du bist ja sehr überzeugt von deinen Backkünsten.«

»Von denen rede ich nicht«, erwidert sie und sieht mich auf eine so intensive Weise an, dass ich mich frage, wie es wohl wäre, sie hier und jetzt an mich zu ziehen und zu küssen. Ihre Wangen sind gerötet. Ob ihre Gedanken gerade in eine ähnliche Richtung gehen?

Der Schneesturm kommt mir auf einmal wie ein Geschenk vor. Mit der richtigen Person könnte Weihnachten vielleicht doch nicht überbewertet sein.

5

NINA BILINSZKI

The Butterfly Effect

Nina Bilinszki ist mitten im Ruhrgebiet aufgewachsen, ehe es sie 2009 ins Rhein-Main-Gebiet zog. Bücher begleiten sie dabei schon ihr ganzes Leben, und auch das Schreiben ist inzwischen nicht mehr aus ihrem Leben wegzudenken. Wenn sie sich nicht gerade neue Geschichten ausdenkt, ist sie meist in der Natur anzutreffen, wo sie ihren Labrador-Mischling über die Felder scheucht.

Als ich aufstehe, weiß ich bereits, dass dieser Tag mir das Herz brechen wird. Sobald ich die Augen öffne, ist da dieses beklemmende Gefühl in meiner Brust, und es verschwindet auch nicht, nachdem ich mich angezogen habe und zur Arbeit fahre.

Der Weihnachtsmarkt liegt dunkel und still vor mir, als ich dort eintreffe. In der Nacht hat es angefangen zu schneien, und noch immer rieseln feine Flöckchen zur Erde. Ich halte mein Gesicht gen Himmel und nehme einen tiefen Atemzug, der aber auf halbem Weg in meine Lunge stecken bleibt. Mein Herz schlägt schwer gegen meine Rippen, als wolle es mich davor warnen, was vor mir liegt. Aber ich kann das Unausweichliche nicht aufhalten, egal, wie sehr ich es mir wünsche.

»Guten Morgen, Elara.«

Milan taucht hinter mir auf, und allein seine Stimme jagt einen angenehmen Schauer über meinen Rücken. Ich drehe mich zu ihm um, versuche, ruhig zu bleiben, auch wenn mein Innerstes in hellem Aufruhr ist. *Er* ist der Grund, warum der heutige Tag mich ängstigt, denn es ist der letzte Tag, an dem der Weihnachtsmarkt stattfindet. Der letzte Tag, an dem wir zusammenarbeiten werden, ehe ich ihn vermutlich nie wiedersehe.

Wie jeden Morgen drückt er mir einen Becher mit Kaffee in die Hand.

»Guten Morgen. Hast du gut geschlafen?«, frage ich.

Meine Stimme klingt rau in meinen eigenen Ohren, aber falls es Milan auffällt, lässt er es sich nicht anmerken.

»Bisschen zu kurz, aber sonst gut.« Er streicht sich seine dunkelblonden Haare aus der Stirn, die so lang geworden sind, dass ihm die Spitzen in die Augen hängen. Diese wundervollen blaugrünen Augen, von denen ich heute Nacht noch geträumt habe.

Ich räuspere mich und senke den Blick, damit er nicht sieht, dass ich rot werde. Seit vier Wochen arbeiten wir nun an diesem Stand auf dem Weihnachtsmarkt, der selbst gebastelten Weihnachtsschmuck der örtlichen KiTa verkauft. Sämtliche Einnahmen sind dazu bestimmt, den Bau des neuen Abenteuerspielplatzes zu ermöglichen. Was vermutlich der einzige Grund ist, warum wir guten Umsatz gemacht haben. An den Ornamenten an sich kann es nämlich nicht liegen. Denen sieht man deutlich an, dass sie von Drei- bis Sechsjährigen geschaffen wurden.

»Bist du bereit für den letzten Tag?«, fragt Milan, und ich verschlucke mich an meiner Spucke, als ich das leicht hysterische Lachen herunterkämpfe, das sich aus meiner Kehle befreien will.

»Klar, ich bin froh, wenn ich ab morgen ausschlafen kann«, erwidere ich bemüht cool. »Und du?« Ich sehe ihn direkt an, versuche, seine Reaktion abzuschätzen, aber er bleibt genauso ungerührt, wie ich vorgebe zu sein.

»Ich habe keine Lust, morgen nach München zu fahren, die Züge werden sicher supervoll sein. Aber ich will Weihnachten auch nicht allein verbringen, daher …« Er zuckt mit den Schultern in einer Was-will-man-machen?-Geste.

»Ich wünsche uns beiden für morgen gutes Zug-Karma.« Wir studieren beide in Frankfurt, aber während er ursprünglich aus München kommt, wohnt meine Familie in Bochum, und mir steht eine ähnliche Fahrt bevor. *Sehr hohe Auslastung,* warnt die App bereits, und ich bin froh, dass ich eine Sitzplatzreservierung habe.

»Darauf trinke ich heute Abend.« Milan wendet sich ab, um die Fensterläden nach oben zu klappen und zu befestigen und unsere Bude damit zu öffnen. Ich betrachte seine Rückansicht. Die gefütterten Boots, die er trägt. Seine Beine, die in engen Jeans stecken, die seine muskulöse Statur umschmeicheln. Er sieht wie immer fantastisch aus, aber wem mache ich eigentlich etwas vor? Er könnte vermutlich auch einen Müllsack tragen, und ich würde ihn immer noch attraktiv finden. »Wie lange bleibst du im Pott?«

»Das habe ich noch nicht entschieden. Mal schauen, wie lange es dauert, bis Mira mir auf die Nerven geht.« Meine kleine Schwester ist sechzehn und steckt mitten in der Pubertät. An manchen Tagen kommen wir super miteinander aus, an anderen hasst sie die ganze Welt – einschließlich mir.

Milan beugt sich an mir vorbei, um nach seinem Kaffee zu greifen. Dabei kommt er mir so nah, dass sein Oberarm meine Brust streift, was in dieser engen Bude nicht zu vermeiden ist. Sein Duft nach Sandelholz und seinem Duschgel dringt mir in die Nase, frisch und maskulin zugleich. Und obwohl wir beide dicke Daunenjacken tragen, bilde ich mir ein, die Wärme spüren zu können, die er ausstrahlt. Vielleicht ist es aber auch nur meine eigene Hitze, die mir in die Wangen steigt, weil wir uns so nah sind und ich mir wünsche, ihm noch viel näherzukommen.

Fast habe ich das Gefühl, dass Milan ein bisschen länger an mir lehnt als nötig, dass er es genauso auskostet, mich zu berühren. Aber das ist mit Sicherheit nur Einbildung. Seit genau vier Wochen kennen wir uns, und fast genauso lang stehe ich auf ihn. Sein Aussehen hat mir schon vom ersten Moment an gefallen, und da er zudem einer der nettesten Menschen ist, die ich je getroffen habe, hat es nicht lange gedauert, bis ich hoffnungslos in ihn verliebt war. Milan ist zuvorkommend, bringt mir jeden Morgen einen Kaffee mit, und in all der Zeit habe ich ihn nicht ein einziges Mal etwas Schlechtes über andere reden hören. Nicht einmal über seine Uniprofessoren, die ihn erbarmungslos mit Arbeit überschütten.

Aber auch wenn es ab und an diese kleinen Momente zwischen uns gab wie jetzt, wo ich einen Anflug von Nähe zu ihm gespürt habe, hat er nie wirkliches Interesse an mir gezeigt. Zumindest keins, das über eine freundschaftliche Beziehung hinausgeht. Daher bin ich mir ziemlich sicher, dass ich alles, was ich mir zu sehen wünsche, in sein Verhalten hineininterpretiere.

Auch jetzt zieht sich Milan zurück, wendet sich ab, um einen kräftigen Schluck aus seinem Kaffeebecher zu trinken. Einem wiederverwendbaren, denn natürlich ist er nicht nur ein guter Kerl, sondern versucht auch seinen Teil dazu beizutragen, die Zerstörung der Umwelt aufzuhalten.

Hätte ich mich nicht in jemanden verlieben können, der ein bisschen mehr Arschloch ist? Dann würde es mir sicher leichter fallen, ihn zu vergessen, wenn wir uns ab morgen nicht mehr sehen.

Gott, er hat bisher ja nicht einmal nach meiner Handynummer gefragt, und wenn das kein eindeutiges Zeichen ist, dann weiß ich es auch nicht.

»Da kommen die ersten Gäste.« Er richtet sich gerade auf und setzt sein gewinnbringendes Lächeln auf, mit dem er das ältere Paar begrüßt, das an unsere Bude herangetreten ist. Gleich wird er seinen Charme spielen lassen, wie

74

ich es schon Hunderte Male mitangesehen habe, und ehe das ahnungslose Paar es bemerkt, wird es Dinge gekauft haben, die es eigentlich gar nicht braucht, um die örtliche KiTa zu unterstützen.

Ich unterdrücke ein Seufzen. Das wird ein langer Tag, denke ich – doch wie ich mich täusche. Der Tag zieht so schnell an mir vorbei, dass es mir abends vorkommt, als hätte ich nur vier anstatt neun Stunden hier gestanden. Seit über einer Stunde hatten wir keine Kundschaft mehr, nur um den Glühweinstand tummeln sich noch einige Leute. Zwischen denen ist auch Milan gerade verschwunden, um einen letzten Drink für uns zu holen, ehe wir unsere Bude endgültig für dieses Jahr schließen.

Es hat wieder angefangen zu schneien. Eine weiße Schicht bedeckt die Dächer der Hütten und hat sich auf den Ästen des Weihnachtsbaums niedergelassen, der in der Mitte des Platzes aufgestellt wurde. Wenn es nicht morgen noch mal anfängt zu tauen, könnten wir tatsächlich weiße Weihnachten bekommen. Ich würde mich darüber freuen, wenn ich nicht so bedrückt wäre.

»Hier.« Milan hält mir einen Becher mit dampfender dunkelroter Flüssigkeit unter die Nase.

»Danke.« Ich nehme ihn entgegen und lege meine frierenden Finger darum, um sie zu wärmen.

»Hast du die Einnahmen gezählt?« Er nickt in Richtung unserer Kasse.

»Es ist offiziell unser bester Verkaufstag.« Ein stolzes Lächeln schleicht sich auf meine Lippen, das Milan erwidert.

»Darauf trinken wir.« Er hält mir seinen Becher hin, und ich stoße mit meinem dagegen. »Auf uns.«

Auf uns hallt es in meinem Kopf nach, als ich einen Schluck trinke. Natürlich verbrenne ich mir die Zunge an dem viel zu heißen Glühwein. »Mist.« Ich stelle den Becher beiseite und trinke schnell aus meiner Wasserflasche, um die Stelle zu kühlen.

»Alles okay?« Besorgt mustert Milan mich.

»Hab mir nur die Zunge verbrannt«, murmle ich.

»Hätte ich dir sagen müssen, dass der heiß ist?«, neckt er mich, und seine blaugrünen Augen funkeln im matten Licht der Weihnachtsbeleuchtung, die unsere Bude einhüllt.

In meinem Bauch kribbelt es heftig, und ich würde mich so gern vorbeugen und mit einem flotten Spruch kontern. Aber erneut traue ich mich nicht, auch nur einen Anflug des Interesses zu zeigen, das ich an ihm habe. Außerdem war ich noch nie gut im Flirten und habe schon vor langer Zeit aufgegeben, es erzwingen zu wollen.

Der Moment zwischen uns ist vorbei, verschwindet wie die Schneeflocke, die ihren Weg in unsere Hütte gefunden hat und auf seiner Wange landet, bevor sie schmilzt. Ich möchte den Augenblick festhalten, aber er gleitet mir aus den Fingern wie feinkörniger Sand. Meine ungesagten Worte werden vom Wind davongetragen und zerstreuen sich in den letzten Gesprächen, die über den Platz hallen.

Es ist noch gar nicht so spät, erst kurz nach fünf am Nachmittag, doch dieser Weihnachtsmarkt ist einer der kleinen, die nur tagsüber geöffnet haben. Am Glühweinstand wird gerade die letzte Runde ausgeschenkt, aber ich habe nur Augen dafür, wie Milan seine Sachen zusammenpackt. Der Kloß in meinem Hals wird größer, denn ich realisiere: Das ist er, der Moment, vor dem ich mich so sehr gefürchtet habe. Der Moment des Abschieds.

Milan wendet sich mir zu. Bedauern blitzt in seinen blaugrünen Augen auf, als er dicht vor mich tritt. »Ich habe es sehr genossen, mit dir zusammenzuarbeiten.« Er hebt eine Hand zu meinem Gesicht, wickelt eine lose blonde Haarsträhne um seinen Finger und schiebt sie hinter mein Ohr. Dabei streift er hauchzart meine Wange und setzt meine Haut in Flammen.

Ich nicke bloß, denn meine Kehle ist so zugeschnürt, dass ich kein Wort hervorbringe. Was soll ich auch sagen? *War schön mit dir?* Oder: *Ich werde dich vermissen?* Vielleicht auch: *Ich werde mich nie wieder so auf die Arbeit freuen wie in den letzten vier Wochen?*

Milans Blick bohrt sich in mich hinein, unergründlich, tief, als wollte er etwas zutage fördern, das seit vielen Jahren in mir verborgen liegt. Ich frage mich noch, was das sein soll, da finde ich mich plötzlich in Milans Umarmung wieder.

Fest schließen sich seine Arme um mich, hüllen mich ein, und etwas in mir klickt, weil es sich so vollkommen richtig anfühlt. Ich lasse meinen Kopf an seine Schulter sinken und atme tief seinen unvergleichlichen Duft ein. Für einen Moment schließe ich die Augen, als könnte ich damit auch die Realität ausschließen. So verharren wir für zwei, drei wundervolle Sekunden, ehe sich Milan von mir löst.

Langsam tritt er von mir zurück und nimmt einen tiefen Atemzug. »Mach's gut, Elara. Frohe Weihnachten.« Der Anflug eines traurigen Lächelns umspielt seine Mundwinkel, dann dreht er sich um und verlässt unseren Stand. Die Tür fällt mit einem Knarzen hinter ihm zu, und ich bin allein.

Das Gefühl ist so allumfänglich, drückt auf meine Brust und verursacht ein verräterisches Kribbeln hinter meinen Augenlidern. Schnell wende ich mich von der geschlossenen Tür ab, die mich zu verhöhnen scheint, und suche stattdessen meine Sachen zusammen. Ich stopfe alles, was ich in den letzten Wochen in der Hütte verteilt habe, in meine Handtasche, schalte den Heizlüfter unter dem Tresen aus und ziehe den Stecker. Dann schließe ich die Fensterläden. Die Kassette mit den Einnahmen klemme ich mir unter den Arm, um sie bei der Weihnachtsmarktleitung abzugeben.

Ein letztes Mal sehe ich mich in der nun leeren Bude um, ehe ich mich der Schublade zuwende, in der ich immer mein Handy verstaut habe, damit ich leichten Zugang dazu habe. Plötzlich will ich nur noch weg hier. Will mich mit einer Flasche Wein und einer Tafel Schokolade auf meine Couch verkrümeln und in Selbstmitleid baden.

Ich ziehe die Schublade auf, will nach meinem Handy greifen und erstarre. Direkt daneben liegt ein kleiner weißer Umschlag. Einer, von dem ich mir absolut sicher bin, dass er vor einer halben Stunde, als ich zuletzt meine Nachrichten gecheckt habe, noch nicht da gewesen ist.

Ich drehe mich in der kleinen Hütte um, aber natürlich ist da niemand außer mir. Milan ist vor wenigen Minuten gegangen, und er wird nicht auf magische Weise hinter mir erscheinen.

Moment … hat *er* diesen Umschlag dahin gelegt? Niemand sonst kann es gewesen sein.

Mit zitternden Fingern greife ich danach. Er ist unscheinbar, nirgendwo ist etwas daraufgeschrieben, und er ist so leicht, dass ich mich frage, ob sich überhaupt etwas darin befindet. Langsam ziehe ich die Lasche auf und werfe einen Blick hinein. Ein loser Zettel, wie von einem Notizblock, und eine Art Ticket befinden sich darin. Mit klopfendem Herzen ziehe ich den Zettel hervor. Ein einzelner Satz ist in krakeliger Handschrift daraufgeschrieben.

Triff mich im Schmetterlingshaus.

Zuerst weiß ich nicht, was das bedeuten soll, bis ich mir das beigelegte Ticket genauer ansehe. Eine Eintrittskarte für den Palmengarten. Natürlich, das neue Schmetterlingshaus im Botanischen Garten, das erst vor Kurzem eröffnet wurde. Will sich Milan dort mit mir treffen?

Mein Herz stolpert, und in meinen Fingerspitzen beginnt es zu kribbeln. Augenblicklich kommt Bewegung in mich. Ich stopfe mein Handy in die Handtasche, werfe mir diese über die Schulter und stolpere nach draußen. In Windeseile schließe ich ab, bringe die Einnahmen weg und laufe zu meinem Auto, das nur einige Querstraßen entfernt parkt.

Die Fahrt zum Palmengarten dauert knapp fünf Minuten, die mir jedoch wie eine kleine Ewigkeit vorkommen. Ich passiere den Eingang, werde mit meinem Ticket reingelassen und laufe durch den dunklen Park, der festlich geschmückt ist. Überall in den Bäumen hängen Lichterketten und leuchtende Ornamente, die an Weihnachten erinnern, doch ich habe keinen Blick dafür. Schnellen Schrittes laufe ich auf das Schmetterlingshaus zu, das genau am anderen Ende des Parks liegt. Noch immer rieseln Schneeflocken um mich herum zu Boden, aber auch ihnen schenke ich keine Beachtung.

Das Herz schlägt mir bis zum Hals, und ich kann nur daran denken, dass Milan dort auf mich wartet. Milan, in den ich schon verknallt war, fünf Minuten nachdem ich ihn kennengelernt hatte. Von dem ich bis vor einer halben Stunde aber dachte, dass er kein Interesse an mir hat.

Ein Prickeln durchläuft meinen Körper, als ich die Glastür aufziehe und das Schmetterlingshaus betrete. Feuchte Wärme schlägt mir entgegen. Ich ziehe den Reißverschluss meiner Daunenjacke auf und lockere meinen Schal. Ein blauer Schmetterling, der so groß wie meine Hand ist, fliegt direkt vor mir. Flatternd bleibt er in der Luft vor mir stehen, als wollte er mich genauso betrachten wie ich ihn, dann fliegt er in die Höhe davon.

Ich gehe weiter in das Haus hinein, folge dem gewundenen Pfad durch den angelegten Urwald, bis ich Milan ganz am Ende entdecke. Er steht vor einem Baum, auf dem sich etliche Schmetterlinge niedergelassen haben, den Rücken zu mir. Trotzdem erkenne ich ihn sofort an seiner Jacke, der Statur und den zerwuschelten dunkelblonden Haaren.

Als würde er meinen Blick auf sich spüren, dreht sich Milan genau in dem Moment zu mir um. Seine Mundwinkel heben sich, als er mich bemerkt, und mein Herz stolpert in meiner Brust. In drei Schritten bin ich bei ihm.

»Du bist gekommen.« Er klingt so erstaunt, wie ich mich gefühlt habe, als ich seine Nachricht gefunden habe.

»Natürlich.« Meine Stimme zittert, und ich schwanke auf den Beinen. Vielleicht dreht sich auch die Welt um mich herum, weil Milan alles aus den Angeln hebt, das ich zu wissen geglaubt habe.

Er tritt näher, bis uns nur noch wenige Zentimeter trennen, und greift nach meiner Hand. Warm umschließen seine Finger die meinen, und ich bin mir sicher, dass ich jeden Moment zu einer Pfütze zerfließen werde. »So natürlich ist das für mich nicht. Du warst oft so cool und distanziert, dass ich nicht einschätzen konnte, wie du zu mir stehst.«

Fast hätte ich gelacht. Stattdessen heben sich meine Mundwinkel, und ich drücke seine Hand. »Sagt derjenige, der immer so reserviert war, dass ich dachte, du findest mich total langweilig«, kontere ich.

»Hey, ich hab dir jeden Morgen einen Kaffee mitgebracht«, empört er sich.

»Das war wirklich nett, aber ganz sicher keine Liebesbekundung.«

Er lacht leise, rau. »Das ist mir dann auch klar geworden, und mir ist die Idee mit dem Schmetterlingshaus gekommen.«

Das ist so unglaublich süß, dass mir mein Herz vor Freude aus der Brust springen will. Trotzdem kann ich mich nicht davon abhalten zu fragen: »Warum hast du es mir nicht einfach gesagt, wenn du etwas für mich empfindest?«

»Weil ich nicht wusste, ob du dasselbe für mich fühlst, und mit einer Abfuhr hätte ich nicht gut umgehen können. Wenn du nicht aufgetaucht wärst, hätte ich mir immer noch einreden können, dass du den Zettel einfach nicht gefunden hast.«

Ich kann nicht anders, als laut zu lachen. »Du hast den Umschlag praktisch auf mein Handy gelegt, wie hätte ich den übersehen sollen?«

Verlegen grinst er mich an. »Ich habe nicht gesagt, dass es logisch ist, wie ich mich selbst verarsche.« Dann tritt ein Funkeln in seine Augen. Er legt die Hände auf meine Hüften und zieht mich an sich. »Willst du jetzt weiter diskutieren, oder darf ich dich endlich küssen?«

Der Atem stockt in meiner Brust. »Okay, küss mich«, stammle ich, und bevor ich auch nur einen weiteren Gedanken fassen kann, senkt Milan den Kopf und presst seine Lippen auf meine.

Meine Knie werden weich, und ich kralle mich an seinen Schultern fest. Der Kuss ist sanft, aber fordernd zugleich. Milan schmeckt nach dem Glühwein, den wir zuvor getrunken haben. Süß, spicy und nach *mehr*. Seine Lippen passen perfekt auf meine, und wir bewegen uns im Einklang, als wären wir aufeinander abgestimmt. Ich gebe mich ihm hin – dem Kuss und allem, was noch folgen mag.

Ich weiß nicht, wie viel Zeit vergeht, bis sich Milan wieder von mir löst, aber wir atmen beide schwer. Seine Lippen glänzen feucht und sind von unserem Kuss gerötet, und vermutlich sehe ich nicht anders aus. Sein Blick wandert über mein Gesicht, als wollte er sich jeden Zentimeter einprägen. »Kommst du noch mit zu mir?«

Ich nicke, weil ich noch immer atemlos bin, aber nichts lieber tun möchte als das.

Mit meinem Gefühl von heute Morgen lag ich wohl falsch: Dieser Tag hat mich soeben zum glücklichsten Menschen der Welt gemacht.

6

BERIL KEHRIBAR

Spieglein,
Spieglein ...

Beril Kehribar, geboren 1991, lebt mit ihrem Mann und den gemeinsamen zwei Katzen in einem alten Haus im Grünen – mit eigener kleiner Bibliothek. Sie hat einen Hang zu allem, was düster ist, und erschafft am liebsten ebenso dunkelschattierte Charaktere und geheimnisumwobene Welten. Das Schreiben war für sie schon immer eine Zuflucht, und 2021 ist es ihr gelungen, diese Leidenschaft zum Beruf zu machen. Das sogar mehr als erfolgreich: Ihr Debüt *Schattenthron* eroberte mit beiden Bänden wiederholt die SPIEGEL-Bestsellerlisten und begeistert bis heute Tausende von treuen Leserinnen und Lesern. Auf Instagram (@beril.kehribar) teilt die Autorin regelmäßig Neuigkeiten aus ihrem Lese- und Schreiballtag, aber auch aus ihrem Privatleben.

Es war einmal eine bildschöne junge Königin, die in einem pompösen Schloss am Rande eines immergrünen Waldes lebte. Dort saßen singende Vögel zwischen bunten Blättern in dichten Baumkronen, glitzernde Einhörner trabten über saftige Wiesen, und die Luft war erfüllt von Glück und Frieden.

So oder so ähnlich hätte meine Geschichte angefangen, wenn aus mir tatsächlich die Frau geworden wäre, die meine Eltern sich immer gewünscht hatten.

Doch meine Eltern waren tot und ihr Schloss längst verwahrlost.

Die Dielen unter meinen Füßen knarzten, als ich an das bodentiefe Fenster trat. Zwischen den Samtvorhängen fiel Licht in den Raum und zeichnete Schatten mit harten Konturen an die Wände.

Ich sah hinaus in den Wald. Jenen, in dem es keine Vögel und keine Einhörner gab. Nur verdorrte Bäume, die ihre nackten, spitzen Äste zu abstrusen Geschwüren verwoben und sich in einen düstergrauen Himmel ergossen, an dem sich dunkle Wolken aneinanderdrängten. Dicke Flocken rieselten aus ihnen herab wie aufgewirbelte Asche.

Ein Wimmern in meinem Rücken riss mich gedanklich zurück in meine Gemächer. Ich ließ von der Gardine ab, die sogleich wieder zufiel und das dämmrige Licht aussperrte.

»K-königin Ellisar?« Mistys Schultern hingen herab, ihr Kopf war gebeugt. Einzelne kupfergoldene Strähnen umrahmten ihr Gesicht. Der Saum ihres blassgrünen Kleides hatte eine Spur durch den feinen Staub gewischt, der den Boden bedeckte.

»Was gibt es?«

Im vorherrschenden Zwielicht sah ich die Kehle der kleinen Fee zucken, nachdem sie ihr Haupt erhoben hatte. Ein schwarzes Band war um ihre Augen geschlungen, verwehrte ihr die Sicht. Auf *mich*.

»Die Belegschaft«, sie räusperte sich und sprach mit kräftigerer Stimme weiter, »die Belegschaft bat mich, Euch daran zu erinnern, dass …« Misty grub die Zähne in ihre Unterlippe und kaute auf ihr herum, die zarten Finger umeinandergekrümmt.

»Ich weiß, dass in zwei Wochen das Weihnachtsfest ansteht«, gab ich zurück und hörte, wie jedes Wort mit einer auftürmenden Schärfe über meine Lippen drang. Es war jedes Jahr das Gleiche. »Aber in diesem Schloss wird es keine Feierlichkeiten geben. Niemand wird es betreten.« *Und niemand wird mir ins Gesicht blicken.*

Ich beobachtete, wie Mistys Gestalt immer weiter in sich zusammenfiel, bevor sie ihre Schultern mit einem tiefen Atemzug straffte.

Irgendwo in mir drin zerbrach etwas, als mir schmerzlich bewusst wurde, dass sie das Thema noch nicht ziehen lassen würde. Vermutlich hatten sie und die anderen Bediensteten Streichhölzer gezogen, und das arme Mädchen war nun dazu verdammt, mich überzeugen zu müssen.

Doch das konnte sie nicht. Niemals. Niemals würde ich wieder Liebe in diese Mauern lassen. Jene, die das alte Schloss formten, und jene, die den wulstigen Muskel im Gefängnis meines Rippenkäfigs umschlossen. »Ich will, dass du gehst. Sofort.« Selbst ich vernahm den frostigen Ton, der meine Worte umhüllte wie ein eisiger Wind.

Misty gab einen erschrockenen Laut von sich, bevor sie knickste und davoneilte. Scharfe Bitterkeit legte sich auf meine Zunge wie Splitter aus Eis. Jetzt waren da nur noch ich und …

Ich ging zu der dunkel vertäfelten Wand, streckte eine Hand aus und betrachtete die Knochen und Sehnen, über die sich schuppige Haut spannte.

Vorsichtig griff ich nach dem seidenen Tuch vor mir und zog daran, bis es lautlos zu Boden glitt und den Spiegel enthüllte. Ich schluckte, doch nichts vermochte es, die Enge in meinem Hals zu vertreiben.

Ich beobachtete, wie mein Blick sich von meinem Spiegelbild löste, um zunächst den golden verschnörkelten Rahmen des alten Erbstücks nachzufahren, als könnte mir das irgendeine Form der Linderung verschaffen. Es zögerte das Schlimmste höchstens hinaus. Das heiße Lodern in meinen Venen, das wie alles verzehrendes Feuer durch mich hindurchrauschte, um jeden Zentimeter meiner Haut zu verbrennen. Aber das war mir nur recht. Sollte ich doch zu Asche zerfallen.

Diese Gefühle zu ertragen, gehörte zu mir wie die Hässlichkeit, die mir aus trüben Augen entgegenblickte. Sie glichen verglühten Sternschnuppen, eingerahmt von gräulich schimmernden Schuppen wie ein Bildnis des Grauens. Die Löcher darunter blähten sich auf, als ich verzweifelt Luft in meine Lungen zog. Und die spröden Lippen bebten bei dem Atemzug, der sich kurz darauf aus meiner Kehle quälte. Das war ich. Die junge Königin Ellisar, die mit jedem verstreichenden Winter grässlicher wurde. So, als würde die Bitterkeit aus meinem Herzen in meine Züge strahlen. Es verwunderte mich kaum, dass meine Mutter meine Geburt nicht überlebt hatte und mein Vater ihr wenige Jahre später ins Grab folgte – nicht dazu fähig, mich einen weiteren Tag zu lieben. *Irgendwann*, dachte ich in stillen Momenten, *irgendwann würde es einen Menschen geben, der mich nicht allein ließ.* Es war mein Geheimnis. Eines, das mich die klirrende Kälte ertragen ließ.

Ein Geräusch hinter dem Fenster ließ mich herumfahren. Hastig bedeckte ich den Spiegel, dann schob ich die Vorhänge auf und blinzelte gegen das Licht an, das sich mit einer Vehemenz durch die Scheibe brannte, dass es mich für einen Moment aus der Fassung brachte.

Und tatsächlich: Dort saß etwas im Baum. Mein Herz, das lange Zeit nichts als Traurigkeit gespürt hatte, schlug plötzlich einen neuen Takt an. Einen schnellen, beinahe flatternden.

»Eine Katze«, murmelte ich und führte sogleich meine Finger an die Lippen, um sicherzugehen, dass ich die Worte gesprochen hatte. So, als wären sie genauso unecht wie das Tier, das ich beobachtete. Gebannt sah ich ihm dabei zu, wie es von Ast zu Ast kletterte, das orangegoldene Fell seidig glänzend. Katzen waren die Lieblingstiere meiner Mutter gewesen, so hieß es.

Hastig raffte ich meine Röcke und stürmte aus meinem Gemach. Ich polterte über die staubigen Stufen der Treppe, die sich geschwungen einen Weg in die untere Etage wand, griff nach meinem gefütterten Umhang, den ich mir im Gehen über die Schultern legte, und trat hinaus in die winterliche Kälte, ignorierte die Rufe der Feen. Es war das erste Mal seit unzähligen Jahren, dass meine Füße in einer dicken Schicht aus Schnee versanken. Mein Herzschlag fühlte sich an, als wollte er mein Trommelfell platzen lassen. Sofort schoss mein suchender Blick in die

Baumkronen, und obwohl ich zunächst nichts erkannte, spürte ich einen Funken, dort, wo lange Zeit ein Loch in meiner Brust gewesen war.

Hoffnung. Und sie wuchs heran zu einem Wildfeuer, als die Katze den Baumstamm hinunterkletterte und auf mich zurannte. Ich hielt den Atem an. Das Tier schlängelte sich um meine Knöchel, und Wärme stieg in mir auf. Ich war lange nicht mehr berührt worden, hatte es mir verboten. Gerade wollte ich mich zu ihr runterbeugen, da floh sie. Natürlich.

Auf ihrem Weg in Richtung des Flusses hielt die Katze jedoch inne und sah zu mir zurück, als wollte sie sagen: *Komm mit mir.*

Ich ließ mich nicht zweimal darum bitten, war dies doch das erste Mal, dass ich Leben außerhalb der Schlossmauern spürte. Der kalte Wind scheuerte an meinen Wangen, mein Herz flatterte aufgeregt wie ein Vogel, der seinem Käfig entkommen wollte.

In der Ferne sah ich das orangegoldene Fell im Meer aus unschuldigem Weiß aufflammen, doch es war nicht nur die Katze, die dort saß.

Ich beschleunigte meine Schritte, und dann erreichte ich sie beide. Die Katze und den … Mann. Er lag am Flussufer, als schliefe er. Noch nie hatte sich jemand hierher verirrt. Nicht in den Jahren nach Vaters Tod.

»Geheiligte Göttin«, stieß ich aus, obwohl ich schon lange damit aufgehört hatte, an ihre Existenz zu glauben. Ich trat nur langsam auf den Fremden zu. Überlegte, ob ich das Schlimmste abwenden konnte, wenn ich mein Gesicht hinter den dünnen Strähnen meines Haars versteckte. Was würde er denken, wenn er die Augen öffnete und mich erblickte?

Doch der Fremde war kein Fremder, wurde mir klar. Es

war der Stallbursche Evered aus dem Reich hinter dem Fluss. Früher einmal hatte ich ihn oft durch das Fenster beobachtet, wenn er mit den Pferden draußen war – damals, als der Wald um unser Schloss noch ein schöner Ort gewesen war.

»Was tust du hier?« Der Wind nahm meine geflüsterten Worte mit sich, und Evered rührte sich nicht. Sollte ich umdrehen, bevor Dinge geschahen, die ich nicht mehr rückgängig machen konnte? Aber meine Neugier überwältigte mich. Wie lange schon hatte ich keinen anderen Menschen mehr zu Gesicht bekommen?

Ich beugte mich über ihn, mein Herz hämmerte, als wollte es sich einen Weg aus meinem Körper kämpfen. Als wir Kinder gewesen waren, war es mir nie aufgefallen, aber er war schön, Evered. Hatte feine Gesichtszüge und glänzendes Haar in der Farbe von Rabenschwingen. Eine Strähne war ihm in die Stirn gefallen, und ich streckte einen Finger nach ihr aus. Als ich meine hässliche Klaue neben seinem perfekten Gesicht sah, zuckte ich zurück.

Ich wollte aufstehen und davonrennen, ehe er aufwachte und über mich lachte, da traf es mich wie eine Schneelawine: sein dunkles Hemd war getränkt von einem tiefen Rot, das sich grotesk von dem schneebedeckten Ufer abhob.

Er blutete. Er *ver*blutete. Sofort schüttelte ich ihn, wollte ihn wecken, doch er bewegte sich nicht. Die Katze neben ihm gab ein jaulendes Geräusch von sich, das mich bis ins Mark erschütterte.

Ich tastete nach den Knöpfen seines Hemds, öffnete es mit fahrigen Fingern und erstarrte. In seiner Brust klaffte ein Loch, und darin lag sein zerrissenes Herz. Angst und Entsetzen rangen in meinem Kopf, gruben sich in meinen Bauch. Ich sah die Katze an.

»Ich fürchte, er ist –« Das letzte, alles besiegelnde Wort blieb in meinem Brustkorb stecken, als Evered die Lider aufschlug. Ich hatte noch nie das Meer gesehen, aber die Farbe seiner Augen leuchtete in jener Farbe, wie ich es mir immer vorgestellt hatte. Und der Blick aus ihnen heftete sich auf … *mich*.

Die altbekannte Scham, die mich in einem solchen Moment sonst an der Kehle gepackt hätte, blieb aus. Wurde ausgetauscht mit einem Gefühl durchsetzt von einer Mischung aus Sorge und Erleichterung. Evered *lebte*. Und er teilte die vollen, herzförmigen Lippen.

»Dein Antlitz ist das Letzte, was ich in diesem Leben sehen darf.« Irrte ich mich, oder zupfte so etwas wie ein Lächeln an seinen Mundwinkeln? »Und ich bin der Geheiligten dankbar dafür.«

Ich fing mich so schnell ich konnte und eilte mit aufgeregt klopfendem Herzen zurück ins Schloss, um Hilfe zu holen, während Evered erneut in die Bewusstlosigkeit driftete.

Die Feen hatten alles getan, was sie konnten. Evered heilte nicht. Er hatte aufgehört zu bluten, doch sein Herz ließ sich nicht wieder zusammenflicken.

»Es tut mir schrecklich leid, Königin Ellisar.« Eine dicke Träne quoll unter Mistys Augenbinde hervor. »Wir können ihm nicht helfen. Er wird uns bald verlassen.«

Misty ging fort, und ich blieb allein an Evereds Bett zurück, dazu verdammt, einen weiteren Menschen aus diesem Leben zu verabschieden. Mir wollte nicht aus dem Kopf gehen, wie er mich angesehen hatte, ohne jegliches Entsetzen. Stattdessen hatte ich *Frieden* in seinen Augen erkannt.

Die Tage zogen ins Land, der letzte Monat des Jahres

neigte sich seinem Ende zu, um bald Platz für einen Neu-
anfang zu schaffen, der doch nichts Neues mit sich brachte.

Ein Ächzen riss mich aus meinen Gedanken zurück in
die triste Realität. Evered war aufgewacht, sein Atem ging
langsam. Blinzelnd erwiderte ich seinen Blick, spürte ein
seltsames Kribbeln in meinem Bauch. Es war schön, ihn
bei mir zu haben.

»Darf ich einen letzten Wunsch äußern, Elli?«

Dass er den Kosenamen benutzte, den ich seit Ewigkei-
ten nicht mehr gehört hatte, erwärmte mein Herz, ehe es
schwer ins Bodenlose sank. Evered verabschiedete sich,
und es zerbrach etwas in mir.

»Natürlich.« Ich ergriff seine Hand, als würde ich das
jeden Tag seit einhundert Jahren tun. Seine Haut lag warm
und weich an meiner, und als er mit seinem Daumen vorsichtig kreisende Berührungen über meinen Handrücken
gleiten ließ, preschten kleine Funken bis in meine Fingerspitzen vor.

Evereds Meeraugen glitzerten, und es war sonderbar,
von ihnen angesehen zu werden, trugen doch sonst alle
um mich herum Augenbinden.

»Ich würde so gerne ein letztes Mal Weihnachten feiern.«

Sofort spürte ich einen Knoten in meiner Brust. Fetzen
von Erinnerungen blitzten in mir auf wie alte Briefe, die
man nur kurz in Kerzenschein tauchte. Ich sah meinen
Vater am beleuchteten Weihnachtsbaum stehen, ein Lächeln auf dem sonst immer traurigen Gesicht. Ich wusste
nicht, ob ich das konnte. Ich wusste nicht, ob ich den Anblick eines Festes ertragen würde, wenn er doch nicht hier
war, um die alten Erinnerungen mit schöneren zu über-
schreiben.

Evereds glänzender Blick wurde trüb, als er die Antwort in meinen Augen las. Ich konnte regelrecht beobachten, wie sein zerrissenes Herz an Kraft verlor.

Vielleicht war es an der Zeit, meinen Kummer gehen zu lassen, ehe ich schuld daran war, dass der seine wuchs. Er war ein sterbender Mann und ich eine Königin.

»In Ordnung«, hörte ich mich sagen. »Ich werde mit den Feen sprechen. Wir richten ein Fest aus, das deiner würdig sein soll, Evered.«

Ich eilte Misty hinterher und bat sie um etwas, von dem ich lange Zeit gedacht hatte, ich würde es nie wieder tun: »Richtet das schönste Weihnachtsfest aller Zeiten aus!«

Und während die Feen über die Feiertage mit schillernden Flügelschlägen und schmunzelnden Mienen durch das Schloss sausten, saß ich an Evereds Seite, hoffte darauf, dass er die Lider ein weiteres Mal aufschlug, um mich so anzusehen, wie er es zuvor getan hatte. Als wäre ich mehr denn ein Monster, das seinen Bediensteten die Augen verband.

Vielleicht, dachte ich, *vielleicht würde es sich gar nicht so schlimm anfühlen, wenn auch sie mir nach all den Jahren wieder ins Gesicht blickten.*

Aber ich verwarf den Gedanken eilig, weil er dafür sorgte, dass eine flackernde Flamme in meiner Brust erblühte. Und ich hatte viel zu große Angst davor, sie ersticken zu sehen.

»Elli …« Evereds leise Stimme durchbrach den Lärm des geschäftigen Treibens um mich herum, sein Blick legte sich sanft auf mein Gesicht, bis es ganz warm wurde. »Ich danke dir.«

Schon bald erfüllte der Duft von kandierten Äpfeln und Zuckerwatte den Raum. Von Puderzucker, der sich selbst über die Kirschtörtchen stäubte wie eine feine Schicht fluffigen Schnees. Misty trug gerade eine Tarte mit violett glasierten Früchten herein, stellte sie auf die Tafel, auf der bereits andere Speisen bunt aufwarteten.

Eine andere Fee, Cora, flog die Treppe hinauf und schlang dabei eine Lichterkette um das entstaubte Geländer, das sogleich in hellem Glanz erstrahlte. Linky und Dain rollten einen roten Teppich über die knarzenden Dielen, in einer anderen Ecke kramten Twinks und Kenna Baumschmuck aus alten Kartons, die sie in einer der Kammern gefunden haben mussten. Twinks steckte mit dem halben Oberkörper in einer der wuchtigen Kisten, und als sein Niesen ertönte, stob eine Glitzerwolke in die Luft, was Kenna zum Kichern brachte.

Ich erwischte meine Lippen dabei, wie sie ein Grinsen formten, und erschrak über mich selbst. Dann glitt mein Blick zurück zu Evered, der sich im Bett aufgesetzt hatte und mich gedankenverloren beobachtete. Eilig zupfte ich mir einige Haarsträhnen ins Gesicht.

»Fühlst du dich besser?«

»Das tue ich«, sagte er und erwiderte mein Lächeln auf eine Art, die den Klumpen in meiner Brust zum Poltern brachte. »Ich glaube, du hast mir das Leben gerettet, Elli.«

Das Feuer im Kamin knisterte, und seine Wärme stieg in meine Wangen. Ich rettete nicht, ich tötete. Aber Evereds Worte waren aufrichtig, sein Glaube fest mit seinen Worten verwoben. Ich spürte es tief in meinem Innersten.

»Vor wenigen Wochen musste ich meine Katze zu Grabe tragen. Sie war meine Familie, und mit ihrem Tod brach mein Herz entzwei.« Evered fasste sich an die verbundene Brust und seufzte leise. »Ich ging am Fluss entlang, betete um ein Weihnachtswunder, denn es sollte das erste Mal sein, dass ich das Fest allein erleben musste. Und als ich den Schmerz über meinen Verlust nicht länger ertrug, hast du mich gefunden.«

Ein dumpfer Laut folgte seinen Worten, und einen flüchtigen Augenblick später erblickte ich die Katze mit dem orangegoldenen Fell, die auf das Bett gesprungen war. Sie war Evered in den letzten Tagen nicht von der Seite gewichen und rollte sich auch jetzt gähnend neben ihm zusammen.

»*Sie* hat dich gefunden«, sagte ich und lächelte das schlafende Tier an. »Sie war es, die mich zu dir führte.« Eine Katze, die mich an eine Mutter erinnerte, die ich nie kennengelernt hatte. Eine Katze, die Evered verloren hatte.

Er tätschelte ihr den Kopf, was sie genüsslich aufschmatzen ließ. »Es ist wahrlich ein Wunder.«

Stille senkte sich zwischen uns, und Evered schaute mich lange an, als wollte er meine Schutzschichten eine nach der anderen von mir herunterschälen. Ich ertrug es nicht, zu wissen, was er darunter sehen würde. Und darüber.

»Ich werde fragen, ob die Feen meine Hilfe brauchen.« Vorsichtig erhob ich mich, um die Katze nicht zu erschrecken.

»Es würde mich glücklich machen, wenn du bliebest.« Evereds Worte waren kaum mehr denn ein sanftes Flüstern, dennoch trafen sie mich wie ein Schlag, der mir die Haut vom Körper peitschte. Wie konnte er so etwas zu jemandem wie mir sagen? Ich ließ meinen Blick über ihn gleiten und stellte einmal mehr fest, wie wunderschön er war. Äußerlich und innerlich. Konnte es wirklich sein, dass er meine Gesellschaft genoss? Sah er einen Teil von mir, den es nicht gab? Oder einen, den ich selbst nicht kannte?

Ich glaube, du hast mir das Leben gerettet, Elli, hallte es unablässig in meinem taumelnden Verstand wider.

Vielleicht … Vielleicht war ich gar nicht so furchtbar, wie ich immer dachte. Vielleicht konnte ich gut sein, wenn ich wollte. Vielleicht war Evered der Mensch, den ich mir immer heimlich gewünscht hatte.

Nervös strich ich meinen Rock glatt und krallte anschließend die Finger in seinen samtigen Stoff. Ich hielt inne. Irgendetwas daran fühlte sich seltsam an.

»Ist alles in Ordnung?« Evered sah mich mit zerknirschter Miene an. »Hätte ich dich nicht darum bitten dürfen?«

Nein, das war es nicht. Ich spürte die Falten, die sich in meine Stirn gruben, als ich meinen Blick langsam auf meine Hände senkte, die noch immer Halt in meinem Rock suchten. Mein Atem stockte in meiner Kehle. Meine Finger, sie waren verändert. Nicht länger die Krallen eines Biests, sondern …

»Ich bin ein Mensch«, stieß ich erstickt aus.

Evered suchte meinen Blick und hielt ihn fest, als er ihn fand. »Natürlich bist du das.« Er sagte es mit einer solchen Selbstverständlichkeit, dass es siedend heiß hinter meinen Augen brannte.

Ich schüttelte den Kopf, hob die Hände vor mein Gesicht, betrachtete jeden einzelnen Finger. Dann hob ich den Rock an und stürmte in meine Gemächer. Meine Brust hob und senkte sich schwer, als ich vor den Spiegel trat. Diesmal überlegte ich nicht lange und zog den verhüllenden Stoff von dem alten Erbstück.

Eine junge Frau mit goldenem Haar und sommersprossenübersätem Gesicht blickte mir entgegen. Sie führte die Hand an ihren roten Mund, wie auch ich es tat. Als sie schluckte, war da kein faustgroßer Kloß, der sich träge reckte, sondern ein graziler Hals von bronzen schimmernder Haut.

Etwas in dem Spiegelbild bewegte sich. Jemand anderes trat hinter die Frau. Hinter *mich*.

»Evered«, flüsterte ich. »Was ist dies für ein Zauber?« Ich beobachtete in unserer Reflexion, wie Evered mich aus sanften Augen betrachtete, Wärme grub sich in die leichten Fältchen um seine Augen, als er lächelte.

»Das habe ich mich schon gefragt, als du dich am Flussufer über mich gebeugt hast. Du warst das schönste Geschöpf, das ich je erblicken durfte.«

Ich sah mich den Kopf neigen, sah den Unglauben in meinen silbrig grünen Augen. »Habe ich so ausgesehen wie in dem Spiegel?«

Evered nickte sichtlich durcheinander. »Wenn es dir nicht gut geht, Elli, dann bin ich für dich da. So wie du für mich da warst. In meinen dunkelsten Stunden hast du mir Geborgenheit geschenkt und mein gebrochenes Herz mit deinem sanften geheilt.« Als er seine Hand ausstreckte und die meine ergriff, stoben kleine Blitze über meine Haut.

Und der Spiegel tat etwas, das er nie zuvor getan hatte. Er zeigte mir eine Schrift, die sich in feinen blutroten Schnörkeln Buchstabe für Buchstabe über seine Oberfläche zog: *Du siehst, was du denkst, aber du bist nicht, was du fürchtest.*

Evered legte eine Hand an meine Taille und führte mich in eine Drehung, die zum Takt der Musik passte, die Misty und Kenna am Klavier zum Besten gaben. Jedes Mal, wenn sie sich verspielten, musste ich an Evereds Brust kichern. Und jedes Mal lauschte ich dabei für einen Moment seinem Herzschlag, der durch meinen Körper pulsierte wie eine Hitzewelle.

Dieses Weihnachtsfest war eines der schönsten, die wir je feierten. Lachen und Liebe erfüllten die Luft und schlüpften schon bald zwischen den Schlossmauern hindurch in den erblühenden Wald. Endlich erlaubte ich den Feen, ihre Augenbinden abzunehmen, nun wissend, dass sie auch zuvor nur die Frau in mir gesehen hätten, die *ich* jetzt sah. Die Frau, die immer schon da gewesen war. Die Frau, die ich vergessen hatte, weil ich immer nur die andere wahrnahm.

Ich wollte nie wieder zurück. Wollte den anderen – und mir selbst – nie wieder ein solches Unrecht antun. Ich war mehr als mein Kummer und konnte nur ganz sein, wenn ich mich im Ganzen sah.

7

KRISTIN MACIVER

*In der
Weihnachtsdekorei*

Frei nach dem Motto »Herz über Kopf« entschied sich **Kristin MacIver** nach ihrem Management-Studium in Irland und den Niederlanden für das Schreiben. Sie liebt romantische Geschichten in der Gegenwart und – wie ihr historischer New-Adult-Roman *Der Traum der Lady Flower* zeigt – in der Vergangenheit. Ihre Freizeit genießt Kristin am liebsten als Sprecherin im Tonstudio oder in der Natur. Sie lebt mit ihrem Partner in der Nähe von Stuttgart und freut sich auf den Austausch mit euch auf TikTok und Instagram unter @kristin_maciver.

Einer von uns wird zuerst nachgeben. Es ist immer so. Entweder schaffe ich es nicht mehr zu ihr nach oben. Oder sie bricht unter meinem Gewicht zusammen. Fällt einfach aus dem Türrahmen zu Boden, als hätte sie sich mit dem Rest meines Lebens abgesprochen. *Verfluchte Klimmzugstange.*

Ich schließe meine Finger fester um die Schaumstoffgriffe. Das Metall dazwischen funkelt mich an wie die Weihnachtsdeko auf dem Balkon im Hintergrund. Eine Lichterkette mit Glaskugeln. Sie ist zusammen mit Tannenzweigen um das Geländer geknotet und inzwischen rund um die Uhr eingeschaltet. Egal ob wir zu Hause sind oder nicht.

Es ist hübsch anzusehen und wird die Nachbarschaft freuen, hat Nora gesagt, während sie sich mit ihren weihnachtsroten Nägeln durch ihren Pony fuhr. *Besonders Frau Kieffer. Dann kann sie uns bestimmt besser leiden.*

Na klar, habe ich scherzend geantwortet. Weil Frau Kieffer uns als eine der wenigen Praktikant*innen-WGs im Luxemburger Bankenviertel Kirchberg – warum muss sogar mein Wohnort nach Weihnachten klingen? – nicht schon genug verachtet. Nun machen wir auch noch dem übertrieben geschmückten Weihnachtsbaum auf ihrem Balkon Konkurrenz.

Ich ziehe mich wieder an der Klimmzugstange nach oben. Irgendwo habe ich mal gehört, dass man beim Training lächeln soll. Also lächle ich. Mein Kopf stößt gegen die Decke. Sofort entgleitet mir mein Gesichtsausdruck. Dafür starre ich auf die Schneeflocken, die Nora über dem Türrahmen angebracht hat. *Noch mehr Deko.*

Ich halte inne. Versuche kurz, die Schneeflocken mit meinem Blick zum Schmelzen zu bringen. Als es mir nicht gelingt, lasse ich mich wieder nach unten. Nur um mich danach wieder nach oben zu ziehen.

Neun. Zehn. Elf. Das ist der dritte Satz an Wiederholungen. Mein Shirt klebt mir am Rücken, denn vorhin war ich bereits joggen. Einmal an den Wohnkomplexen vorbei zur Bank, bei der ich mein Praktikum mache. Weiter über eine der beleuchteten Brücken, die die Hügel von Luxemburg verbinden. Irgendwann hinunter nach Grund, wo die anderen abends feiern gehen. Wo ich auch noch vor einigen Monaten feiern war. Bis ich behauptet habe, dass mein Körper das wegen des anstehenden Marathons nicht mehr mitmacht.

Sie haben mir tatsächlich geglaubt. Und nur gefragt, ob ich den Marathon in Luxemburg oder zu Hause in den Niederlanden meine.

Mein Bauch zieht sich zusammen. Ich atme den Geruch von Nelken ein, der in der Wohnküche vor mir hängt. Doch er beruhigt mich nicht. Ebenso wenig wie die silbernen Rentiere auf unserem Holztisch oder der noch ungeschmückte Tannenbaum neben der Couch.

»Feck! Feck, feck, feck, feck, feck!«, ruft da eine Stimme mit irischem Akzent hinter mir. Sie gehört nicht Nora, sondern meiner anderen Mitbewohnerin Aoife. Ihre Schritte hallen laut durch den Gang. Sie schiebt meinen hängenden Körper zur Seite und stürmt an meinem Knie vorbei zu unserem Backofen. Sie reißt ihn auf, und jetzt rieche ich es auch.

Der Geruch von Nelken hat sich mit dem Geruch von Verbranntem gemischt.

»Schon wieder?«, necke ich schmunzelnd. Ich beende meinen Klimmzug und lasse mich zu Boden gleiten. »Du musst unsere Kaution noch vor Weihnachten verlieren *wollen.*«

Aoife nimmt einen Rührbesen und zeigt damit auf mich. »Levi de Vries! Wer sich nur von Proteinshakes ernährt, darf nicht über meine Backkünste urteilen.«

»Jetzt sind wir also schon bei Kunst?« Ich verschränke lässig die Arme. »Letztens war es noch die verfickte Backscheiße, die dich vom Liverpool-Match abhält.«

Aoifes Augen blitzen. Sie trägt auch heute am Sonntag eine schwarze Businesshose und einen engen Rollkragenpullover. Und natürlich ihre halbhohen Slipper, die sie als Hausschuhe nutzt. Wenn sie mich so ansieht, bereue ich manchmal, dass ich die Friends-with-Benefits-Beziehung mit ihr abgelehnt habe.

»Heute ist dein lieber Heer Knuffelig schuld«, sagt Aoife. Ihre Stimme wird sanfter. »Er ist im Bett neben mir eingeschlafen. Ich wollte ihn nicht wecken.«

Ich mustere Aoife genauer. Sie hat weiße Katerhaare auf ihrer Hose. »Du sollst Flig doch nicht ins Bett lassen.«

»*Flig?*« Aoifes Mundwinkel zucken. »Passt *Heer Knuffelig* nicht mehr zum Image des sexy Bankers?«

Aoife schenkt mir einen anzüglichen Blick. Dann wendet sie sich dem Ofen und ihren verkohlten Lebkuchen zu. Manchmal verunsichert sie mich. Sie flirtet immer noch mit mir. Gleichzeitig scheint sie mir nicht nachzutragen, dass ich in ihr nur meine Mitbewohnerin sehe. Während ich bei Nora …

Ich wische meine Hände an meiner Sweatpants ab. »Ich gehe duschen.«

»Kommt nicht infrage!« Wieder schiebt sich eine Frau an mir vorbei durch den Türrahmen. Nur hat sie dieses Mal schulterlange braune Haare und trägt ein blinkendes Weihnachtsbaumkleid. Mein Bauch kribbelt.

»Nora!« Aoife setzt das Blech mit dem verkohlten Gebäck auf der Küchenplatte ab. Sie schlägt sich die Hände vor den Mund. »Bitte sag mir, dass du dieses Kleid nur zu Hause trägst!«

Nora stellt einen Pappkarton auf unserem Küchentisch ab. Er ist mit Weihnachtstape verschlossen. »Warum sollte ich?« Sie grinst frech und streicht sich eine Strähne hinter das Ohr, sodass ich ihre Schneeflockenohrringe sehe. »Vorgestern habe ich in der Bank damit für gute Laune gesorgt.«

Aoifes Augen weiten sich. Sie glaubt Nora. Weil Nora die Art von Mensch ist, der man zutrauen würde, in einem blinkenden Weihnachtsbaumkleid bei seinem Compliance-Praktikum aufzutauchen. Nora wirft mir einen verschwörerischen Blick zu, weil sie weiß, dass ich die Wahrheit kenne. Denn wir sind uns vorgestern bei der Arbeit begegnet. Als ich behauptet habe, dass ich nur die Teeküche ihrer Abteilung benutze, weil es in unserer keine Heiße Zitrone mehr gibt.

Aoife nimmt kopfschüttelnd einen Lebkuchen vom Backblech. Er zerbricht in ihrer Hand. »Ihr macht mich fertig. Mit euren Finanzkarrieren wird das so nichts.«

Nora lächelt wieder, aber sie verkneift sich einen Kommentar. Sie hat mir letztens ausführlich von ihrem Handel mit Futures erzählt. Ich würde wetten, sie könnte dank ihrer Profite schon jetzt unser ganzes Apartment allein mieten. So wie ich früher. *Bevor alles passiert ist.*

Schlagartig kehrt meine trübe Stimmung zurück. Sie wird nicht besser, als Nora das Tape zerreißt. In ihrem

Pappkarton erkenne ich noch mehr Glaskugeln und Lichterketten. Und ist das etwa ein gefilzter Schneemann?

Ich atme bewusst aus und trete einen Schritt zurück.

»Was wird das, de Vries?«, kommentiert Aoife. »Willst du Nora allein arbeiten lassen?«

Nora nimmt eine goldverzierte Glaskugel aus der Box und hält sie mir hin. Ich schlucke. Wenn ihre Augen so glänzen, kann ich nicht Nein sagen. Nora liebt dekorieren. Liebt Weihnachten. »Ist das … ist das für den Weihnachtsbaum?«

Nora schüttelt den Kopf. »Das meiste in der Box ja. Aber die hier habe ich für dich gemacht.« Sie sieht mich unsicher an und beißt sich auf die Lippe.

»Für mich?« Ich will keine Glaskugel. Keine Deko. Kein Weihnachten. Trotzdem greife ich danach. »Danke.«

Nora sieht mich auffordernd an. So als ob sie will, dass ich die Kugel genauer betrachte. Doch mir wird das alles zu viel. Ich versuche mich noch einmal an einem Lächeln. Dann wende ich mich ab. »Ich … muss duschen.«

Doch bevor ich den Raum verlassen kann, spüre ich Noras Hand auf meinem Arm. »Wir könnten die Glaskugel an deiner Klimmzugstange aufhängen.«

Mein Gesichtsausdruck entgleitet mir. »Dort mache ich Sport.«

»Ich weiß.« Nora wirkt entschieden. »Aber an Weihnachten hast selbst du eine Pause verdient.«

Mein Auge zuckt. Und Aoife setzt sich auf die Küchenplatte und beginnt zu lachen.

»Was ist so lustig?«

»Ich weiß nicht, dein Gesicht? Nora ist richtig süß, und du siehst aus, als würde sie dich erstechen wollen. Du bist wohl ein echter Weihnachtsmuffel, was?«

In diesem Moment kommt Heer Knuffelig schnurrend

in die Küche gelaufen, und das gibt mir den Rest. Bringt all die Erinnerungen hoch, die ich so gern verdrängen wollte. Wie meine Eltern daheim in unserem Haus immer alles geschmückt haben. Wie ich ihnen dabei geholfen habe. Wie wir zwischen Schneemännern und Lichterketten gemeinsam gelacht haben. Und wie wir das dieses Jahr nicht tun werden.

Weil wir es uns nicht leisten können. Denn nach der Sache mit dem Unternehmen meiner Mutter wurde das Haus meiner Eltern zwangsversteigert. Nun wohnen sie in einer kleinen Wohnung. Ich könnte dort höchstens auf dem Sofa übernachten. Nur schläft dort schon meine Schwester, und mich auf den Boden zu legen, würde meine Eltern beschämen. Also sage ich, dass ich keine Zeit habe, um nach Hause zu kommen.

Ich bleibe hier. In Luxemburg. In einem angehenden Bankerleben. In einer überteuerten WG. Mit Geld, das mir bald ausgehen wird.

Es ist beschissen. Einfach nur beschissen. Auch schon ohne Noras Weihnachtsdeko, die mich an all das erinnert.

»Meine Klimmzugstange wird nicht geschmückt«, sage ich hart. Ich lege die Glaskugel auf die verbrannten Lebkuchen. »Verstanden?«

Aoife rümpft die Nase, denn mein Verhalten stinkt. Auch Nora sieht mich irritiert an. Sie reibt ihre Hände aneinander. »Ich dachte, du freust dich. Es soll in der Wohnung an Heiligabend nicht trostlos sein, wenn du schon … allein hierbleiben willst.«

Wollen. Sie denken ja, dass ich das wollen würde. »Lass den Scheiß einfach sein«, antworte ich und gehe zur Tür.

Nora schnaubt. Etwas trifft mich unangenehm an der Schulter. Ich drehe mich um und sehe, dass es die Glaskugel war. Sie liegt nun zerbrochen am Boden. Nora muss sie auf mich geworfen haben.

»Manchmal kannst du echt ein Arsch sein«, sagt Nora, und der Tannenbaum auf ihrem Kleid blinkt mich wütend an.

Meine Brust sticht. Ich schließe die Augen. Ich sollte mich entschuldigen. Doch da ist Nora schon samt ihrer Dekobox an mir vorbei und in ihr Zimmer gestapft. Kurz darauf erklingt laute Musik. *In der Weihnachtsbäckerei.*

»Und genau deshalb würde ich nie mit dir zusammen sein wollen«, sagt Aoife und kippt die verbrannten Lebkuchen in den Müll. »Du stellst deinen Sport über alles.«

»Darum geht es doch gar nicht.« Ich bücke mich, um zumindest die Scherben vom Boden aufzulesen. Mein schlechtes Gewissen wird noch schlimmer, als ich auf einer davon die Worte *Vrolijk Kerstfeest, Levi!* erahne.

»Ok, du hast recht«, gestehe ich mir ein und richte mich wieder auf. »Ich bin dieses Jahr ein Weihnachtsmuffel.«

»Was du nicht sagst«, gibt Aoife zurück. Sie holt neue Milch, Mehl, Vanillepulver hervor. Dann nickt sie zur Haustür. »Na los. Geh und mach es wieder gut.«

Ich verschränke die Arme. »Noras Zimmer ist da hinten. Du zeigst auf die Haustür.«

Aoife setzt die Zutaten mit Nachdruck ab und kommt aus der Küche hervor. »Levi de Vries, ich sage dir jetzt mal was. Eine Frau, die Weihnachtsdeko liebt, ist romantisch. Sie mag Gesten mit Bedeutung. Symbole. Du kannst jetzt nicht einfach zu Noras Tür gehen und eine Entschuldigung brummen. Nein, nein, nein. So leicht kommst du nicht davon.« Sie klopft mir auf die Brust und grinst. »Los. Überrasch sie.«

Ich zögere. Und dann nicke ich. Ziehe meine Jacke und meine Boots an und gehe. Denn so ungern ich es sage,

Aoife hat recht. Ich war scheiße zu Nora. Nicht nur heute, auch in den letzten Tagen. Und das hat sie nicht verdient. Ich will das Lächeln auf ihrem Gesicht zurück. Ich will, dass sie mich mit diesem Lächeln ansieht.

Draußen bläst mir der Wind ins Gesicht. Es beginnt wieder zu schneien. Meine Schritte führen mich zur Shopping Mall auf der Avenue John F. Kennedy. Auch wenn mein Geld knapp ist, würde ich es gerade gern für eine Glaskugel ausgeben, auf die ich *Frohe Weihnachten, Nora* schreiben kann. Doch heute ist Sonntag und das Einkaufszentrum hat zu. Großartig.

Mein Blick fällt auf den Weihnachtsbaum im Inneren. Er strotzt vor glänzenden Weihnachtskugeln. Und da ist mir klar, dass eine einzelne Glaskugel nicht ausreicht. Ich brauche Deko für den ganzen Tannenbaum in unserem Wohnzimmer. Er muss zu einem von oben bis unten geschmückten, mit Lametta und Lichtern verzierten, unausstehlich kitschigen Weihnachtsbaum werden. Mit einer funkelnden Glaskugel für Nora auf der Spitze.

Mein Herz schlägt schneller. Und dann fällt mir wieder ein, dass die Deko und mich immer noch eine alarmgesicherte Glasscheibe trennt. Und unzählige Überwachungskameras. Aber kenne ich nicht noch einen anderen übertrieben geschmückten Baum? Ich grinse, als ich an den Balkon meiner eingebildeten Nachbarin denke, die mich erst vorhin beim Joggen beinahe mit ihrem elektrischen SUV umgefahren hätte.

Große Gesten, ermahne ich mich und haste zurück zu unserem Wohnkomplex. Mit etwas Glück ist Frau Kieffer noch unterwegs. Ich schwinge mich über das Gartentor in den schneebedeckten Gemeinschaftsgarten. Die Wohnung meiner *Lieblingsnachbarin* liegt im ersten Stock, gegenüber der Wohnküche unserer WG. Innen brennt kein

Licht. Ich atme auf und blicke zu dem geschmückten Baum auf ihrem Balkon. Zweifelsohne versucht Frau Kieffer damit die gesamte Nachbarschaft einzuschüchtern.

Ich reibe mir die Hände und gehe in die Knie. Springe ab. Und bekomme das gefrorene Geländer zu fassen. Es ist abartig kalt. Meine Arme brennen von meinem Workout. Trotzdem ziehe ich mich am Stahl nach oben. Mein erster Klimmzug für die Liebe sozusagen.

Als ich über das Geländer sehen kann, blicke ich einem Rentier auf einem Tannenzweig entgegen. Ich lächle, denn genau so etwas wird Nora glücklich machen. Ich werfe einen letzten Blick am Baum vorbei in Frau Kieffers Wohnung, bevor ich mich auf den Balkon schwingen will. Doch ich erstarre.

Hinter dem bodentiefen Fenster brennen Kerzen. Und mit einer davon in der Hand dreht sich meine Nachbarin gerade um.

Frau Kieffers fassungsloser Blick trifft meinen. Im nächsten Moment reißt sie die Balkontür auf. »Was wird das, Junge! Ein Einbruch?«

Mir wird heiß und kalt zugleich. Ich lächle dämlich und kann mich nicht rühren. »Eigentlich wollte ich Ihnen nur frohe Weihnachten wünschen«, stammle ich.

»Über meinen Balkon?!«

Nun tritt eine zweite Frau mit einem Messy Bun auf dem Kopf neben meiner Nachbarin ins Freie. »Was ist denn hier los?«, will sie wissen. »Levi, sind Sie das?«

Meine Muskeln krampfen, und ich sterbe beinahe vor Peinlichkeit. Denn das ist niemand Geringeres als meine Praktikumsbetreuerin. Was hat sie bitte bei Frau Kieffer zu suchen? Sind sie verwandt? Doch dafür ist Aurélie zu freundlich. Oder war es zumindest bisher.

»Ähm, ja, das bin ich«, bringe ich irgendwie hervor. Ich

will das Geländer loslassen, doch meine Finger sind fest-
gefroren. Oder verkrampft vor Schock. Ich weiß es nicht.

»Wollen Sie hereinkommen?«, fragt Aurélie verunsichert. »Sind Sie auf der Flucht?«

»Nicht direkt«, antworte ich, worauf sich ihr Stirnrun-
zeln nur vertieft. Ich überlege angestrengt, was ich sagen
kann. Doch mir fällt nichts ein. Also platze ich Idiot mit
der Wahrheit heraus. »Ich brauche dringend Deko für einen Weihnachtsbaum.«

»Ich sage doch, dass er ein Krimineller ist!«, donnert
Frau Kieffer. Zu meinem Glück klingelt in dem Moment
ihr Telefon, und sie verschwindet mit drohender Miene in
der Wohnung.

Aurélie sieht mich teils besorgt, teils belustigt an. »Und
da dachten Sie ausgerechnet an den Weihnachtsschmuck
meiner Patentante?«

In diesem Moment wird mir klar, dass ich auf dem besten Weg zu einer Strafanzeige bin. Und zur Arbeitslosig-
keit. »N…nein«, sage ich. »Ich habe nur nach Inspiratio-
nen gesucht. Ich gehe mal besser.«

Ich reiße meine Finger schmerzhaft von dem Geländer
und komme unbeholfen im Schnee auf. Aurélie lacht, aber
nicht auf die schadenfrohe Art.

»Die Deko für den Weihnachtsbaum kann ich Ihnen
nicht geben«, sagt Aurélie. »Aber ich habe da etwas anderes.« Sie verschwindet in der Wohnung und kommt mit
einem Mistelzweig zurück, den sie zu mir hinunterwirft.
»Wenn ich richtig vermute, könnte Ihnen das auch weiterhelfen.«

»Wie meinen Sie …?«

Aurélie zeigt auf einen Punkt hinter mir. Dorthin, wo
sich meine WG befindet. Und wo Nora, als ich mich umdrehe, mit den Händen vor dem Mund am Fenster steht.

»Das ist doch die Praktikantin, mit der Sie immer Heiße Zitrone trinken, oder nicht?«

Ich werde knallrot. Nicke. Am Montag werde ich gekündigt, ohne Frage.

»Nun gehen Sie schon«, sagt Aurélie. »Und zwar am besten durchs Treppenhaus.«

Ich winke zum Abschied, was mich vermutlich noch dümmer aussehen lässt. Dann verlasse ich den Garten so schnell wie nie zuvor mit dem Mistelzweig in der Hand. Das. War. Der. Peinlichste. Moment. Meines. Lebens.

»War das gerade wirklich deine Praktikumsbetreuerin?«, platzt Aoife heraus, als ich unsere Wohnungstür öffne. Nora steht hinter ihr. Sie ist blass und schüttelt den Kopf.

»Das war nicht nötig, Levi.«

»War es nicht?« Ich verenge die Augen, und Aoife lacht.

»Ach komm schon, de Vries. Ich muss mir doch auch mal einen Spaß erlauben. Auch wenn ich mit einer weniger *öffentlichen* Geste gerechnet habe.«

Ich reibe mir über die Stirn und schüttle den Kopf. Sie hat mich verarscht. Natürlich hätte eine ernst gemeinte Entschuldigung bei Nora ausgereicht. Und trotzdem … wo ich schon meine Würde verloren habe …

»Es tut mir leid wegen der Glaskugel«, sage ich und trete zu Nora. »Am Montag besorge ich dir eine neue.«

»Von der nächsten Nachbarin?«, fragt Nora schmunzelnd.

»Wenn es sein muss.« Ich reiche ihr den Mistelzweig. »Für heute kannst du den an meiner Klimmzugstange aufhängen.«

Nora hebt die Augenbraue. »Wirklich? Du hast doch gesagt, dass du das nicht willst. Wir können ihn auch woanders aufhängen.«

»Schon gut«, sage ich und beschließe, dass ich Nora bald die ganze Geschichte erzähle. Und vielleicht kennt sie eine Lösung für mein Problem. Doch nicht jetzt. Denn das würde die Dramatik meines großen Moments zerstören. Also lächle ich nur. »Hängst du den Zweig jetzt auf oder nicht?«

Sie dreht sich um, stellt sich auf die Zehenspitzen und knotet die rote Kordel des Mistelzweigs um meine Klimmzugstange. Aus ihrem Zimmer klingt schon wieder das deutsche Lied von vorhin. *In der Weihnachtsbäckerei.*

»Was heißt das überhaupt, Weihnachtsdekorei?«

Nora lacht. »Es heißt Bäckerei. Aber mit Dekorei kann ich mich auch anfreunden.« Sie sieht strahlend zu dem Mistelzweig. Dann wieder zu mir.

Und am liebsten würde ich sie jetzt küssen. Doch so weit sind wir noch nicht.

Also sehe ich sie nur an und lächle mit einem warmen Gefühl im Bauch. Heer Knuffelig streicht an meinem Bein vorbei.

»Frohe Weihnachten, Nora.«

»Vrolijk Kerstfeest, Levi.«

8

JENNIFER WILEY

*No Christmas
Cake Without You*

Jennifer Wiley ist studierte Sozialarbeiterin aus der Nähe von Köln. Inzwischen lebt sie ihren Kindheitstraum und widmet sich ganz ihren Liebesgeschichten, mit denen sie gerne zum Nachdenken anregen möchte. Am liebsten sitzt sie dabei in belebten Cafés oder auf ihrer großen Terrasse, auf der sie besonders kreativ sein kann. Insgeheim träumt sie von einem Leben mit Haus und Hund – am besten in der Nähe von malerischen Wanderrouten.

Für die meisten Menschen riecht Weihnachten wohl nach Mistelzweigen und Kaminfeuer. Wenn *ich* an Weihnachten denke, stelle ich mir frisches Mehl, Krokant, Mandeln, warme Butter und Fondant vor; und meine Mom, die mir das Backen beibringt. Wie oft habe ich ihr bei den Vorbereitungen für den jährlichen Backwettbewerb zugesehen und sie darüber reden hören, dass *ich* es irgendwann sein werde, die das goldene Kuchenstück nach Hause holt.

Mit einem sanften Lächeln schaue ich auf das Rathaus, dessen Dach im zunehmenden Schnee der letzten Tage versinkt. Die weißen Hauben auf den Giebeln, die sonst so viel Ruhe ausstrahlen, werden heute von eisigem Wind in die Luft geschleudert. Es passt perfekt zu dem Trubel, der gleich über Leavenstrale hereinbrechen wird. Wie immer, wenn diese kleine idyllische Stadt in Connecticut seiner fast einhundertjährigen Weihnachtstradition nachkommt und die Öfen anheizt.

Unser Bürgermeister Wilson hält mir die Tür auf und nickt mir lächelnd zu. »Hallo Grace. Es hat mich gefreut, deinen Namen wieder auf der Teilnehmendenliste zu sehen.«

»Als würde ich mir den Backwettbewerb entgehen lassen«, erwidere ich und recke mein Kinn. »Diesmal habe ich vor, zu gewinnen.« Mir ist klar, dass ich das letztes Jahr auch gesagt und trotzdem nur den zweiten Platz gemacht habe, aber ich habe mir fest vorgenommen, mich davon nicht aufhalten zu lassen.

»Etwas anderes habe ich von einer Forester nicht erwartet«, erwidert Wilson lachend.

Immerhin war Mom auch jedes Jahr voller Ehrgeiz bei der Sache. Als gebe es nichts Einfacheres, holte sie sieben Mal in Folge das goldene Kuchenstück, ehe sie wegen ihres Rheumas nicht mehr mitmachen konnte. Jahrelang habe ich händeringend darauf gewartet, endlich alt genug zu sein und ihren Platz einnehmen zu dürfen. Vor drei Jahren, kurz nach meinem achtzehnten Geburtstag, war es endlich so weit. Ich habe eines von Moms Lieblingsrezepten gebacken … und bin nur Zweite geworden. Genau wie im Jahr danach.

Wilson scheint gedanklich gerade auch beim letzten Jahr zu hängen. »Xander ist schon drin.« Er beugt sich zu mir vor. »Sookie und ich haben gewettet, wer von euch gewinnt, und ich bin auf deiner Seite.«

»Ich werde versuchen, dich nicht zu enttäuschen.«

»Na dann sieh mal zu, dass du ins Warme kommst.«

Ich blicke hinter mich, wo der Schnee in immer stärker werdenden Windböen über den Rathausplatz getragen wird. Meine Fußstapfen sind längst nicht mehr zu sehen.

Kein ungewöhnliches Wetter für die Weihnachtszeit in Connecticut, und doch kann ich mich nicht erinnern, am Abend vor Weihnachten schon mal so viel Schnee gesehen zu haben. In den letzten Jahren hingen zu dieser Zeit keine Eiszapfen an den Dachrinnen.

Ich reiße mich von dem Anblick los und folge Wilson nach drinnen. Das Rathaus hat einen großen Besprechungssaal, in dem heute sechs lange Tische mit Herd und Ofen stehen. Sitzreihen sind im Kreis herum aufgebaut, auf denen sich bereits einige Zuschauende versammelt haben, die selbst die Wettbewerbsvorbereitungen nicht verpassen wollen. Wilson und Sookie sind sicher nicht die Einzigen, die Wetten am Laufen haben. In einer kleinen Stadt wie Leavenstrale passiert nicht viel, also müssen wir uns das Leben selbst ein bisschen spannender gestalten.

Mein Tisch ist der erste von links. Dad und ich haben schon gestern Abend meine Utensilien vorbeigebracht, die nun aufgereiht auf mich warten. Vor dem offiziellen Startpfiff dürfen wir sie zurechtlegen, Formen einfetten und bestäuben und Zutaten schneiden. Der Rest obliegt dann der Wettbewerbszeit.

Ich begrüße die anderen, die bereits an ihren Tischen sind. Marge, die Besitzerin unseres Supermarktes; Quentin, unser pensionierter Arzt, der sich niemals zu alt fühlt, um teilzunehmen, jedes Jahr wieder die gleiche Lebkuchentorte zaubert und doch nie gewinnt; und Mitch, der örtliche Gemüsehändler, der gerne Karotten und Zucchini in seinem Gebäck verarbeitet.

»Hey Gracie.«

Ich atme tief aus, als ich diesen Spitznamen höre. Nur eine einzige Person wagt es, meinen Namen zu verniedlichen. Energisch drehe ich mich um und sehe zu ihm: Xander Sheppard, wie er leibt und lebt. Schon früher, bei unserem alljährlichen Frühlingsfest, war er immer mein größter Konkurrent beim Schubkarrenrennen, und nun ist er so was wie meine Achillesferse. Seine dunkelbraunen Augen blitzen auf, als ich ihn anfunkle.

»Auch wieder hier?«, frage ich so genervt, wie ich kann.

»Natürlich. Ich muss meinen Titel schließlich verteidigen, oder?«

Wieso muss er mich wieder daran erinnern, dass er letztes Jahr gegen mich gewonnen hat?

Er kommt ein wenig näher. Eine seiner dunklen Locken

fällt ihm in die Stirn, und er wischt sie lässig weg. Er wirkt mir so absolut überlegen. Es ist nicht zum Aushalten.

»Bereit, mich herauszufordern?«

»Eher bereit, dich haushoch zu besiegen«, werfe ich ihm entgegen.

»Es geht schon los«, höre ich Marge vergnügt flüstern. Sie ist sicher auch eine von denen, die gewettet hat.

Wäre Xander nicht gewesen, hätte ich schon die letzten beiden Jahre gewonnen.

Zu gerne würde ich von ihm wegrücken und mit meinen Vorbereitungen beginnen, aber es ist wie immer, wenn wir uns hier sehen: Ich kann mich nicht rühren, aber ein guter Spruch fällt mir auch nicht mehr ein. Stattdessen sehe ich auf seine dichten Locken, auf das kleine Grübchen in seiner rechten Wange und auf seine mehlbefleckten Hände, mit denen er bereits eine Kuchenform bearbeitet hat. Blöderweise kein Regelverstoß.

Xander kommt noch einen Schritt auf mich zu. »Bin gespannt, wer heute das Rennen macht.«

»Jedenfalls nicht du«, erwidere ich und ziehe eine Augenbraue hoch.

»Wir werden sehen. Aber vergessen wir nicht, dass es hier eigentlich um den guten Zweck geht und der Sieg nicht die Hauptsache ist.« Er zwinkert mir zu, und dann lässt er mich einfach so stehen, um zurück zu seinem Tisch zu gehen.

Natürlich ist es der Tisch neben meinem. Die Organisatoren – besser gesagt Wilson und Sookie – wissen genau, was sie machen.

Ich versuche, Xander zu ignorieren und beginne mit dem Auspacken meiner Zutaten. Das Rezept für den englischen Früchtekuchen ist von Mom, die es aus dem Urlaub in England mitgebracht und immerzu davon geschwärmt hat. Die Kinder im St. Johnson, dem Kinderheim hier in der Gegend, die jeden Weihnachtsmorgen unser Gebäck essen können, werden den Kuchen hoffentlich ebenso lieben.

Während ich die Mandeln so fein wie möglich hacke, kommen immer mehr Leute. Aus den Boxen an der Decke dringen *Santa Baby* und *White Christmas*, was angesichts der weißbestäubten Jacken und Mützen der passende Soundtrack zu sein scheint. Sookie, die rechte Hand von Wilson, verteilt Kakao und Punsch an die Zuschauenden, und Wilson beginnt seine alljährliche Rede darüber, wie sehr er unsere Weihnachtstradition liebt.

Plötzlich flackern die Deckenlampen. Xander und ich tauschen Blicke.

Wilson lacht beschwichtigend auf. »Ihr könnt euch darauf verlassen, dass uns das winterliche Wetter nicht aufhalten kann.«

»Dein Wort in Gottes Ohr«, murmelt meine Mom, die gerade zur Tür hereinkommt. Ihre Nase ist gerötet, und ihre Mütze ist voller Schnee. »Da draußen ist es schlimm. So einen Schneesturm hatten wir schon lange nicht mehr.«

»Na hoffentlich finden alle zu uns.« Wilson fährt sich fahrig über den Bart. »Nun ja, ich denke, wir starten einfach.« Er blickt zu uns Teilnehmenden, ich mache mich automatisch ein wenig größer. »Alle bereit?«

Ich sehe Xander entschlossen nicken.

»Dann viel Spaß und viel Erfolg!«

Wilson lässt seine Pfeife ertönen, und wir legen los. Xander wirbelt umher, um seine Zutaten für seinen Teig zusammenzuführen. Ich stelle eine Pfanne auf die Herdplatte und röste Mandeln an, als das Pfeifen des Windes *Jingle Bells* übertönt.

Während ich die Mandeln gerade mit Puderzucker bestäube, flackert erneut das Licht. Plötzlich ist alles dunkel und still. Keine Musik, kein Licht, keine heiße Herdplatte.

»Ist das ein Stromausfall?«, fragt Sookie entsetzt.

»Alles in Ordnung«, übernimmt Wilson das Ruder. »Ich schaue mir mal den Sicherungskasten an. Bleibt einfach, wo ihr seid.«

Die ersten Leute nehmen ihre Smartphones, um uns Licht zu spenden. Meine Mandeln haben aufgehört zu karamellisieren. Dahin ist die kribbelnde Freude, weil das Backen endlich losgeht. Stattdessen pfeift der Wind nun nur noch lauter um das Rathaus.

»Ganz schlechte Neuigkeiten.« Wilson kommt wieder herein, in der Hand hält er noch eine Taschenlampe. »Wie es aussieht, ist die ganze Stadt ohne Strom. Muss am Schneesturm liegen.«

Sookie saugt hörbar Luft ein. »Was ist mit dem Wettbewerb?«

Mein Herz krampft sich zusammen, als ich Wilsons bedauerndes Gesicht sehe. Es ist Antwort genug.

»Fällt aus«, trifft er sein vernichtendes Urteil.

»Nein«, protestiere ich. »Was ist mit den Kindern im St. Johnson? Die verlassen sich doch auf uns.«

»Ich bin genauso untröstlich wie du. Aber ich weiß nicht, was wir tun können. Es sei denn, der Strom kommt in den nächsten Stunden wieder.«

Das Pfeifen des Windes widerspricht ihm sofort. Auch mir ist klar, dass wir die Situation nicht ändern können. Meine sorgfältig vorbereiteten Zutaten liegen traurig auf meinem Tisch und sind ohne Herd und Backofen absolut nutzlos.

Die Kinder werden also kein Kuchenfrühstück haben? Eine hundertjährige Tradition wird einfach so durchbrochen? Von ein bisschen Schnee?

»Lasst uns zusammenpacken«, sagt Marge, aber ich rühre mich nicht von der Stelle. Stattdessen starre ich auf meine Zutaten, als könnten sie mir zuflüstern, wie wir das Weihnachten der Kinder noch retten könnten.

»Hey Gracie«, flüstert mir stattdessen Xander zu. Mir wären die Zutaten eindeutig lieber gewesen.

Im Gegensatz zu den anderen hat er noch nicht angefangen aufzuräumen.

»Ich hätte da ein Rezept, das uns vielleicht weiterhelfen könnte.«

Uns? Seit wann gibt es ein Uns?

»Ich kenne ein Rezept von einem Kuchen, den man nicht backen muss. Alles rohe Zutaten.«

Obwohl ich ihn liebend gerne ignorieren möchte, hat er mich mit diesen Worten. »Ein Raw Cake?«, frage ich.

»Für den ich einige deiner Zutaten bräuchte. Deine Mandeln und Aprikosen für den Boden. Meine Himbeeren fürs Topping.«

Mein Blick schweift über die anderen Tische, die noch immer abgeräumt werden. Mitch hat noch geraspelte Karotten in einer Schüssel. Marge hat Datteln und gemahlene Haselnüsse. Ich habe doch erst neulich so ein Rezept für einen Raw Carrot Cake gesehen …

»Keiner schmeißt Zutaten weg!« Meine Stimme hallt durchs Rathaus. »Wir brauchen die noch für die Kuchen.«

Wilson runzelt die Stirn. »Ich sagte doch schon, dass der Strom nicht geht.«

»Strom brauchen wir nicht. Xander und ich haben einen Plan.«

Sookie mustert uns verwirrt. »Was denn? Ihr beide zusammen?«

»Ich kann es selbst kaum glauben.«

Keine Ahnung, ob wir überhaupt fähig sein werden, zusammenzuarbeiten. Vielleicht wird es Tote geben.

»Na gut«, sagt Wilson laut. »Alle Zutaten gehen an Xander und Grace, damit sie Keine-Ahnung-was damit machen. Könnte ja doch noch etwas spannend werden.« Er reibt sich die Hände, als könnte er es kaum erwarten, dass Xander und ich bei der Zusammenarbeit wieder zu streiten beginnen. In dieser Stadt haben die Leute eindeutig zu viel Freude daran.

Mom lächelt mir aufmunternd zu.

»Okay«, murmle ich Xander zu. »Wenn wir das hier wirklich zusammen durchziehen wollen, dann solltest du dich nicht aufspielen. Keine Sprüche, nicht dieses Grinsen.«

Da ist es sofort wieder. »Was hast du denn gegen mein Grinsen?«

»Es ist zu selbstbewusst.«

»Ich wusste nicht, dass man *zu* selbstbewusst grinsen kann.«

»Es ist einschüchternd«, gebe ich zu. »Manchmal.«

Seine Augen blitzen auf. »Ich schüchtere dich ein?«

Hätte ich bloß nichts gesagt.

»Sind wir hier zum Plaudern oder zum Backen?«, frage ich mürrisch und nehme mir die geraspelten Karotten.

»Wahre Multitalente können beides«, gibt Xander zurück. »Zeig mal her, was wir an Zutaten haben.«

»Das hier können wir für einen Karottenkuchen verwenden. Ich glaube, beim ursprünglichen Rezept kam noch eine Creme aus Kokosraspeln drauf, die müssen wir dann weglassen. Hoffentlich wird er nicht zu trocken.«

»Habe ich da ein *Wir* gehört?«, zieht Xander mich auf.

»Alles nur für die Kinder«, gebe ich sofort zurück.

»Natürlich.« Er schmunzelt, während er beginnt, sich

ein paar der Mandeln zu nehmen und sie zusammen mit den Aprikosen zu zerstampfen, um daraus einen Kuchenboden zu legen. »Dann haben wir Karottenkuchen und einen Himbeerkuchen. Fällt uns sonst noch was ein?«

Tatsächlich habe ich eine Idee.

»Wilson, hast du noch irgendwo Cookies?«

»Ähm … ja, ich glaube hinten.«

»Wie wäre es mit Iced Muffins?«, schlage ich vor. »Draußen ist es kalt genug, also brauchen wir dafür keinen Froster.«

»Klingt nach einem Plan. Dann los.«

Ich beginne mit den Muffins, damit sie noch genug Zeit haben, auszukühlen. Der Wind pfeift weiter ums Haus, aber alles gerät in den Hintergrund, während die Hände etwas zu tun bekommen. Zumindest fast alles. Ich bin mir Xanders Anwesenheit sehr bewusst. Nicht nur, weil er leise Weihnachtslieder summt, während er den Boden für seinen Himbeerkuchen zurechtdrückt, sondern auch, weil wir beide an meinem Tisch arbeiten. Als wären wir wirklich ein Team. Xander und ich? Ein seltsamer Gedanke.

Aber es funktioniert. Wir arbeiten Hand in Hand.

Die anderen haben begonnen, *Have Yourself a Merry Little Christmas* zu singen.

»Das ist schön«, sage ich. Der Gesang übertönt fast das ungemütliche Treiben vor dem Haus.

»Finde ich auch.« Xander wirft mir einen tiefen Blick zu, der mich schlucken lässt. Wieso klingt er dabei so … warm? »Dieser Wettbewerb«, sagt er nachdenklich. »Machst du den für deine Mom oder für dich?«

»Für uns beide«, erwidere ich nachdenklich. »Es war immer unsere Zeit im Jahr. Wir haben zusammen Rezepte ausgesucht und probegebacken. Manchmal haben wir uns ausgemalt, irgendwann eine kleine Bäckerei zu eröffnen.«

Die Erinnerung stimmt mich etwas traurig. Weil ich weiß, dass es Mom genauso fehlt wie mir, an diesen kleinen Träumen festzuhalten. Sie freut sich darüber, mich hier im Wettbewerb zu sehen, aber wenn ich könnte und ihr Rheuma es zulassen würde, würde ich jederzeit wieder mit ihr tauschen. Für sie war das Backen weit mehr als ein Wettbewerb; es war ihre größte Leidenschaft.

Kurz sehe ich zu Mom, die ebenfalls singt und dabei gerade so glücklich aussieht. Es treibt mir Tränen in die Augen, die ich aber sofort wegblinzle, weil Xander mich beobachtet.

»Woher kannst du eigentlich so gut backen?«, frage ich, um mir nichts anmerken zu lassen.

»Ehrlich gesagt habe ich das meiste aus Backshows. Ich habe echt viele davon geguckt.«

»Dein Hobby?«

Er lacht leise. »Nicht mal ansatzweise. Ich wusste nur, dass ich dadurch besser werden kann. Gut genug, um, na ja …«

»Zu gewinnen?«

»Nein.« Da ist wieder diese irritierende Wärme in seiner Stimme. »Gut genug, damit du mich bemerkst.«

Hat er das gerade wirklich gesagt?

Röte breitet sich auf seinen Wangen aus, als wäre ihm sein Spruch unangenehm, aber er hält weiter Blickkontakt. Er sieht mich an, als würde er nichts anderes tun wollen. Seine Augen sind wirklich verdammt tiefbraun, fast mokkafarben.

»Dich … bemerken?« Ich glaube, jetzt werde ich auch gleich rot. Verdächtige Hitze schießt in meine Wangen.

»Ich weiß, du denkst, ich wäre der mit dem Selbstbewusstsein, der dich einschüchtert. Aber eigentlich bin ich ziemlich eingeschüchtert von *dir*.«

Das Ganze muss ein Scherz sein.

Trotzdem breitet sich ein Kribbeln in meinem Magen aus. »Wieso?«, frage ich.

»Weil ich in den letzten Jahren immer wieder versucht habe, irgendwie mit dir ins Gespräch zu kommen. Aber du mich hast mich gar nicht richtig wahrgenommen. Nur bei ...«

»... dem Wettbewerb«, bringe ich seinen Satz zu Ende. Und es stimmt. Ich war die letzten zwei Jahre immerzu mit dem College beschäftigt. Meine Wochenendbesuche waren dann voll mit Familie, Freunden und Lernen. Dabei habe nicht mal gemerkt, dass ich ihn abgewiesen habe ... und habe ihn immer nur als Konkurrenten gesehen. In all den Jahren.

Ich sehe zu Xander, zu seinen roten Wangen und dunklen Haaren. Zu den braunen Augen, die mich etwas unsicher ansehen, und zu den Händen, an denen noch Himbeeren kleben. Plötzlich gefällt es mir sehr, dass wir hier an diesem Tisch stehen und gemeinsam das Weihnachtsfest der Kinder retten, anstatt uns wegen des Wettbewerbs zu streiten. Es ist so viel besser, mit ihm zu reden, als mit ihm blöde Sprüche zu klopfen.

»Ich mag dich, Gracie.« Diesmal ist sein Spitzname wie ein sanftes Streicheln. »Schon ziemlich lange.«

Das Kribbeln in meinem Magen wird stärker.

»Vielleicht mag ich dich ja auch.« Keine Ahnung, ob es so ist. Das Kribbeln sagt eindeutig Ja. »Ich würde es zumindest gerne herausfinden.«

»Zum Beispiel bei einem Date?« Da ist wieder dieses Grinsen, das mir plötzlich immer besser gefällt.

»Nach den Feiertagen?«, schlage ich vor und kann es selbst kaum glauben. Ich will wirklich mit Xander auf ein Date? Nach allem, was während der letzten zwei Wettbewerbsjahre zwischen uns passiert ist, habe ich das absolut nicht kommen sehen. Aber irgendwie ergibt es auch total Sinn.

Vorsichtig stupse ich ihn an. »Aber du musst trotzdem nächstes Jahr wieder mitmachen. Der Wettbewerb macht nur mit dir Spaß.«

»Versprochen, Gracie«, raunt er mir zu. »Aber leicht mache ich es dir nicht.«

Xander beugt sich vor zu mir, und seine Lippen hauchen mir einen sanften Kuss auf die Wange. Er fühlt sich zuckersüß an, wie ein Versprechen. Wie ein Anfang.

Plötzlich kann ich es kaum erwarten, dass die Feiertage vorbei sind und wir auf dieses Date gehen.

Gleichzeitig würde ich auch gerne einfach ewig hier stehen bleiben, zu ihm hochsehen, seine Lippen beobachten, während wir reden, und unser Date planen. Als ich mich gerade in diesen Gedanken verliere, dringen die Weihnachtsgesänge wieder zu mir durch und erinnern mich daran, dass wir noch Kuchen zaubern müssen und uns gerade die halbe Stadt beobachtet. Vermutlich haben sie ohnehin bereits viel zu viel gesehen und gehört, und morgen werden alle wissen, dass Xander Sheppard und Grace Forester bald ein Date haben. Es wird verwunderte Gesichter geben, so viel ist sicher. Denn *darauf* hat wohl niemand gewettet.

Ein kleines Weihnachtswunder.

9

LEA KAIB

Der Klang
von Eis

Lea Kaib, 1990 geboren, hatte schon früh immer ein Buch in der Hand. Während des Studiums nutzte sie die Zeit, ihre Selbstständigkeit aufzubauen. Heute arbeitet sie Vollzeit als Autorin und Content Creatorin. All das zeigt sie auf Social Media unter @lea_kaib und auf YouTube unter liberiarium, wo sie sich für queere Themen und mentale Gesundheit einsetzt. Lea liebt Pen & Paper und Musicals und hat vier Kater.

Der würzige Duft von Weihrauch verbreitet sich im ganzen Haus. Während ich das Feuer im Kamin entfache, zieht Stellan mit der qualmenden Räucherschüssel an mir vorbei. Ich hasse diesen Geruch. Er riecht nach Angst.

»Vidar und ich holen noch mehr Holz. Wir sind rechtzeitig zurück, bevor die Nacht anbricht.«

Die Stimme meines ältesten Bruders Magnus lässt mich aufsehen und einen Moment innehalten. Er steht am Treppenaufgang und streift sich eine dunkle Mütze über den Kopf. Auch wenn er sanft lächelt, sehe ich die Besorgnis in seinen Augen. Es ist gefährlich, so kurz vor der ersten Raunacht in den Wald aufzubrechen. Wenn ein Schneesturm aufzieht, kommen sie womöglich nicht zurück, denn die Dunkelheit lockt hungrige Wölfe hervor. Aber meine Brüder müssen nach Hause kommen. Wir haben nur noch einander. Seit Vater im vergangenen Winter einem hohen Fieber erlag, sieht sich Magnus in der Verantwortung, auf uns aufzupassen. Für einen kurzen Moment tauschen wir vielsagende Blicke, ehe Vidar hinter ihm auftaucht und die Spannung, die im Raum liegt, löst.

»Worauf wartest du, Bruderherz? Runa und der Kleine kommen ein paar Stunden ohne uns aus«, beschwichtigt er. Er legt Magnus seine Hände auf die breiten Schultern und schnauft. Ich beobachte, wie er seine Hände zu Fäusten ballt. Vidars zuversichtliche Worte helfen Magnus nicht. Ich widme mich wieder dem Feuer und entfache eine kleine Flamme, während Magnus dem kleinen Stellan im Gehen durchs helle Haar wuschelt. Ich höre sein kindliches Kichern.

»Passt auf euch auf«, rufe ich ihnen zu, bevor sie das Haus verlassen. Kaum steht die Tür für einen winzigen Augenblick einen Spalt offen, zieht der eiskalte Wind hinein. Ich schütze das kleine Feuer mit meinem Körper, damit es nicht erlischt. Ein Schauer kriecht meinen Rücken hinab, obwohl ich mehrere Schichten Kleidung trage. Mit einem Krachen schließt die schwere Tür. Ich hole Luft, puste in die Flammen und stehe auf, als ich mir sicher bin, dass das Feuer weiterbrennen wird. Zumindest ein paar Stunden lang, wenn wir genug Holz nachlegen. Unser Vorrat ist knapp, und Magnus will sichergehen, dass wir durch die Raunächte kommen. Stellan wedelt, versucht den Rauch zu verteilen. Ich sehe ihm die Anspannung an.

»Wie wäre es mit einer Geschichte?«, frage ich und reibe meine Hände aneinander. Er wendet sich mir zu, und auf seine blassen Gesichtszüge stiehlt sich ein Grinsen.

»Die von der Eisfürstin?«

Bei Odin, wieso muss er sich ausgerechnet immer dieses Märchen aussuchen? Stellan senkt den Kopf, als er mein Zögern ahnt.

»Komm, wir setzen uns ans Feuer.«

Als ich mich in dem Schaukelstuhl niederlasse, klettert Stellan auf meinen Schoß. Eigentlich ist er schon viel zu groß dafür, doch ich gewähre ihm meine Nähe.

»Es war einmal …«, beginnt Stellan ungeduldig und holt mich dadurch aus den Gedanken zurück ins Hier und Jetzt. Seine Wangen sind vor Aufregung gerötet.

»Es war einmal …«, wiederhole ich räuspernd. »Eine

junge Frau, die nicht mehr besaß als die Kleidung, die sie am Leib trug. Im Frühling hatte sie ihren Vater verloren, im heißen Sommer ihre kleine Schwester, und der Herbst nahm ihr die Mutter.« Stellan schmiegt den Kopf an meine Brust. Ich ahne, wie er an unsere älteren Brüder denkt, die gerade im Wald Holz beschaffen. »Sie kommen zurück, ganz sicher«, flüstere ich.

Er klammert seine Finger in den Kragen meiner Kleidung, dann entspannen sich seine Muskeln, und Stellans Hand verweilt an meiner Brust.

Ich fahre fort. »Zwölf Nächte bevor das neue Jahr begann, jagten Räuber sie aus ihrem Haus. Barfuß irrte sie umher, doch als ihr ein Schneesturm die Sicht nahm, verirrte sie sich im Wald. Einsam und geschwächt sank sie im Schein des Mondes auf die Knie. Ihr Körper war so taub, dass sie die Kälte des Schnees nicht mehr spürte, und binnen weniger Augenblicke trug sie einen Mantel aus Frost.«

»Aber sie starb nicht, sondern wurde eins mit der Kälte«, schneidet mir Stellan ins Wort, und kurz ist mein Lächeln zurück.

»Seitdem wandelt die Eisfürstin in den zwölf Raunächten zwischen Leben und Tod und bestimmt über den Winter«, enden wir gleichzeitig.

»Erzähl mir Mutters Ende der Geschichte!«, bittet mich Stellan. Er sieht mich mit großen blauen Augen an, doch ich schüttele den Kopf.

»Wir müssen noch die Wäsche abhängen, bevor die erste Raunacht beginnt.«

Seufzend hüpft Stellan von meinem Schoß. Während er den großen Flechtkorb für die Wäsche aus dem Keller holt, höre ich, wie er den Rest der Sage laut vorträgt.

»Manche vernehmen spät in der Nacht ihre Melodie. Folgen sie dem Ruf der Eisfürstin, werden sie verflucht und in Eisstatuen verwandelt. Darum sind die Raunächte besonders gefährlich …«

Mir ist, als säßen wir wie früher am Kamin. Ich kann Vidar beinahe spotten hören, der Mutters Ende des Märchens albern findet. Für einen Moment sehe ich uns alle vor meinem inneren Auge um das Feuer sitzen.

Der Tag vergeht viel zu schnell. Wir sammeln die Wäsche ein und räuchern die übrigen Zimmer des Hauses aus, wie es Brauch ist. Aus kläglichen Resten bereite ich eine Suppe zu, die ich genau in dem Moment auftische, als Magnus und Vidar zurückkehren.

»Habt ihr die Wintervögel gehört? Am Tag vor der ersten Raunacht stimmen sie doch die Melodie der Eisfürstin an«, fragt Stellan, als wir alle am Tisch sitzen und speisen.

»Ach, hör doch auf mit dem Märchenquatsch«, schimpft Vidar kopfschüttelnd, während er seine nasse Kleidung auszieht. Er gehört zu den weniger Abergläubischen in unserem Dorf.

»Das sind keine Märchen! Die Eisfürstin gibt es wirklich!« Stellan streckt die Zunge raus. Bevor Vidars Faust auf dem Tisch aufschlagen kann, erhebt sich Magnus.

»Gebt Ruhe, alle beide«, fordert er mit sanfter Stimme. Vidar lässt sofort die Hand sinken. »Lasst uns das Essen genießen und dankbar sein.« Magnus setzt sich auf seinen Platz, und nach einem Augenblick der Stille platzt es aus Stellan heraus, dass es zu schneien begonnen hat. Ich schaue aus dem Fenster und beobachte den rieselnden Schnee. Für einen winzigen Moment glaube ich, die Silhouette der Eisfürstin dort draußen aufblitzen zu sehen. Sie ist wunderschön, doch in ihren Augen liegt eine Traurigkeit, die sich anfühlt, als schließe sich eine Faust um mein Herz.

Ist das echt?

Nein, ich muss mich irren. Ich blinzele, und sie ist fort. Genug der Träumerei.

»Werden unsere Vorräte reichen?«, frage ich Magnus mit gedämpfter Stimme. Seine Stille ist Antwort genug.

Der Wind pfeift lautstark, und die Fensterdielen klappern schauerhaft, sodass ich in der Nacht kaum ein Auge zubekomme. Auch Stellan findet keine Ruhe, und ich gewähre ihm den Platz neben mir im Bett.

»Die Eisfürstin ist heute Nacht ganz besonders einsam«, flüstert er an mein Ohr, und ich frage mich, ob mein Bruder sie auch am Fenster gesehen hat …

Ich träume von ihr. Sie versinkt hilflos im Schnee. Als ich zu ihr eilen will, kann ich mich nicht rühren. Unsere Blicke treffen sich, Schmerz glänzt in ihren Augen.

»Der Winter holt mich«, fleht sie kaum hörbar. Ihre Worte werden vom Schneesturm verschluckt.

»Wie kann ich dir helfen?«, frage ich laut, doch sie wendet den Blick ab und schüttelt den Kopf. Ich rufe erneut, aber sie hört mich nicht mehr. Ich allerdings höre ihren Herzschlag, der langsamer wird.

Als sich auf ihren Lippen ein Lächeln zeigt, erinnere ich mich an die Sage; die Eisfürstin denkt an ihre Familie. Sie nimmt mich nicht mehr wahr, summt ihre Melodie. Das Pochen ihres Herzens wird lauter und schneller. Ich kann nur zusehen, wie sich eine Schicht aus Eis auf ihrer Haut ausbreitet.

Am nächsten Tag tauschen Magnus und ich Waren im Dorf, und ich versuche, nicht an meinen merkwürdigen Traum zu denken. Es schneit nicht mehr, und auf dem Marktplatz herrscht reges Leben. Alle nutzen die hellen Stunden, denn selbst die weniger Abergläubischen wagen es nicht, während der Raunächte bei Dunkelheit das Haus zu verlassen.

»Ich habe das ganze Jahr darauf gewartet, endlich die neue Kräutermischung zum Räuchern zu verwenden«, höre ich eine Frau zu einer anderen sagen.

»Vielleicht kannst du den Zorn der Eisfürstin damit besänftigen«, antwortet ihr Gegenüber. Das Wetter, die Tode, der Hunger und der Durst – all jene Schrecklichkeiten schieben sie der Eisfürstin zu.

Wenn sie ihren Schmerz gesehen hätten, wüssten sie um ihr Leid. Ich schüttele die Gedanken ab, habe keine Zeit, über ein Märchen nachzudenken, das allen im Dorf Albträume bereitet. Beim Fischer kann ich Kleidung für seinen Sohn gegen geräucherten Aal eintauschen. Abends stopfen wir uns die Bäuche damit voll, während es draußen dunkler wird und der Schneefall wieder einsetzt.

»Morgen früh wird alles ganz weiß funkeln«, freut sich Stellan. Ich kann dem Schnee nichts abgewinnen, denke nur daran, wie er uns im Haus einsperren wird. Als ich mich schlafen lege, ist es im Haus totenstill, ich höre nur den Wind von draußen. Ein Pfeifen, das immer melodischer wird. Oder bilde ich mir das nur ein? Die Melodie der Eisfürstin geht mir nicht aus dem Kopf, doch irgendwann spüre ich, wie der Schlaf mich übermannt …

Plötzlich sehe ich sie wieder vor mir: Einsam steht sie an einem See und weint. Ihre Tränen erstarren zu Eiszapfen.

Das ist nicht echt, sage ich mir, doch es fühlt sich wie eine Lüge an.

Die Eisfürstin ist nicht mehr die junge Frau, die im Schnee versank. Sie trägt eine Krone und ein Kleid aus Frost. Sie bemerkt mich, schaut mich an. Ich gehe auf sie zu; als ich nach ihrem Namen frage, lächelt sie hoffnungsvoll.

»Das hat mich noch niemand gefragt«, antwortet sie. »Die Menschen sehen immer nur eine Furcht einflößende Regentin. Dabei ignorieren sie, dass sie den Winter brauchen.«

»Ohne ihn gibt es keinen Frühling«, entgegne ich.

Wir lächeln gemeinsam.

»Du verstehst mich.«

Ihre Worte wärmen mein Herz.

»Nennst du mir deinen Namen?« Ich wage es, sie erneut danach zu fragen. Das Letzte, was ich im Traum höre, ist ihre Stimme.

»Isla.«

Als ich am nächsten Morgen erwache, sind wir eingeschneit. Mir fällt es schwer, mich zu konzentrieren. Immer wieder wandern meine Gedanken zu meinen Träumen. Magnus, Vidar und ich überlegen sorgenvoll, wie lange wir über die Runden kommen, sollten wir das Haus für eine längere Zeit nicht verlassen können. Eine Woche sollte möglich sein. Am Abend kann ich es kaum erwarten einzuschlafen, und auch meine Brüder bemerken meine Veränderung, doch ich winke ihre Bedenken ab und behaupte, es seien die Sorgen, die mich unruhig machen. Das ist keine Lüge.

Im Traum treffen wir uns wieder an dem See. Islas Lippen zieren ein Lächeln, als sie mich sieht.

»Entschuldige«, sagt sie zur Begrüßung, und ich lege den Kopf schief.

»Was meinst du?«, frage ich sie.

»Du hast mich nach meinem Namen gefragt, ich aber nicht nach deinem.« Sie sieht beinahe schüchtern aus. Ich spüre, wie ich rot werde.

»Ich heiße Runa.«

»Ein schöner Name.«

Auch in der folgenden Nacht erscheint sie mir. Dieses Mal setze ich mich zu ihr an den See.

»Darf ich dich etwas fragen?«, beginne ich vorsichtig und bin erleichtert, als sie nickt. »Die Menschen behaupten, die Winter sind besonders hart, weil du dich an ihnen rächst … dass du ein Lied singst, um sie zu deinem Eispalast zu locken und sie in kalte Statuen zu verwandeln.« Bei meinen Worten kann ich Isla kaum ansehen, denn ich erkenne das Leid, das diese Sage angerichtet hat. »Warum sollte eine einsame Seele wie du so etwas Grausames tun?«

»Die Menschen sehen nur das, was sie sehen wollen«, flüstert sie traurig. »Darum bin ich froh, dass du mich nicht so siehst.«

Ich recke das Kinn, und unsere Blicke treffen sich, was ein wohliges Kribbeln in meinem Magen auslöst.

»Nicht du legst Frost um die Herzen der Menschen. Sie sind es selbst, die eine Schuldige für all das suchen, was ihnen Angst einjagt.«

Isla nickt, und ich spüre ihre Dankbarkeit.

Am dritten Tag komme ich kaum aus dem Bett, doch mir bleibt keine Wahl. Unsere Vorräte sind so gut wie aufgebraucht. Alles, was uns bleibt, ist die Hoffnung darauf, bald wieder das Haus verlassen zu können. Ich suche Beschäftigung, doch Ruhe finde ich erst in meinen Träumen.

»Wird der Sturm je aufhören?«, frage ich Isla in dieser Nacht. Sie gibt mir keine Antwort. Stattdessen streckt sie ihre Hand aus, und ich nehme sie in meine. Wir sitzen auf einem Stein am See, schauen in die Ferne, und obwohl mich der Schnee doch eigentlich frösteln sollte, spüre ich nur Wärme und das Verlangen, sie nie wieder loszulassen.

Am fünften Tag knurrt mein Magen schon so laut, dass ich ihn beruhige, indem ich auf getrockneten Pfefferminzblättern herumkaue. Ich kenne das Gefühl, zu hungern,

144

doch so schlimm war es noch nie. Tagsüber stürmt der Schnee erbarmungslos, und nachts will Vidar trotz der Dunkelheit in den Wald losziehen, doch wir lassen ihn nicht gehen. Die Hoffnung darauf, nur noch einen Tag durchzuhalten, bringt uns durch die Woche. Ich sehne mich jeden Abend nach meinem Bett, denn wenigstens in meinen Träumen fühle ich mich sorgenfrei. Isla und ich halten uns an den Händen. Sie schenkt mir verstohlene Blicke, die ich lächelnd erwidere.

»Begegnest du auch anderen Menschen in ihren Träumen?«, will ich wissen.

»Nein«, entgegnet sie mit fester Stimme und schaut nicht mehr mich an, sondern den zugefrorenen See. »Niemand will meiner Melodie folgen.«

Ich schlucke schwer, ihre Traurigkeit quält mich. Ich hebe meine Hand, woraufhin sie den Kopf zu mir dreht.

»Darf ich?«

Sie nickt, und ihr Lächeln kehrt zurück. Sanft streiche ich ihr eine blonde Haarsträhne hinter das Ohr.

»Du hast ein reines Herz, Runa.« Dann summt sie ihre Melodie.

Am achten Tag der Raunächte wache ich mit Kopfschmerzen auf und fühle mich schwach. Isla habe ich in der letzten Nacht nicht gesehen, und mir wird bewusst, wie sehr es wehtut. Aber der Morgen hat auch etwas Gutes, der Schneesturm ist vorübergezogen. Wir können uns kaum auf den Beinen halten, doch wir wissen, dass wir die Chance verpassen, wenn wir jetzt nicht losziehen. Mit letzter Kraft zieht Magnus Stellan auf dem kleinen Holzschlitten hinter sich ins Dorf. Für einen Taler laben wir uns am Eintopf, den eine alte Frau auf dem Marktplatz verkauft. Die Brühe ist dünn, ohne Fleisch, und nur ein paar Kartoffeln schwimmen an der braunen Oberfläche.

Eigentlich kann man es nicht einmal einen Eintopf nennen, doch wir nehmen gierig all das, was wir bekommen. Meine Lebensgeister erwachen langsam, und als die Sonne herauskommt, summe ich jene Melodie, die mir seit Tagen nicht mehr aus dem Kopf geht.

»Ein schönes Lied, Kindchen. Hast du das von deiner Mutter gelernt?«, fragt mich die Alte, und ich schüttele den Kopf.

Wir bleiben so lange, bis der Abend anbricht. Ich kann für uns alle ein Abendessen bei der Alten herausschlagen. Im Gegenzug möchte sie nur, dass ich für sie singe.

Als ich in dieser Nacht die mir bekannte Melodie vernehme und in den Schlaf gleite, ist etwas anders. Isla wartet wie in den letzten Nächten am See, aber als sich unsere Hände umfassen, schaut sie mich wehmütig an.

»Bald sind die Raunächte vorbei, und ich bin fort«, sagt sie und senkt das Kinn. Ihre Worte fürchten mich. Was wird dann aus unseren Gesprächen? Aus den zaghaften Berührungen, die wir miteinander teilen?

»Können wir uns nur in diesen zwölf Nächten sehen?« Ich beiße auf meine Unterlippe und will ihre Antwort nicht hören, denn ich weiß, was sie mir sagen wird.

Als ich am nächsten Tag viel zu spät erwache, sitzt Stellan am Feuer, bewacht die Flammen mit Konzentration und Gewissheit und sieht zu mir auf, als er mich bemerkt.

»Magnus und Vidar sind schon unterwegs, wir haben alles im Griff«, grinst er. Verwirrt schaue ich mich um und stelle fest, dass der Abwasch erledigt ist und ich auf dem Boden kein einziges Staubkorn finde. Es ist beruhigend, zu wissen, dass sie ohne mich klarkommen können. So nutze ich den Mittag mit Stellan, um den Schnee vor dem Haus zu schippen. Abends fühlt es sich fast an, als hätten wir keine Sorgen; wir essen, plaudern, lachen, schlafen …

In dieser Nacht treibt mich wieder die Melodie der Einsamkeit aus dem Bett. Niemand außer mir kann sie hören, sonst würde ich im Mondschein erkennen, wie einer meiner Brüder wach läge. Zunächst kann ich nicht verorten, woher der Klang kommt, ehe ich wie in Trance vor der Haustür stehe. Kaum will ich sie öffnen, stößt der Wind sie leicht auf, und schon stehe ich barfuß im Schnee.

Das hier ist kein Traum. Ich bin mir ganz sicher.

Ich sollte nicht in der Nacht das Haus verlassen, aber weder die Dunkelheit noch die Kälte machen mir Angst. Im Gegenteil. Die Melodie gibt mir Sicherheit. Vorsichtig schließe ich die Tür hinter mir, kehre dem Haus den Rücken und blicke in den Himmel. Die Sterne funkeln hell, ein voller Mond lässt den Schnee glitzern. Warum ist mir nicht kalt? Mit jedem Schritt, den ich vorangehe, wird das Lied lauter, und meine Gewissheit, das Richtige zu tun, stärker. Ich gehe zum See, der sich hinter unserem Haus erstreckt. Da steht sie, gehüllt in ein weißes Kleid, das unmöglich aus Eiskristallen sein kann, es aber doch ist. Sie lächelt und streicht sich eine lange blonde Haarsträhne aus dem Gesicht. Ihre Geste erinnert mich an unsere Berührungen. Ihre Silhouette wird vom Mond erleuchtet, lässt sie wie einen Engel aussehen. Aber sie ist kein Engel, sondern Schnee und Hoffnung in Menschenform.

Isla.

Wir blicken einander an. Ihre Krone aus Eiszapfen zeugt von der Macht, die in ihr schlummert, doch selbst dieses Zeichen von Herrschaft lässt sie nicht wie die Todbringerin aus den Geschichten aussehen. Ich frage mich, ob meine Mutter je ihren Ruf vernommen hat. Wusste sie, wie einsam die Eisfürstin ist?

»Das hier ist kein Traum, oder?«, frage ich, obwohl ich die Antwort bereits weiß. Ich gehe auf sie zu.

»All das ist und war echt, Runa«, antwortet sie mir lächelnd. Meine Finger kribbeln bei der Erwähnung meines Namens. Ihre Stimme klingt nicht wie das Klirren von zersplitterndem Eis, wie die Märchen behaupten, sondern wie rieselnder frischer Schnee. Fast im gleichen Moment strecken wir die Hände nacheinander aus. Wir gehen aufeinander zu, verringern die Distanz zwischen uns, und als sich unsere Fingerspitzen berühren, ist da nur Wärme.

Wir lächeln einander an, suchen nach gegenseitigem Einverständnis und können dem Drang nicht länger widerstehen. Unsere Blicke lösen sich erst voneinander, als wir uns endlich küssen. Ihre Lippen sind so warm und weich, dass ich schmelzen könnte.

»Fühlst du das?«, fragt Isla mich und schaut auf ihre Brust hinab. Ich hebe die Hand, zögere, doch als sie meine ergreift und vorsichtig auf ihr Brustbein legt, spüre ich, wie ihr erkaltetes Herz auftaut.

»Ja«, antworte ich flüsternd. Als mir einfällt, welcher Tag morgen ist, fällt mein Lächeln jedoch ab. »Ich möchte dich wiedersehen«, bitte ich. »Aber ich werde dir nicht in deinen Palast folgen können«, füge ich wehmütig an, als ich an meine Brüder denke.

»Das würde ich nie von dir verlangen.«

»Ich weiß«, gebe ich zurück. Wir verschmelzen wieder im Kuss, dann löst sie sich von mir.

»Ich komme und gehe mit den Raunächten, doch mein Herz, Runa, das bleibt bei dir.«

Noch nie habe ich Worte wie diese vernommen, außer vielleicht in meinen kühnsten Vorstellungen.

Sie lächelt, als sie bemerkt, wie rot ich werde. Kaum wird mir aber wieder bewusst, dass unsere Begegnung ein Abschied ist, lasse ich ihre Hände los.

Isla greift sofort nach meinen Fingern, als wären sie ein Rettungsanker.

»Ein Jahr ohne dich«, kommt es mir plötzlich über die Lippen. Erst da begreife ich, dass ich den Gedanken laut ausgesprochen habe.

Isla sieht auf ihre Brust, auf der eben noch unsere Hände verweilten.

»Ein Teil von mir wird stets bei dir sein.«

»Wie kann ich dich nächstes Jahr finden?«

»So, wie du mich auch jetzt gefunden hast. Folge dem Klang von Eis.«

»Das werde ich«, verspreche ich und schaue in den Himmel, als Schneeflocken auf uns hinabrieseln.

Auf einmal fühle ich, wie das Gewicht ihrer Hände leichter geworden ist.

Ich muss zusehen, wie Isla eins mit dem Schnee wird.

Dann bin ich allein am See, ihr warmer Herzschlag noch immer in meinen Ohren.

Wir werden uns wiedersehen.

Das weiß ich.

10

ANTONIA
WESSELING

*Das Glück liegt
auf der Straße*

Antonia Wesseling wurde 1999 geboren. Schon als Kind erfand sie Geschichten und fing später an, Jugendbücher zu veröffentlichen. Mittlerweile ist sie Bestsellerautorin von New-Adult-Romanen. Außerdem bloggt sie auf You-Tube (@tonipure), auf Tiktok und Instagram (@antonia-wesseling) über Bücher, das Schreiben und andere Themen, die ihr wichtig sind. Seit 2021 betreibt sie gemeinsam mit Autorin Maike Voß den Podcast *DieSchreibmaschinen* und teilt dort Erfahrungen und Tipps aus dem Schreiballtag.

Das surrende Geräusch des Motors, das mich bisher begleitet hat, ist verstummt. Jetzt ist es so still, dass ich mein eigenes Herz klopfen höre. Die Dämmerung hüllt mich ein, nur die schwachen Lichter meines Armaturenbretts spenden ein wenig Helligkeit. Mein neuer Wagen, ein schicker, moderner Kontrast zu meinem alten Twingo, fühlt sich plötzlich wie eine Gefängniszelle an.

Zu allem Überfluss ist auch noch der Akku meines Smartphones leer. Es ist bei fünf Prozent ausgegangen. So ein Dreck! Hätte ich nicht wenigstens an ein Ladekabel denken können … Für einen Notfallanruf hätte die Autobatterie vielleicht gereicht.

Es war ganz schön blöd zu glauben, dass ich nach knapp zwei Jahren Blechkarrefahren quasi sicher vor jeder Autopanne bin. Ganz nach dem Motto: »Wenn mir damit nix passiert ist, bin ich immun.«

Noch vor einer Stunde befand ich mich in einem Höhenflug. Auf Wolke sieben. Begeistert von der geschmeidigen Fahrt, dem glänzenden Lack, der hochmodernen Ausstattung. Einparkhilfe? Sprachfunktion? Alles wunderbar berauschend. Doch jetzt gerade ist all das nichts weiter als eine nutzlose Hülle.

Auch die Heizung funktioniert nicht mehr. Meine Hände umklammern das Lenkrad, sie fühlen sich mittlerweile fast taub an. Draußen wird es von Minute zu Minute dunkler. Sonderlich viel zu sehen gibt es jedoch sowieso nicht. Ich befinde mich im Nirgendwo. Ganze fünf Autos sind in den letzten fünfundzwanzig Minuten vorbeigefahren. Kein einziges hat angehalten.

Mein Atem bildet kleine Wolken in der frostigen Luft. Ich spüre die Kälte, die durch jede Ritze des Autos kriecht. »Verdammte Scheiße«, murmle ich. »Wenn ich wenigstens noch einen Schluck von meinem – eben erst leer geschlürften – Kaffee hätte ...«

Ich habe keine Ahnung, wie weit es bis zur nächsten Wohnsiedlung ist. Und doch wird mir nichts anderes übrig bleiben, als auszusteigen und mich auf den Weg zu machen. Die ganze Nacht werde ich bei dieser Kälte ganz sicher nicht überstehen.

Als ich die Fahrertür öffne, vernehme ich plötzlich ein Geräusch in der Ferne. Dann, wie aus dem Nichts, tauchen Scheinwerfer in meinem Rückspiegel auf. Ein Auto nähert sich und verlangsamt seine Fahrt, bis es schließlich neben mir hält.

Bevor ich mir die Frage stellen kann, ob ich erleichtert oder panisch sein soll, steigt ein junger Mann aus. Seine Gestalt zeichnet sich gegen die hellen Scheinwerfer seines Wagens ab. Er trägt nichts weiter als einen Pulli und lockere Jeans. Die braunen Haare sind leicht zerzaust, als hätte er sie gerade mit den Fingern durchgekämmt. Sein Gesicht ist markant, mit klaren, sympathischen Zügen und einem Hauch von Stoppeln, die ihm ein leicht raues Aussehen verleihen.

»Ist etwas passiert?« Sein Blick schweift vom Armaturenbrett meines Autos zu mir.

»Der Motor. Einfach ausgegangen. Ausgerechnet hier.«

»Hast du jemandem Bescheid gegeben?« Das Lächeln, das sich auf seinem Gesicht abzeichnet, ist freundlich. Höflich.

Ich beschließe, mich nicht so schnell davon beeindrucken zu lassen. *Man sieht Menschen das Böse nicht unbedingt an.* Kurz überlege ich, ihn anzulügen. Zu behaupten, ich sei nicht allein hier. Vielleicht gehört der Wagen meinem Freund, der unterwegs ist, um Hilfe zu holen.

»Lass mich mal sehen, möglicherweise kann ich helfen«, sagt er, als ich nicht antworte. Sein Lächeln ist warm und selbstsicher, strahlt Zuversicht und Gelassenheit aus.

Ich steige aus und trete neben ihn, während er einen erneuten Blick auf mein Auto wirft. »Schickes Teil«, bemerkt er. »Nur leider nicht so zuverlässig wie erhofft, was?«

»Mein alter Twingo war da robuster.«

»Das ist ein Neuwagen, oder?«

Schon wieder meldet sich Misstrauen in mir. Wieso will er das wissen?

»Keine Sorge.« Jetzt lacht er. »Ich frage nur, weil ich überlegt habe, ob du beim Kauf vielleicht direkt eine Mitgliedschaft beim ADAC abgeschlossen hast. Oder sonst eine Versicherung?«

»Leider nein«, gestehe ich. »Ich bin noch nie liegen geblieben.«

»Irgendwann ist immer das erste Mal, was?«

»Ich schätze, die Lektion habe ich gelernt.« Fröstelnd ziehe ich die Schultern hoch. »Kann ich vielleicht mal dein Telefon benutzen?«

»Wen willst du anrufen?« Er tritt einen Schritt zurück und sucht seine Hosentasche ab. »Sorry, das geht mich überhaupt nichts an. Ich dachte nur, wenn du niemanden hast, der den Wagen abschleppen kann, könnte ich den ADAC informieren. Ich habe einen Kumpel, der dort arbeitet.«

»Das würdest du machen?« Hoffnung breitet sich in mir aus.

»Klar.« Er zuckt mit den Schultern. »Ich heiße übrigens Alex. Und du?«

»Valerie.«

»Ein schöner Name.«

»Danke.«

Alex wählt eine Nummer. Ich beobachte, wie er am Telefon spricht. Er bewegt sich mit einer natürlichen Selbstsicherheit, die mir imponiert. Sein Lachen hallt durch die kalte Luft, während er mit dem Pannendienst redet. Trotz der unglücklichen Situation fühle ich mich auf einmal merkwürdig beruhigt.

»Mein Kumpel hat jemanden losgeschickt«, verkündet er, als er das Gespräch beendet. »Aber es könnte eine Weile dauern. Die haben wohl viel zu tun heute Nacht.«

»Kein Wunder bei den Temperaturen.«

»Echt übel. Dabei ist es schon wärmer geworden. Bei dem Schneefall letzte Woche kam ja gar keiner mehr durch.«

»Ich habe heute zum ersten Mal seit drei Tagen das Haus verlassen«, erkläre ich. »Und dann werde ich direkt ausgebremst.«

»Willst du vielleicht doch jemanden anrufen? Ich meine, falls du erwartet wirst.«

Schnell schüttele ich den Kopf. »Ich war nur auf dem Weg nach Hause.«

»Und da wartet niemand auf dich?«

»Willst du mich entführen oder anbaggern?«

»Variante A wäre der Plan, wenn B nicht funktioniert«, erwidert er. Seine Antwort kommt so schnell und natürlich, dass ich trotz der angespannten Situation lachen muss. Sein Humor ist so erfrischend, dass er unser anfängliches Fremdeln schnell durchbricht.

»Nur um das klarzustellen, ich bevorzuge definitiv Variante B«, sage ich, während ich versuche, mein Lächeln zu verbergen.

»Gut zu wissen«, entgegnet er mit einem Grinsen. »Aber im Ernst, bis der ADAC kommt, kann es noch eine Weile dauern. Wenn du willst, können wir auch bei mir im Auto warten. Ich will nicht angeben, aber es verfügt über eine exzellente Sitzheizung.«

»Autsch!«, sage ich und werfe einen scherzhaft schmerzhaften Blick zu meinem Wagen.

»Es sei denn, du bestehst darauf, dir eine Lungenentzündung zu holen.«

»Tatsächlich weniger«, antworte ich und nicke schließlich. »Das wäre wirklich nett.«

Als wir in seinen Wagen einsteigen, kommt mir der Geruch von feinem Leder entgegen. Der Innenraum seines Autos ist stilvoll und hochwertig ausgestattet, mit einem Hauch von Luxus, der mich beeindruckt. Ich kann zwar nicht genau sagen, welches Modell oder welche Marke es ist, aber es ist offensichtlich, dass dieses Fahrzeug ebenfalls nicht günstig war. Die Sitze sind bequem und weich, und alles scheint sorgfältig verarbeitet zu sein.

Ich werfe einen kurzen Blick auf das Armaturenbrett, das mit modernen Anzeigen und einem großen Touchscreen ausgestattet ist. Die sanfte Beleuchtung im Inneren des Wagens schafft eine gemütliche und einladende Atmosphäre.

»Wohin wolltest du eigentlich? Wirst du nicht erwartet?«

»Nur zu einem Kollegen. So wie ich den kenne, hat er mich aber ohnehin schon vergessen.« Alex winkt ab. »Wir sind gerade dabei, ein Konzept auszuarbeiten. Ziemlich mühselig.«

»Was für ein Konzept, wenn ich fragen darf? In welchem Bereich arbeitest du?«

»Ich habe BWL studiert und bin in einer Unternehmensberatung tätig. Aktuell sind wir dabei, einen dicken Fisch aus dem Ausland an Land zu ziehen. Doch er sträubt sich noch etwas. Was ist mit dir? Was machst du, wenn du nicht gerade auf der Landstraße erfrierst?«

Ich zögere einen Augenblick, bevor ich Luft hole. »Social Media.«

»Ahh, Marketing?«

Ich nicke.

»Kennt man die Firma?«

Es gäbe nichts Leichteres, als mir eine Ausrede einfallen zu lassen. Etwas, was die Leute für gewöhnlich nicht belächeln.

»Die Firma bin ich«, entscheide ich mich dann jedoch für die Wahrheit. »Ich habe einen eigenen Account und teile dort meinen Alltag.«

»Dann bist du Influencerin?«

Ich nicke.

Alex überlegt einen Moment. Sein Schweigen macht mich bereits schrecklich nervös. Als er erneut sein Telefon zückt, kommen mir nur zwei Erklärungen in den Sinn: 1. Er will ein Foto mit mir machen. 2. Er möchte sich meinen Account ansehen.

Doch stattdessen öffnet Alex die Kamera und reicht mir sein Smartphone.

»Was soll ich damit?«

»Na, wenn du deinen Alltag teilst, gehört dieser Augenblick doch wohl dazu, oder? Wie willst du sonst deinen Followern erklären, dass dich ein heißer Typ vor dem Erfrierungstod gerettet hat und du nicht einmal ein Selfie mit ihm gemacht hast?«

»Hast du dich gerade selbst als heißen Typen bezeichnet?« Lachend drücke ich auf die Seitentaste und nehme eine ganze Reihe an Fotos auf.

»Welche Worte hättest du denn verwendet? Attraktiver Fremder, der aus der Dunkelheit tritt? Retter in der Not?«, will Alex wissen, als ich ihm das Telefon zurückgebe.

»Du hast eine bewundernswerte Fantasie«, stelle ich mit einem Grinsen fest.

»Vielleicht bist du so etwas wie meine Muse.«

»Das halte ich für unwahrscheinlich.«

»Wieso? Stell dir vor, in drei Jahren treffen wir uns zufällig auf einer Ausstellung wieder. Ich verkaufe dort mein Gemälde *Hinreißende Blondine in einsamer Nacht.*«

»Ausstellungen sind nicht so mein Ding.«

»Nicht? Hm … dann würdest du nie erfahren, dass du mit deiner Autopanne mein Leben verändert hast. Aus Unternehmensberater wurde leidenschaftlicher Künstler.«

»Ich werde meine Followerschaft bitten, die Augen offen zu halten. Sicher kennt sich da jemand mit Kunst aus.«

»Hervorragend. Wohnst du eigentlich weit von hier?«, fragt Alex.

»In Ehrenfeld. Und du?«

»Marienburg. Aber erst seit ein paar Monaten. Ich …« Er zögert. »Ich habe das Haus meines Onkels geerbt.«

»Oh, das … tut mir leid.«

»Das Erbe?«, fragt er mit einem ironischen Grinsen.

»Eher, dass er gestorben ist.«

»Schon okay. Ich kannte ihn nicht. Genau genommen wusste ich nicht einmal, dass er existiert. Bis ich plötzlich die Benachrichtigung vom Gericht erhielt.«

»Und er vererbt dir einfach so sein Haus?«

»Keine Kinder.«

»Verstehe. Und du bist direkt eingezogen?«

»Erst mal nur vorübergehend. Ich möchte das Haus renovieren und anschließend verkaufen. Es ist viel zu groß für eine alleinstehende Person, zumal ich die meiste Zeit des Tages auf der Arbeit bin.« Er seufzt.

»Das klingt nicht gerade so, als würde dich dieser Job erfüllen.«

»Ach, es ist okay. Ich verdiene nicht schlecht. Wenn ich nach Hause komme, ziehe ich meinen Sport durch und kriege den Kopf frei. Aber was ist mit dir? Was postest du so auf deinem Social-Media-Account?«, erkundigt er sich.

»Ich teile hauptsächlich Lifestyle-Inhalte, manchmal Tipps zur Selbstfürsorge, ein bisschen Mode …«, antworte ich. »Ich bin noch nicht allzu lange dabei.«

»Aber du kannst davon leben?«

»Mittlerweile ja. Ich schätze, ich habe einen guten Zeitpunkt getroffen und bin drangeblieben.«

»Das klingt cool. Es muss spannend sein, deine eigene Marke aufzubauen.«

»Es ist definitiv eine Herausforderung«, sage ich. »Aber zu sehen, wie die Community wächst, ist eine tägliche Belohnung.«

»Wie viele Leute folgen dir, wenn ich das so fragen darf?«

»Knapp hundert.«

Ich sehe, wie Irritation in seine Augen tritt. »Hundert?«

»Hunderttausend.« Jetzt kann ich nicht mehr an mich halten. »Gott, du hättest dein Gesicht sehen müssen. Wäre ich bei hundert Abonnenten auf das Einkommen angewiesen, wäre ich ziemlich sicher zu Fuß unterwegs. Nackt. Halb verhungert.«

»Hunderttausend ist dafür eine Hausnummer. Wenn ich mir vorstelle, diese Menge hätte sich auf mich gestürzt, weil du meinetwegen auf der Straße erfroren wärst … Himmel, was muss ich für ein Glückspilz sein.«

»Du wärst nicht der Erste, der einfach vorbeigefahren ist.«

»Die Menschheit ist am Arsch.« Alex lässt sich zurück in seinen Sitz sinken und trommelt mit den Fingern auf dem Lenkrad herum. »Ich hatte vor vier Jahren mal einen Unfall. Bin früher Motorrad gefahren. Der Verursacher des Unfalls war ein Autofahrer, der sich einfach davongemacht hat. Ich habe zwanzig Minuten bewegungslos auf dem Boden gelegen, bis zufällig eine junge Mutter mit ihrem Kinderwagen vorbeikam. Sie hat den Rettungswagen gerufen. Es war dunkel. Schätze, die meisten Vorbeifahrenden hielten mich für einen Drogenabhängigen, weil ich halb im Gebüsch hing.« Alex schüttelt fassungslos den Kopf.

»Wie schwer warst du verletzt?«

»Ich hatte beide Beine gebrochen und eine Gehirnerschütterung. Sobald ich aus dem Krankenhaus kam, habe ich das Motorrad verkauft. Dass die Menschen erst mal an mir vorbeigefahren sind, kann ich bis heute nicht fassen.«

»So etwas will man einfach nicht glauben«, murmele ich entsetzt.

»Es kommt nur leider häufiger vor, als man denkt.«

Ich will gerade etwas entgegnen, da leuchten helle Lichter in der Ferne auf.

»Das muss der ADAC sein«, sagt Alex hoffnungsvoll. Die sich nähernden Scheinwerfer durchschneiden die Dunkelheit.

Fast zeitgleich mit uns steigt schließlich ein Mann mittleren Alters aus. Er trägt eine reflektierende Weste und nähert sich uns mit einem Clipboard in der Hand. »Guten Abend, ich bin vom ADAC. Sie hatten einen Motor-Ausfall?«, fragt er, während er auf mein Auto deutet.

»Ja, genau«, antworte ich und trete näher. »Ich kriege ihn nicht mehr an.«

Der ADAC-Mann nickt verständnisvoll und beginnt mit der Begutachtung. Nach einer kurzen Prüfung erklärt er, dass eine sofortige Reparatur vor Ort nicht möglich ist und dass das Fahrzeug abgeschleppt werden muss. Er fragt mich nach meinen Fahrzeugpapieren, während er einige Details auf seinem Clipboard notiert.

Währenddessen wendet sich Alex an mich: »Ich kann dich nach Hause bringen, wenn du möchtest.«

»Nein, das musst du nicht. Wenn du mir noch einmal dein Handy leihst, rufe ich mir ein Taxi.«

»Ach, wieso denn? Wenn wir direkt fahren, geht es viel schneller. Es ist für mich kein großer Umweg.«

Ich zögere kurz, dann gebe ich mir einen Ruck. Die Gelegenheit, brutal über mich herzufallen, hätte Alex bereits gehabt. Und zwar bevor der ADAC-Kerl ihn gesehen hat.

Während dieser mein Auto für das Abschleppen vorbereitet, folge ich Alex zurück zu seinem. Wir steigen ein und beobachten, wie mein Wagen behutsam auf den Anhänger gezogen wird.

»Das war dann wohl ein kurzes Vergnügen mit meinem Traumauto.« Ich gebe mein Bestes, nicht allzu frustriert zu klingen.

»So ein Motorschaden lässt sich in den meisten Fällen schnell reparieren. Ansonsten wird das Ding ausgetauscht.«

Mit diesen Worten fahren wir los, und ich gebe Alex meine Adresse. Mittlerweile ist es kurz nach Mitternacht, die Zeit mit Alex ist schneller vergangen, als ich gedacht habe.

Die Straßen von Köln sind ruhig, fast menschenleer, was zu dieser späten Stunde nicht überraschend ist. Die

Kälte der Nacht hat sich festgesetzt, und die Luft draußen ist klar und frostig. Die Straßenlaternen werfen ihr orangefarbenes Licht auf die Fassaden der Häuser, die an uns vorbeiziehen. Auf den geparkten Autos glänzt eine dünne Schicht Raureif. In Alex' Auto wiederum herrscht eine angenehme Wärme. Alex hat die Heizung so hochgedreht, dass ich spüren kann, wie die Kälte von Minute zu Minute aus meinen Gliedern weicht.

Wir erreichen meine Wohnung, und als ich aussteige, zögere ich einen Moment. »Danke. Fürs Anhalten, Hilferufen und Nach-Hause-Fahren.«

»Kein Problem. Ich habe mich gefreut, dich kennenzulernen, Valerie«, erwidert er mit einem aufrichtigen Lächeln.

»Kann ich nur zurückgeben.«

Bevor ich die Tür schließe, fügt er hinzu: »Was hältst du davon, wenn wir uns wiedersehen?«

Ich lächle breit. »Wenn es nicht unbedingt noch mal eine einsame Landstraße sein muss …«

»Mir wäre ein Restaurant ebenfalls lieber.« Jetzt grinst er.

Ich tippe ihm meine Nummern in seine Kontaktliste und sehe ihm nach, wie er davonfährt.

Mit wild pochendem Herzen schließe ich die Wohnungstür auf und schalte drinnen als Erstes das Licht ein. Direkt im Anschluss lasse ich mich auf das Sofa fallen, stecke das Handy ans Netzteil und warte, bis der Bildschirm sich wieder erhellt.

Kaum habe ich die SIM entsperrt, leuchten die ersten Benachrichtigungen auf. Die meisten sind von Instagram, doch auch eine stinknormale iMessage ist dabei. Ein Foto. Die Nummer ist nicht eingespeichert.

Ich klicke es an und muss lächeln, als ich das Selfie erkenne, das Alex und ich gemacht haben. »Für deine nächste Storytime«, steht dort geschrieben. Er muss die Nachricht noch vorm Weiterfahren abgeschickt haben.

Ich öffne Instagram und wähle das Bild aus meiner Galerie aus. Dann beginne ich zu tippen: *Kennt ihr das Sprichwort »Das Glück liegt auf der Straße«? Heute habe ich eine Geschichte erlebt, die perfekt dazu passt …*

11

REGINA MEISSNER

Herzen im Duell

Regina Meissner wurde 1993 in einer Kleinstadt in Hessen geboren. Durch lesebegeisterte Eltern entdeckte sie die Liebe zur Literatur früh und versuchte sich am Schreiben eigener Geschichten. Regina hat Lehramt in der Fächerkombination Deutsch und Englisch studiert und arbeitet als Produkt- und Social-Media-Managerin in einem Medienunternehmen. Neben dem Schreiben liebt sie das Lesen, das Reisen, Disney und alles, was mit Schweden zu tun hat. Ihre Liebe zu Büchern teilt sie auf Instagram und TikTok unter: regina_meissner_author.

Como, Dezember 1850

Der Brief erreichte mich, als ich von meiner Fechtstunde bei Stefano Moretti nach Hause kam. Wie ein stummes Mahnmal lag er auf der obersten Stufe, ein elfenbeinfarbener Umschlag, versiegelt mit rotem Wachs, das an den Rändern nicht ganz sauber getrocknet war. Verwirrt nahm ich ihn in die Hand, nur um meinen Namen in großen Lettern auf der Vorderseite vorzufinden.

Feine Schneeflocken rieselten auf das Papier, weswegen ich mich in das Mietshaus und meine Wohnung im zweiten Stock flüchtete, in der die Kälte wie ein ungebetener Gast in allen Ritzen saß. Sooft ich das Feuer im Kamin auch schürte, in den letzten Tagen wollte es gar nicht mehr richtig warm werden.

Umständlich schlüpfte ich aus meinem Mantel; die Geduld, mir die Stiefel auszuziehen, konnte ich allerdings nicht aufbringen. Hastig riss ich den Umschlag auf und entnahm ihm ein dickes Blatt Papier, das in der Mitte gefaltet war.

Celestine Castelli, las ich meinen Namen ein zweites Mal. Die Handschrift war ordentlich, wenn auch nicht besonders schön. *Die Zeit des Schweigens ist vorbei. Eine alte Rechnung muss beglichen werden. Ich fordere Sie zum*

Fechtduell heraus, heute um Mitternacht an der Costa Ver-
de. Erscheinen Sie allein. Der Kampf darf nicht aufgescho-
ben werden.

Ich drehte das Papier in meinen Händen, suchte nach
einem Hinweis auf den Absender, doch der Urheber gab
sich nicht zu erkennen. Mit gerunzelter Stirn studierte ich
die Handschrift, die mir nicht gänzlich unbekannt erschien, allerdings auch nichts in mir wachrief.

Dass ich zu einem Fechtduell herausgefordert wurde
und Männer, deren Ehre ich verletzt hatte, sich erneut mit
mir messen wollten, war nichts Neues. Ich hatte Einladun-
gen wie diese schon vorher erhalten, allerdings wusste ich
immer, woher sie kamen. Außerdem war ein Duell um
Mitternacht etwas zutiefst Ungewöhnliches, wenn nicht
sogar Verbotenes. Die Polizia sah es nicht gern, wenn un-
angemeldete Kämpfe öffentlich ausgetragen wurden.

Ich schob das Papier zurück in den Umschlag und warf
einen Blick durch die beschlagenen Scheiben nach draußen. Vor etwas mehr als einer Stunde hatte es zu schneien
begonnen, erste zarte Flocken, die die kalte Zeit ankünde-
ten. Nicht mehr lange, und Weihnachten stand vor der
Tür. An jedem anderen Tag des Jahres liebte ich meine Ei-
genständigkeit und dass ich mich um niemanden als um
mich selbst kümmern musste, doch Weihnachten ließ
mich manchmal schwermütig werden – und an das Leben
denken, gegen das ich mich entschieden hatte.

Der Himmel glich einem pechschwarzen Tintenfass, als
ich mich auf den Weg durch die Innenstadt an die Costa
Verde begab. Schon etliche Male hatte ich den Uferabschnitt am Comer See aufgesucht, gekämpft hatte ich dort
allerdings noch nicht. Ich konnte nicht genau sagen, wieso
ich mich auf das Duell einließ. Vielleicht war es die Neugier auf denjenigen, der auf mich wartete. Vielleicht aber

auch die Tatsache, dass ich spürte, dass mehr hinter der Einladung steckte als nur eine alte Rechnung.

Mein Herz klopfte schnell, während ich durch dunkle Gässchen lief, die rechte Hand am Gehänge, in dem ich meinen Degen aufbewahrte. Ich hielt meinen Kopf gesenkt, in der Hoffnung, in Fechthose und der grauen Jacke als Mann durchgehen zu können. Meine blonden Locken waren unter einem Zylinderhut versteckt, in der freien Hand trug ich die Fechtmaske.

Ich wusste nicht, wer mich zum Kampf aufforderte. Wer sich unbedingt heute Nacht mit mir duellieren wollte. Gleichzeitig spürte ich, wie meine Aufregung immer größer wurde, kaum dass ich die Innenstadt verlassen hatte und sich die ersten Ausläufer des Comer Sees am Horizont abzeichneten. Kaum vorstellbar, dass ich noch vor wenigen Monaten in seinem Wasser gebadet hatte. Nun war die Oberfläche mit einer feinen Eisschicht bedeckt.

Obwohl ich dicke Handschuhe trug, wurden meine Hände immer kälter und fühlten sich beinahe klamm an. Der rationale Teil in mir wollte es auf die winterlichen Temperaturen schieben, der emotionale wusste, dass das Wetter nur einer der Gründe für mein Frieren war.

Der zweite Grund wartete am Uferabschnitt des Comer Sees auf mich. Auch aus der Entfernung sah ich, dass er groß gewachsen war und mich um mindestens zehn Zentimeter überragte. Um seine athletischen Beine schmiegte sich eine enge schwarze Fechthose, zu der er eine dunkelgrüne Jacke trug. Die Maske auf seinem Kopf machte es mir unmöglich, sein Gesicht zu erkennen. Der Uferabschnitt wurden von Fackeln erhellt, die ihr Licht in die Nacht warfen.

»Wer sind Sie?«, fragte ich, als ich vor ihm stand. Meine

Stimme erzeugte ein gespenstisches Echo in der Stille der Nacht.

Mit gemächlichen Schritten trat der Mann auf mich zu, seinen Degen in der rechten Hand haltend. Eine unbekannte Furcht ergriff von mir Besitz, die weniger daher rührte, dass ich mich in einer gefährlichen Situation befand, sondern mehr daher, wer der Mann war, der mir nun gegenüberstand. Ich schluckte schwer.

»Was wollen Sie von mir?«

Anstelle einer Antwort verbeugte er sich vor mir, ehe er seine Waffe zückte. Schneeflocken fielen auf seine breiten Schultern, die mir schmerzlich bekannt vorkamen. Mein Mund öffnete sich zu einer Frage, doch im letzten Moment besann ich mich eines Besseren, setzte meinen Hut ab und zog mir meine eigene Maske über. Ich schlüpfte aus dem Mantel, der mir im Kampf zu wenig Bewegungsfreiheit geben würde. Dann zog ich meinen Degen.

Da der Fremde mich herausgefordert hatte, war es an mir, das Duell zu beginnen. Mein Arm, zunächst träge und schwerfällig, gewöhnte sich schnell an die Waffe. Ich setzte zum ersten Angriff an, den er mit einem geschickten Konter in der Luft parierte. Unsere Degen prallten klirrend gegeneinander. Er kämpfte schnell und präzise, schien meine Pläne im Voraus zu kennen. Wie zwei Tänzer jagten wir uns über den Uferabschnitt, ohne dass einer von uns einen Treffer landete.

Mitten im Duell wurde mir eine Sache schmerzlich bewusst: Ich hatte diesen Kampfstil schon einmal gesehen. Die Art und Weise, wie er seinen Degen führte, wie er sich leichtfüßig, beinahe schwebend fortbewegte und dabei doch nicht an Konzentration verlor.

In einem Moment der Unachtsamkeit streifte er mit seiner Degenspitze meine Schulter. *Der erste Treffer.* Wütend presste ich die Lippen aufeinander und ging bereits in die Ausgangsposition für den zweiten Durchgang, als mein Gegner seine Maske absetzte.

Für einen Moment war es mir, als würde ich nicht in grüngraue Augen und auf nachtschwarzes Haar, sondern in die Vergangenheit schauen. In eine Zeit vor einem Jahr, als das Wasser des Comer Sees im Sonnenlicht glitzerte, die Tage kein Ende nehmen wollten und mein Herz leicht wie der Wind war, der über die Wiesen vor den Weinbergen ging.

»Emilio«, flüsterten meine Lippen das, was mein Kopf erst noch verstehen musste.

»Celestine.« In seinen Augen tobte ein Kampf aus Erinnerungen, und Bilder aus unserer gemeinsamen Zeit blitzten in meinen Gedanken auf. Unser erstes Treffen auf dem Comer Stadtduell. Als wir uns bei einem Glas Wein anschließend im *Albergo del Lago* gesprochen hatten. Verstohlene Blicke hinter Fechtmasken. Geflüsterte Versprechen bei Mondschein. Und schließlich: seine Hände auf meinem Körper. Sein Atem auf meiner Haut. Seine Lippen auf …

»Was tust du hier?« Meine Stimme bildete nur einen schwachen Nachhall in der Nacht.

»Wenn ich dieses Duell gewinne, schenkst du mir eine Nacht mit dir. Ich kann dich nicht vergessen, Celestine. Ich habe gehofft, dass der Schmerz weniger wird. Habe abgewartet, aber es wird nicht besser. Auch nicht nach über dreihundert Tagen.«

Es war seine Stimme. Die Art und Weise, wie er meinen Namen aussprach. Dass er auch heute, nach der langen Zeit, in der wir uns nicht begegnet waren, immer noch etwas in mir auslöste.

Ich wollte mich von ihm verabschieden und mich in die Sicherheit meines Hauses zurückziehen. »Ich habe deinen Antrag abgelehnt, Emilio«, erinnerte ich ihn.

»Und doch kann ich nicht aufhören, an dich zu denken.« Da lagen Fältchen um seine Augen, die vor einem Jahr noch nicht da gewesen waren. Eine Tiefe in seinem Blick, nach der ich damals vergeblich gesucht hatte.

»Ich halte das für keine gute Idee. Dennoch gewähre ich dir eine Nacht, wenn du mich besiegst. Doch wenn ich aus diesem Kampf als Gewinnerin herausgehe, endet unsere gemeinsame Geschichte noch heute.« Ehe ich es mich versah, war ich in Angriffsstellung gegangen. »Drei Durchgänge.«

Mein Herz flatterte, während wir über den Uferabschnitt jagten. Tausend Gedanken fluteten meinen Verstand. Auf einmal wusste ich wieder, wie es sich anfühlte, wenn er mich küsste. Wenn er über einen meiner Witze lachte. Wenn er unbeirrbar und ohne den kleinsten Zweifel an mich als fechtende Frau glaubte.

Bei Gott, was hatte ich ihn geliebt.

Bei Gott, was hatte ich ihn verletzt. Und mich.

Emilio war ein guter Fechter, aber er war nicht fehlerlos. Kämpfte überstürzt, während ich mir Zeit nahm. War zu hastig, während Geduld vonnöten war. Ich drängte ihn nach hinten, ließ meinen Degen so schnell durch die Luft sausen, bis ich ihn selbst kaum noch sah, und streifte Emilios Brust. Nicht so, dass ich ihn wahrhaftig verletzen würde, denn darum ging es hier nicht. Wir hatten uns auf ganz andere Weise wehgetan. Ein Lächeln breitete sich auf meinen Lippen aus, das nicht lange andauerte, da er sofort zum Gegenschlag ansetzte, meinen Degen nach unten lenkte und mich an der Schulter streifte.

1:1.

Der Schneefall verstärkte sich, die Flocken wurden so dicht, dass sie mir die Sicht erschwerten. Mein klopfendes Herz machte es mir nicht leichter, mich auf den Kampf zu konzentrieren, oder der Anblick von Emilios Körper. Die

Art und Weise, wie seine Beine sich in der engen Hose abzeichneten. Seine definierten Schultern.

Schluss jetzt, Celestine!

Ich hätte es nicht bis an die Spitze Comos geschafft, wenn ich mich durch solche Bagatellen ablenken ließ. Entschieden biss ich die Zähne zusammen und machte ein paar schnelle Schritte auf Emilio zu. Dann täuschte ich einen Angriff an, sodass er den Degen nach oben riss und mir den Weg zu seinem Oberkörper freigab.

»Touché.« Ich legte meine Waffe ab und verbeugte mich vor Emilio. Die Erleichterung über den Sieg flutete meinen Körper, dabei wusste ich, dass ich die bessere Fechterin war. Dennoch wurde mir abwechselnd heiß und kalt, als Emilio seine Maske abnahm und auf mich zukam. Schnee verfing sich in seinem schwarzen Haar, das Grün seiner Augen reflektierte sich im Licht der Fackeln.

Ich setzte die Maske ebenfalls ab und erkannte im selben Moment, dass es ein Fehler gewesen war. Denn nun, da wir so nah voreinanderstanden, mit offenen Gesichtern und unverschleierten Blicken, kam ich mir seltsam unbewaffnet vor. Beinahe so, als würde Emilio auf den Grund meiner Seele starren.

Denn er hatte es schon einmal getan.

»Ich habe gewonnen.« Meine Stimme zitterte leicht. Um die Anspannung loszuwerden, ballte ich die Hände zu Fäusten. Was nur bedingt half, denn als Emilio einen weiteren Schritt auf mich zu machte, schrumpfte die Welt zusammen, und es gab nur noch uns beide.

»Ich habe gar nicht damit gerechnet, dich zu besiegen. Ich wollte dich einfach sehen«, gestand er mir. Vielleicht war es seine schonungslose Ehrlichkeit, die mich schwach machte. Das schiefe Lächeln.

Seine lächerlich perfekten Lippen.

Jedenfalls wich ich nicht zurück, als er sich mir erneut näherte. Als er den Kopf schief legte, mich auffordernd ansah, um sich mein Einverständnis zu holen, das ich ihm längst gegeben hatte. Hier ging es nicht um den Antrag, den ich nicht hatte annehmen können. Nicht um ein Leben zu zweit. Sondern nur um den Augenblick. Um unsere Körper, die sich nacheinander verzehrten. Die sich endlich wiederhatten – wenn auch nur für eine begrenzte Zeit.

Der Moment, in dem seine Lippen auf meine trafen, ungestüm und wild, war der Moment, in dem ich meine Arme um seinen Nacken schlang. In dem sich unsere Nasen berührten, weil wir nicht schnell genug waren, um uns anständig auszurichten.

Emilio schmeckte nach gestohlenen Wochen im Sommer – und auf einmal hatte ich das Gefühl, über dreihundert Tage verpasst zu haben. Seufzend drängte ich mich enger an ihn, ließ meine Hände durch sein schwarzes Haar wandern und lächelte an seinen Lippen, als ich verstand, dass er wirklich und wahrhaftig hier war.

Verklärt sah er mich an. Es kostete mich körperliche Anstrengung, mich von ihm zu lösen.

»Eine Nacht«, flehten seine Lippen.

»Eine Nacht«, bestätigte ich. »Eine letzte Nacht. Danach lässt du mich ein für alle Mal ziehen.« Ich hoffte, dass ich stark genug dafür war.

***

Ich warf einen verstohlenen Blick über meine Schulter, als ich die Tür zu dem Mietshaus aufschloss, das am Rand von Como lag. Dass ich als alleinstehende Frau einen Mann mit auf mein Zimmer nahm, galt nicht nur als gesellschaftlicher Affront, es kam in der feinen Gesellschaft einem Skandal gleich. Bloß, dass ich mit dieser schon lange nichts mehr zu tun hatte. Als fechtende Frau, die ohne Mann oder Familie lebte und allein für ihren Lebensunterhalt aufkam, hatte ich mir ohnehin schon einen zweifelhaften Ruf aufgebaut. Dennoch wollte ich die Gerüchte nicht noch mehr anfeuern.

Erst, als ich Emilio am Arm in meine Wohnung gezogen, die Tür hinter uns geschlossen und die Vorhänge zugezogen hatte, konnte ich aufatmen.

Mit plötzlich unsicheren Fingern zündete ich eine Reihe Kerzen an, bis der Raum in sanftes Licht getaucht war. Mein Körper, eben noch durchgefroren von der Dezemberkälte, wurde von einer gefährlichen Hitze heimgesucht, als Emilio aus seinem Mantel schlüpfte, die Handschuhe ablegte und auf einem der Stühle Platz nahm, die schon Bestandteil der Wohnung gewesen waren, lange bevor ich hier eingezogen war. Mit einem nachdenklichen Ausdruck auf dem Gesicht blieb er am Tisch sitzen und sah mich einfach nur an. Dann räusperte er sich. »Celestine, wir sollten über uns reden. Über den Antrag, den ich dir gemacht habe, und …«

Ich ließ ihn nicht zu Ende sprechen. Zu groß war die Gefahr, dass ich mich durch seine Worte erweichen ließ, dass ich ihnen zu viel Bedeutung beimaß und den Weg verließ, für den ich mich damals entschieden hatte.

Stattdessen trat ich auf ihn zu und reichte ihm die Hand, sodass er vom Stuhl aufstand. Kurz darauf streifte sein Atem mein Gesicht, und ehe ich es mich versah, verschmolzen unsere Lippen miteinander.

Das war der Moment, in dem ich verstand, dass wir vielleicht gar keine Worte brauchten. Dass die Sprache unserer Körper, unsere Berührungen, das leise Stöhnen seiner Lippen ausreichten. Nur für eine Nacht. Denn mehr konnte ich ihm ohnehin nicht geben. Meine Entscheidung für ein Leben ohne Emilio hatte ich vor geraumer Zeit getroffen.

Und dennoch erschauerte ich, als er seinen Zeigefinger unter mein Kinn legte, es sanft anhob und mich mit dem Blick aus seinen grüngrauen Augen fesselte. Als er seinen Finger meinen Hals hinabwandern ließ, mein Schlüsselbein entlang bis an den Ansatz meines Dekolletés. Und als er mich an der Hüfte packte und vom Boden anhob, wusste ich, dass ich ihn noch liebte.

Vielleicht hatte ich nie aufgehört, Emilio zu lieben. Den Kaufmann aus Bergamo, den das Schicksal mir geschenkt und den ich doch nicht behalten hatte.

Er trug mich zu meinem schmalen Bett. Legte mich sanft auf die Matratze, die unter meinem Gewicht nachgab und unter seinem ächzte, als er über mir thronte. Es war dieser Anblick, der mir gefehlt hatte: sein hungrig-verliebter Blick und die Tatsache, wie er mich ansah. Als wäre ich alles, was er sich jemals gewünscht hatte.

»Ich sollte dich hassen für das, was du mir angetan hast«, raunte er an meinem Ohr. »Aber ich kann dich nur weiterhin lieben.« Emilio senkte seine Lippen auf meine, bedeckte meinen Hals mit kleinen Küssen und zeigte mir, wieso es gut gewesen war, ihm seine Forderung zu gewähren, auch wenn ich gesiegt hatte.

Eine Nacht.

***

Eine kalte Wintersonne drang unter meinen Vorhängen hindurch, bereitete mich auf einen weiteren Dezembertag vor. In meiner Kammer stand die Hitze, der warme Körper neben mir weckte Erinnerungen an eine Nacht, die ich fortan in meinem Herzen tragen würde.

Emilio lächelte im Schlaf, ein Ausdruck friedlicher Glückseligkeit auf seinem Gesicht. Ich kämpfte gegen den Impuls an, ihm eine Strähne aus der Stirn zu streichen. Ihn zu wecken und das, was wir gestern erlebt hatten, zu wiederholen. Stattdessen musste ich etwas anderes tun.

So leise es mir möglich war, kletterte ich aus dem Bett und zog ein Blatt Papier aus der Schütte auf meinem Schreibtisch. Es brauchte drei Anläufe, bis es mir gelang, das Tintendöschen loszudrehen. Mit klammen Händen tauchte ich die Feder in die schwarze Farbe und schrieb all das, was ich ihm nicht sagen konnte, auf. Dass mein Herz für ihn schlug, aber noch viel mehr für das Leben, das ich mir aufgebaut hatte. Für mein Dasein als fechtende Frau, die in einer von Männern beherrschten Gesellschaft immer mehr akzeptiert wurde. Für die Fechtbücher, die ich, wenn auch unter falschem Namen, schrieb. Für die Freiheit, die ich mir so mühsam erarbeitet hatte und die ich mir nun nicht mehr nehmen lassen wollte. Für ein Leben allein.

Dir gehören meine schönsten Erinnerungen. Ich werde dich auf ewig in meinem Herzen tragen, Emilio. Aber dies muss ein Lebewohl und kein Auf Wiedersehen sein.

Tränen sammelten sich in meinen Augen, als ich den Brief in der Mitte faltete, seinen Namen auf die Rückseite schrieb und ihn unter seine Fechtmaske schob.

In Windeseile machte ich mich für den Tag fertig und verließ meine Wohnung wenige Minuten später, in der sicheren Aussicht, dass Emilios Schatten mich beständig verfolgen würde – nicht nur heute, sondern auch an allen kommenden Tagen.

12

ANDREAS DUTTER

*Christmas Motel
for one Night*

Andreas Dutter lebt in Österreich und hat Kultur und Sozialanthropologie an der Universität Wien studiert. In den sozialen Medien unterhält er seine Follower*innen mit Schreib- und Büchercontent: auf Instagram unter @andreasdutter und auf TikTok unter AndreasDutterAutor. Neben Büchern liebt er Serien, Animes und Mangas, wobei er in Gedanken eigentlich immer bei seiner nächsten Romance-Idee ist.

»›*Eine Winterwanderung macht Spaß*‹, haben sie gesagt«, äffte ich meine Freundinnen nach und kickte den Schneehaufen vor mir weg. »›*Das wird super romantisch*‹, haben sie gesagt.«

Mittlerweile versanken meine Beine schon knietief im Schnee. Ich sah mich um. Dicke Flocken wirbelten um mich herum, und ja, okay, vielleicht glitzerten sie auch romantisch im Mondlicht. Ich stellte mir nur vor, wie mein vereister Körper selbst bald unter den Sternen glitzerte. Das war nicht so mein Verständnis von Romantik. Das glich eher Romantiklevel null. Fast so romantisch, wie letztes Jahr zur Weihnachtszeit abserviert zu werden.

Meine bissigen Gedanken halfen mir, einen kühlen Kopf zu bewahren. Na ja, kühl war er ja. Trotzdem schmerzte mein Magen vor Sorge. Dass ich vom Weg abgekommen war, konnte ich nicht mehr leugnen. Ebenso wenig die Tatsache, dass ich mich verlaufen hatte. Wohin ich auch blickte, sah ich die gleichen kahlen Bäume. Ihre Äste bogen sich unter der Last des Schnees leicht durch, und die Baumspitzen reichten so hoch in den Himmel, dass ich glaubte, sie kitzelten die Wolken. Doch je weiter ich ging, desto mehr verlor ich den Blick für die Natur um mich, und das Zittern, das mich überkam, machte es mir schwer, noch einen Fuß vor den anderen zu setzen.

Schleppte ich mich überhaupt in die richtige Richtung? Ein verzweifeltes Seufzen entfuhr mir. Alle paar Minuten wollte sich in mir Panik breitmachen, doch ich drückte sie mit aller Kraft weg. Ich musste einen klaren Verstand bewahren.

»Hallo?«, rief ich in das Tal. Meine Frage hallte durch die Gegend, begleitet von meinem kalten Atem.

Schön, dass ich mein Handy in Lindsays Rucksack gepackt hatte, um es nicht zu verlieren. Nun hatte ich mich selbst im Wald verloren, und das, weil ich mich zu weit von der Gruppe entfernt hatte.

Gerade als ich überlegte, loszuheulen, erkannte ich in der Ferne ein Gebäude. Und die Lichter brannten!

Ich mobilisierte meine restlichen Energiereserven, und meine Beine trugen mich zu dem schmalen Häuschen, das hier mitten im Nirgendwo herumstand, vier Stockwerke hoch und mit einem großen Parkplatz. Nur der Weg dahin war verschneit, von umgekippten Bäumen bedeckt und von Büschen bewachsen. Seltsam, oder?

Ich blinzelte Schneeflocken von meinen Wimpern und fokussierte das Gebäude vor mir. Grüne Fassade, rote Fenster, überall Lichterketten und leuchtende Weihnachtsmänner. Auf einem Schild stand: *Fosters Golden Motel.*

Ich legte meine Hand an die Türklinke und merkte, wie schwer es meinen eisigen Fingern fiel, sie zu umklammern. Als ich eintrat, umhüllte mich wohlige Wärme.

»Ein Kamin«, stieß ich mit viel zu hoher, verzweifelter Stimme aus und lief zu ihm. »Gott sei Dank!«

»Brandon?« Ich zuckte zusammen, als ich meinen Namen hörte. Im Augenwinkel sah ich, wie jemand aus einem Ohrensessel aufstand.

Das … konnte doch nicht … »James?« Mein Ex-Freund, James?

Anscheinend fror ich augenblicklich fest. Denn ich

fühlte nichts mehr. Nicht meinen Körper, nicht mein Herz. Gar nichts.

»Was machst du hier?« James zog sich die rote Mütze mit Schneeflockenmuster vom Kopf und warf sie auf die Lehne des Stuhls. Seine schwarzen Haare standen in alle Richtungen ab. »Ist das hier versteckte Kamera?«

»Das fragst *du?*« Plötzlich fühlte ich wieder ganz viel. Wut, Nervosität, Wut, Verwirrtheit, Wut – hatte ich schon Wut gesagt? Wie sie in mir brodelte und mich von innen heraus mehr aufheizte, als jeder Kamin es könnte.

Nachdem James mit seinen hellgrünen Augen gerollt hatte, stürmte ich zur Rezeption. »Hallo?« Ich hämmerte mit der flachen Hand auf die goldene Tischglocke. »Ich muss jemanden anrufen.«

»Hier ist niemand.« James stelle sich neben mich, und ich begutachtete für eine Sekunde seine markanten Kieferknochen, die ich so geliebt hatte.

»Wie, hier ist niemand? Wie kann hier niemand sein?« Ich ging zur Seite und breitete halbherzig meine Arme aus.

Überall erblickte ich Weihnachtsdeko: gefüllte Socken über dem Kamin, ein halb fertig geschmückter Weihnachtsbaum mit Geschenken darunter, und an der holzvertäfelten Wand hingen Bilder vom Weihnachtsmann, die richtig vintage wirkten. Nicht zu vergessen der Geruch von frisch gebackenen Keksen, Apfel-Zimt-Tee und Kakao, der mir in der Nase hing. »Wie kann hier niemand sein?«, wiederholte ich. »Das Ganze schreit förmlich nach: *Hallo, hier ist auf jeden Fall jemand.* Oder kommst du gerade aus dem Keller und hast stundenlang auf einem Fahrrad geradelt, um einen Generator aufzuladen?«

James lachte auf. Es war dieses tiefe Lachen, in das ich mich bei unserem ersten Date verliebt hatte und danach jeden einzelnen Tag unserer fünfjährigen Beziehung aufs Neue.

»Hör zu, Brandon. Ich weiß selbst nicht, was los ist, okay? Bin seit einer Stunde da. Habe das gesamte Motel abgesucht, den Keller, draußen, hier ist niemand. Als wären alle vom Erdboden verschluckt worden.«

»Vielleicht ist ihnen etwas passiert?«

»Allen auf einmal, gleichzeitig?«

»Hast du ein Handy?«

»Ich habe es verloren. Ich sollte für ein Magazin den See in der Nähe fotografieren. Dann hat mich der Schneesturm überrumpelt, und es ist mir runtergefallen. Ich habe es nicht mehr gefunden.«

»Fabelhaft. Ich bin mit meinem Ex in einem verlassenen Weihnachtsmotel eingesperrt. Das muss einfach ein Albtraum sein!« Ich ging zur schmalen weißen Treppe neben der Rezeption und griff nach dem geschmückten Geländer.

»Was machst du?«

»Ich geh heiß duschen, verbrühe mir die Haut und überlege, was ich in meinem Leben falsch gemacht habe, um hier zu landen. Mit dir.« Ich stampfte die Treppe hoch.

»Das sagst ausgerechnet du? Das sollte ich mich fragen.«

Ich stampfte ganz schnell wieder runter. »Du? Du!?«

James winkte ab. »Hau ab.«

***

Da meine Klamotten noch nass waren, hatte ich einen gelben Weihnachtspyjama angezogen, der zusammengefaltet in dem nicht abgesperrten Zimmer lag. Als ich den Raum verließ, kam mir James von oben entgegen. Er hielt mitten auf der Treppe an und musterte mich. Er trug denselben Pyjama, nur in Blau.

»Ernsthaft? Und du willst mir sagen, wir sind nicht von Kameras umgeben?« James sah sich betont um, betrachtete die altmodische Tapete und die Pärchenbilder an den Wänden, linste sogar auf den goldenen Kronleuchter über mir. »Ich finde nichts.«

»Du könntest ja noch mal hochgehen und dort nachsehen. Oh, und wie wäre es, wenn du dann auch gleich oben bleibst, ja?« Ich schloss die Tür hinter mir mit einem ordentlichen Ruck.

»Oder du gehst wieder in dein Zimmer und lässt mich in Ruhe.« Er hob die Augenbrauen und spannte die Kiefermuskeln an.

Tausend fiese Bemerkungen gingen mir durch den Kopf. Ich suchte nach der besten, beließ es dann aber bei einem Seufzen und schüttelte den Kopf. »Lassen wir das, okay? Waffenstillstand, bis wir draußen sind, und dann müssen wir uns ja nicht mehr sehen.«

James öffnete den Mund, schloss ihn dann aber wieder. Sein Brustkorb hob sich langsam, ehe er Luft ausstieß. »Okay, ist vermutlich die klügste Entscheidung.«

Ohne einen weiteren Kommentar ging ich nach unten, und James folgte mir wortlos. Auch als ich mich hinter der Rezeption umsah und in den Küchenbereich lief, ließ er mich nicht allein.

»Die Kühlschränke sind voll, als hätte jemand eingekauft«, sagte James und deutete auf die Kochinsel der Küche im Landhausstil. »Sogar angefangene Schneemannkekse sind da.«

Ich ging zu dem Backblech und inspizierte die halb fertigen Kekse. »Hmm, sehen schon traurig aus, oder? So unvollständig. Wenn wir hier schon das Motel mitbenutzen, sollten wir für die Leute, denen das Motel gehört, wenigstens die Kekse fertig machen.« Ich ging zum Backofen und heizte ihn vor.

James zuckte nur mit den Schultern und griff zu den Dekozuckerstückchen. »Die Frisur steht dir übrigens. Ich habe dir doch gesagt, deine Naturhaarfarbe passt zu dir.«

Ich riss eine Packung mit Schokodrops auf, die ich für die Augen des Schneemanns verwendete. »Ach, hast du? Wusste ich gar nicht mehr. Na ja, ich war einfach zu faul, sie mir nachzufärben, und ich dachte mir, hey, lass dir doch mal deine irischen Wurzeln rauswachsen. Jetzt passen meine rotorangen Haare wenigstens zu den Haaren an anderen Stellen meines Körpers.« Sofort nachdem ich das gesagt hatte, zuckte ich leicht zusammen. Was redete ich denn da?

James schnaubte belustigt und verpasste dem Keks mit grüner Lebensmittelfarbe einen Hut. »Das stimmt. Wie geht's denn deinen Eltern? Muss oft an sie denken.«

»Alles in Ordnung. Moms OP verlief gut. Dad ist halt Dad und macht Dadstuff. In letzter Zeit haben wir uns aber nicht mehr so oft gesehen. Viel los.« Ich blickte aus dem Fenster und sah, dass der Sturm draußen noch heftiger geworden war. Plötzlich war ich doch ganz froh, in diesem Motel gelandet und der Gefahr entgangen zu sein. Sobald das alles vorbei war, sollte ich mich wieder öfter bei meinen Eltern melden.

»Hey, guck mal.« James' Stimme riss mich aus meinen Gedanken, und noch bevor ich ihn richtig ansehen konnte, war ich auf einmal in eine Staubwolke eingehüllt.

»Was zum Grinch ist das?«

»Essbarer Glitzer«, rief James lachend, und ich hörte, wie er die Kekse in den Backofen schob, während ich mir den Glitzer aus den Augen rieb.

»Na warte.« Ich nahm den goldenen Glitzerstreuer, der noch auf der Kücheninsel stand, und lief ihm hinterher.

»Hey, halt, nicht!« James lief in den Eingangsbereich des Motels und drehte sich vor der Couch um.

»Nichts da, du – Ah!« Ich erschrak, als ich auf eine Weihnachtsbaumkugel trat und sie unter meinen Rentier-hausschuhen zerbrach.

Ich stolperte vor und stieß gegen einen Plattenspieler, der erst einen kreischenden Laut von sich gab und dann plötzlich Weihnachtsmusik abspielte, ehe ich fiel. Direkt in James' Arme. Überrascht vom plötzlichen Gewicht meines Körpers taumelte er zurück und kippte mit mir über die Rückenlehne der Couch. Ich landete auf ihm, und die Welt schien für einen Moment stillzustehen, als sich unsere Blicke trafen. In James' Augen funkelten die blinkenden Lichter des Weihnachtsbaums, und ich sah all die Gefühle in ihnen aufflackern, die auch in mir tobten. Unsicherheit und Schmerz, vor allem jedoch Verlangen. Ich konnte nicht einschätzen, ob sein Blick oder das prasselnde Feuer im Kamin diese Wärme in mir auslösten. Ich spürte, wie James' Finger behutsam meinen Rücken ent-langwanderten. Sie zuckten immer wieder von mir weg, als würde er sich an mir verbrennen. Als er jedoch merkte, dass ich mich nicht dagegen wehrte, wurden seine Berüh-rungen forscher. Wir waren uns so nah, dass ich seine Luft einatmete, seinen Geruch, und plötzlich schien es gar nicht mehr so unwahrscheinlich, dass das hier tatsächlich nur ein Traum war, in dem es nur noch uns gab. Die Klän-ge von Frank Sinatras *Have Yourself A Merry Little Christ-mas* tönten aus dem Plattenspieler und lullten meinen Verstand noch mehr ein. »Ich werde dich jetzt küssen, wenn du das auch willst.« Ich selbst wollte es so sehr, dass ich sogar den Mut aufbrachte, das auszusprechen. Und nachdem James mit einem »Fuck, ja« geantwortet hatte, legte ich meine Lippen auf seine. Auf einmal überrollte mich die Sehnsucht nach mehr. Mehr von seiner Haut, mehr von seinem kratzigen Dreitagebart, mehr von seinen Muskeln, mehr alles. Mehr James. Als ich seine Zunge auf meiner spürte, brachen alle Dämme in mir, die Wut versiegte, und ich konnte nur noch leise in den Kuss stöhnen. Es fühlte sich wie ein Stich ins Herz an, als er von mir abließ, aber nur so lange, bis er mich packte, unsere Positionen tauschte und er über mir liegend seine Mitte gegen meine presste. Ich merkte, dass er das wollte. Dass er mich wollte. Uns wollte?

Schneller als gedacht landeten die Pyjamas auf dem Boden vor dem Weihnachtsbaum. James sprang auf, lief in sein Zimmer und kam mit seinem Geldbeutel zurück. Er holte ein Kondom hervor und sah mich an. »Willst du das auch?«, fragte er.

Ich nickte. Er legte sich auf mich. Wie ich seine Schwere vermisst hatte. Seinen nackten Körper. »Ja.« Und nach meinem Ja gab es für uns beide kein Zurück mehr.

***

»Scheiße, was haben wir nur getan?« Die Frage war eher an mich gewandt. Ich rührte mit dem Schneemannkeks den Kakao mit Marshmallows um und blickte aus dem Fenster neben dem Weihnachtsbaum. Der Kakao schmeckte wie der, den James früher jeden Wintermorgen für mich gemacht hatte.

»Tja, du wolltest mich küssen und hast dich auf mich geworfen«, kam es von James, der die Scherben meiner Weihnachtskugel zusammenfegte. Er hatte auch früher immer aufgeräumt, wenn er aufgebracht oder nervös war.

190

Ich stellte meine Tasse ab und ging auf ihn zu. »Ich? Ich bin gestolpert, und ich, ich …« Ich warf die Arme in die Luft und ließ sie danach gegen meine Oberschenkel klatschen. »Ich habe keine Ahnung. Aber ich habe das nicht geplant. Das alles.« Ich deutete um mich. »Als würde ich den Ex zurückhaben wollen, der mich nach fünf Jahren einfach so sitzen gelassen hat. An Weihnachten!«

James ließ den Besen zu Boden fallen. »Spiel dich nicht so auf, du hättest es ohnehin gemacht, aber wolltest die Feiertage abwarten, damit die Familie nicht nachfragt.«

»Was redest du!«, schrie ich ihn an.

»Du hast doch gesagt, dass wir kaum noch Sex haben, und ob es das jetzt für immer gewesen ist, und dass es dich langweilt. Dann lese ich noch die Nachrichten an deine Schwester, dass du es nicht jetzt machen willst, weil sonst die Familie ständig nervt bei den Weihnachtsbesuchen«, fuhr er mich an. Ich merkte, wie James' Augen glänzten und beinahe seine Stimme versagte, als er den Sex ansprach.

»Du hast meine verdammten Nachrichten gelesen?« Meine Kehle schnürte sich zu.

»Als ob das jetzt noch eine Rolle spielt, es ist vorbei.«

»Na zum Glück! Sonst wäre ich mit einem Deppen verheiratet.« Ich stolperte über das letzte Wort. Wollte es aufhalten, aus meinem Mund zu kommen, hätte es am liebsten mit beiden Händen aufgefangen und zurück in meinen Rachen gestopft.

»Was redest du für einen Müll? Ist da Rum im Kakao?« James blinzelte mehrmals hintereinander und ging zu seiner Tasche. »Ich werde gehen und –«

»Ich wollte dich fragen, ob du mich heiraten willst. Darüber habe ich mit meiner Schwester geschrieben. Aber ich wollte nicht, dass es das große Gesprächsthema an

Weihnachten wird, also sollte das ein Neujahrsding werden. Und das mit dem Sex habe ich einfach wie ein normaler Erwachsener angesprochen. Damit wir etwas ändern, ausprobieren, okay, es tut mir leid, dass ich das zu harsch formuliert habe. Ich hatte …« Ich massierte nervös meine Fingerkuppen. »Einfach Angst, dass du vielleicht fremdgehst, weil wir es damals schon ein paar Monate nicht mehr getan haben. Aber dann machst du –«

James hatte sich die ganze Zeit nicht umgedreht, erst als ich das Wort *Angst* gesagt hatte, wandte er sich zu mir und schritt auf mich zu. »I-Ich habe nur Schluss gemacht, weil ich dachte, du willst mit *mir* Schluss machen, und ich wollte, keine Ahnung, irgendwie meinen Stolz retten, nachdem ich die Nachrichten gelesen habe und das mit dem Sex für mich klang, als wärst du super unzufrieden und –«

»Warte, was?« Mein gesamter Körper kribbelte.

»Du weißt ja, wie sehr mich die Scheidung meiner Eltern als Kind mitgenommen hat und dass ich immer panische Angst habe, verlassen zu werden. Deshalb dachte ich, wenn ich mich von dir trenne … Keine Ahnung, Mann. Du weißt, wie ich bin. Meine Verlustängste und mein Stolz stehen mir immer im Weg.«

Ich nahm James' Hand. »Willst du mir jetzt ernsthaft sagen, dass wir beide nur aneinander vorbeigeredet haben, und eigentlich niemand Schluss machen wollte?«

James sah mich nicht an, sein Blick war auf etwas hinter mir fokussiert. »Aber der Sex …«

»Der Sex, den wir gerade hatten und der mega gut war?«

Jetzt sah er mich doch an. Die warme Aura, die ihn umgab, ließ mich so schmerzlich an die Tage denken, die ich nicht mit ihm verbracht hatte. Er lächelte scheu und kratzte sich am Hinterkopf. »War es denn gut?«

Lächelnd deutete ich zum Weihnachtsbaum. »Was hältst du davon, wenn wir den Baum fertig schmücken? Nur wir beide, so wie früher.« Ich nahm eine Engelskugel aus einer der Verpackungen, die herumlagen, und hing sie zwischen die roten und goldenen Kugeln, die den Baum bereits zierten. »Ich wollte damals einfach nur über unser Sexleben sprechen. Mehr nicht.«

James schloss die Augen, atmete lange ein und aus. »Sorry.« Er hängte einen grünen Stern auf. »Ich habe alles zerstört. Ich habe uns alles genommen, so viele Tage, und das nur, weil ich meinen Mund nicht aufbekomme, nicht kommuniziere und –« Als er meine Hand auf seiner Schulter spürte, sog er die Luft ein und hörte auf zu reden.

»Es ist ja noch nicht alles vorbei. Wir können *jetzt* reden. Wir können sehen, was da noch sein könnte. Zwischen uns.«

Eine schwarze Locke fiel in James' Gesicht, als er nickte. »Wir … Uns … Dass ich diese Worte wieder von dir höre, ist das beste Weihnachtsgeschenk.« Er legte den Kopf in den Nacken, sah hoch zu den Stuckleisten an der Decke. »Wir …«

Ich ging zu ihm und deutete auf den Mistelzweig an der Decke. »Uns …« Ich schob meine Hand in James' Nacken und zog ihn zu mir, um ihn wieder, und am besten für immer, zu küssen.

»Was hat uns nur hierhergeführt, Brandon?«, murmelte James an meinen Lippen.

»Keine Ahnung.« Was ich aber wusste: Am liebsten wäre ich für immer in dieser Position verharrt. Doch Glockengeräusche rissen uns aus dem Kuss. Wir sahen uns verdutzt an, ehe wir hinausliefen.

Gerade als wir draußen, vom Schneesturm eingehüllt, ankamen und die Arme um uns schlangen, glaubte ich, einen Schlitten hinter einer Wolkenfront verschwinden zu sehen.

James und ich sahen uns an. Blickten uns in die Augen und schüttelten den Kopf.

»Das kann doch nicht wahr sein, oder?« Ungläubig hoffte ich, James würde mir das ausreden, aber er sah mich nur an.

»Du hast es auch gesehen, ja?«

Ich nickte.

»Aber … Moment. Brandon?« James ging an mir vorbei, und ich folgte ihm.

»Was?«

Mit zittrigen Fingern deutete James auf das Motelschild. Darunter stand plötzlich mehr als nur der Name. Das Motel war von 1912–2018 geöffnet gewesen. Das bedeutete, dass es seit sechs Jahren geschlossen war … Doch es ging noch weiter:

Traurig, aber voller schöner Erinnerungen im Herzen schließen meine Frau Mary und ich unser Motel, bedanken uns bei all den Pärchen, die unser kleines Häuschen vor allem an Weihnachten mit ihrer Liebe erfüllt haben. Wir danken euch von ganzem Herzen – Mary & Claus Foster

Ich sah zu James und er zu mir. Danach wir beide zum Motel, das in den schönsten Farben erstrahlte. Hatte das Motel etwa noch ein letztes Mal, nur für uns, seine Türen geöffnet?

13

SOPHIE BICHON

Schneeflocken-nächte

Sophie Bichon, 1995 in Augsburg geboren, ist Aktivistin, manchmal Podcasterin, am allerliebsten aber Schriftstellerin. Sie spricht über Queerfeminismus, wann immer sich ihr die Gelegenheit bietet, und schreibt die Romane, die sie sich früher selbst gewünscht hätte. Nach ihrem Studium der Germanistik und Kunstgeschichte verschlug es sie nach Hamburg, wo sie endlich den Mut fand, sich als non-binär zu outen. Seitdem lebt und arbeitet sie als Phibie. Wenn sie nicht gerade in die Tasten haut, dann tanzt sie sich irgendwo die Füße wund, trinkt Aperol mit Blick auf die Elbe oder ist auf der Suche nach einem neuen Tattoomotiv.

Die Glöckchen an der Tür bimmeln einladend, als ich das *Zimt und Zucker* betrete. Ich lasse Schnee und Wind hinter mir und inhaliere den Duft von Orange und Nelke, von feinem Kaffee und den Tannenzweigen, die von der Decke hängen. Nahezu jeder Tisch ist besetzt. Gedämpfte Gespräche vermischen sich mit der Jazzmusik, die aus Lautsprechern dringt. In der Vitrine stapeln sich Tannenbaumtörtchen neben verschiedensten Kuchen und Plätzchen.

»Wie immer?«, will Felix wissen, als ich an der Reihe bin. Noch bevor ich nicken kann, greift er nach zwei großen To-go-Bechern und schreibt meine Bestellung darauf, ehe er sie an seine Kollegin weiterreicht.

»Kommt sofort.«

Felix lächelt, dann wendet er sich der Kundin hinter mir zu. Ich reihe mich in der Schlange bei der Kaffeeausgabe ein, reagiere mit einem Herz auf ein *Ich freue mich auf dich* und stecke das Handy mit einem warmen Gefühl wieder weg. Drei, zwei, ein Getränk vor mir, dann bin ich dran.

Plötzlich bist da du, und ich spüre meine Mundwinkel sinken, bin wie erstarrt.

Mit sanften Bewegungen klopfst du das Milchkännchen auf die Holzplatte, schwenkst es hin und her und schüttest die Milch in einen hohen Pappbecher. Du trägst deinen Eyeliner immer noch wie eine Rüstung, aber du bewegst dich anders. Vielleicht leichter.

»Ein Cappuccino mit Hafermilch«, sagst du. Den Becher stellst du, ohne aufzublicken, auf die Theke, dann widmest du dich dem zweiten Getränk. Ich bin nicht direkt schockiert, aber du hinter der Siebträgermaschine bist eben doch ein Ding der Unmöglichkeit. Wieso hat Felix denn nichts gesagt?

Beim zweiten Cappuccino schaust du mir ins Gesicht. Du blinzelst. Dann sagst du: »Hi.« Deine Augen, immer noch blau wie Gletschereis, saugen mich förmlich ein.

Ich schließe meine Finger um die heißen Kaffeebecher, und gleichzeitig falle ich kopfüber hinein. Am Grund finde ich Winter und Schnee, Flocken in langen Wimpern und Nächte in einer großen, bunten Stadt. Dazwischen das Bild einer einzelnen Träne, die dir von der Nasenspitze tropft.

Und ich beginne, in einer längst vergangenen Zeit zu schwimmen.

22. Dezember 2014

In der Woche vor Weihnachten erwachte das alte Haus zum Leben. Der Efeu schwand und legte eine rostrote Tür frei. Hinter von Frost überzogenen Fenstern wurden Lichter entzündet. Und jeden Morgen, wenn ich am Zaun vorbei zum Schulbus lief, hatten sich weitere Risse im Gemäuer geglättet, schien der verwilderte Garten, in den ich mich als Kind so oft geschlichen hatte, um weitere Zentimeter entwirrt. Am dritten Tag zierten bunte Lichter die alten Tannen auf dem Anwesen, am fünften fiel der erste Schnee. Es war das Haus gegenüber, und plötzlich wohntest *du* darin. Du – Lidwina.

Die Neue, die kurz vor den Ferien die Schule gewechselt hatte. Ohne zu zögern, nahmst du fremdes Gebiet ein: die Haltestelle am Ende der Straße, die letzte Reihe im Bus – Fenstersitz, ganz links –, deinen Platz in der Theater-AG und im Klassenzimmer das Pult hinter mir. Du warst ein Faszinosum. *Sweet Sixteen* mit einer einschüchternden Portion *Fuck off*. Vielleicht war es schlicht Neugierde, die mich in jener Nacht dazu trieb, mich wie früher hinüber in den Garten voller Abenteuer zu stehlen.

Das Loch im Zaun war verschwunden, also kletterte ich mit klopfendem Herzen über das Mäuerchen auf der Rückseite des Grundstücks. Der Stein war rau, meine Finger steif. Mit einem Ächzen landete ich auf der anderen Seite im Schnee. Alles dunkel, niemand da. Nur die sich im Wind wiegenden Schatten. Für einen kurzen Augenblick blieb ich einfach liegen, denn über mir ragte das Geäst der Bäume so schön in den Himmel. Wie Abertausende Glühwürmchen verschwammen die Lichter darin mit den Sternen. Und ich breitete die Arme aus wie Flügel, als ob ich zwischen ihnen fliegen könnte.

»Was machst du da?« Plötzlich ragtest du in einem riesigen Pelzmantel, darunter gestreifte Pyjamabeine, über mir auf. Dein Gesicht lag im Schatten, aber deine Stimme klang ebenso ernst wie wenn du im Schulhof deine Lieblingsgedichte rezitiertest. »Stirbst du gerade?«

»Sterben?« Ich spürte, wie meine Mundwinkel aufgrund der Absurdität der Situation zuckten. »Nein. Ich liege nur manchmal gern im Schnee.«

»Mit wedelnden Armen«, stelltest du fest. »Auf einem fremden Grundstück.«

Da rappelte ich mich endlich auf. Ohne mich aus den Augen zu lassen, zogst du ein Päckchen Zigaretten aus dem Pelz. Sie waren wahrscheinlich ebenso wenig die deinen wie der Mantel. Du musstest husten, nach dem ersten Zug und jedem weiteren.

Du fragtest: »Machst du das öfter?«

Ich erzählte dir die Wahrheit, die ich in diesem Moment selbst erst zu verstehen begann. Dass ich mich manchmal so leer fühlte, dass ich etwas tun musste, irgendetwas, um mich lebendig zu fühlen. Dass ich manchmal ausbrechen wollte. Schneeflocken fielen, blieben in deinen Wimpern hängen, während du mich lange ansahst. Dann regte sich etwas in deinem Gesicht:

»Komm mit! Ich muss dir etwas zeigen.«

22. Dezember 2015

Während du den Holzschlitten zogst, suchte ich auf meinem Handy nach dem passenden Soundtrack für diesen Moment. Den rechten Kopfhörer steckte ich mir, den linken dir ins Ohr. Dabei streiften meine Finger kaum merklich dein Gesicht, und ich sah dich an, dein Profil mit dem harten Lidstrich und der markanten Nase. In dieser ersten Nacht hattest du mich vom Gartenmäuerchen weg und in Pyjama und Pelz hinter das Haus geführt, ein Stück vorbei am angrenzenden Wald und einen Hügel hinauf. Der Blick von oben so weit und klar.

»Wie eine Bühne vor der Welt«, hattest du gesagt und dich vor mir verbeugt. Und irgendwie wurde das unser Ding, das Leben und Fühlen, machte uns zu Verbündeten. Einmal brachen wir in den frühen Morgenstunden in das einzige Kino des Ortes ein. Wir schlichen uns mit Felix und Sam aus unserer Stufe nachts in die Schule, um das Lehrendenzimmer mit Luftballons zu fluten. Wir dekorierten im Dunklen den Rathausplatz, spazierten durch

ein leeres Freibad und schwammen nackt in klarem See-
wasser (zumindest du – ich behielt sogar mein T-Shirt an
und versuchte krampfhaft, nicht in deine Richtung zu sehen). Du warst wie ein Korkenzieher für meine verborge-
nen Wahrheiten. Mit dir traute ich mich Dinge, die ich
vorher für unmöglich gehalten hatte. Und heute, ein Jahr
später, wollte ich unbedingt nachts Schlitten fahren. Auf
deinem Bühnenhügel. Mit jedem Schritt hinauf wurde das
kleine Städtchen mit seinen festlichen Lichtern kleiner.
Oben angekommen tat ich, als wäre ich die Mutigere von
uns beiden. Noch immer spüre ich deine Hände, die sich
fest in meinen Bauch krallten, habe dein Kreischen im
Ohr, das sich mit zunehmender Geschwindigkeit in ein
gelöstes Glucksen verwandelte. Dabei lachtest du doch
sonst nicht. Schnee wirbelte auf, als wir plötzlich zum Stehen kamen und vom Schlitten fielen. Eisig kalt fanden die
Flocken ihren Weg durch den groben Strick meines Schals,
in Ärmel hinein und auf glühende Haut. Und dort, am
Rande des Nirgendwo, küsstest du mich zum ersten Mal.

22. Dezember 2016

Ein neuer Winter, und das Leben kehrte in den wilden
Garten auf der anderen Straßenseite zurück. Die Feuer-
schale unter den Tannen war eine warme Oase inmitten
des Frosts, umgeben von Marshmallow-Duft und Gelächter. Es war das erste Mal seit der Abifeier, dass wir alle zusammen waren. Felix machte gerade ein FSJ in einem
Krankenhaus auf Rügen, Sam hatte ein paar Monate in
Neuseeland verbracht und würde spätestens im Januar zu
ihrem nächsten Work and Travel aufbrechen. Auch Wan-
da und Amir hatte es zum Studieren weggezogen. Wir wa-

ren in alle Winde zerstreut, aber das Glück hier sog ich tief in mich auf.

Den ganzen Abend wichst du mir genauso wenig von der Seite wie ich dir. Wir tranken Glühwein am Feuer und spielten Fangen im Schnee. Ich half dir mit den *Pierogi*, die du nach dem Rezept deines Vaters für die Gruppe machtest. Irgendwann zogen wir ins Haus um, drehten die Musik laut auf (deine Eltern waren zum Glück bis Weihnachten verreist) und machten es uns im Wohnzimmer bequem. Du saßt zwischen meinen Beinen und unterhieltest alle mit Geschichten aus deinem Leben in Berlin. Sie waren für mich ebenso neu wie der Ring in deiner Nase. Die ersten Kurse an der Schauspielakademie, ein Rave in einer alten Lagerhalle, deine beiden Mitbewohner, die dich zu einer Drag-Show mitgenommen hatten – seit deinem Umzug im Herbst hatte ich dich immer bloß zwischen Tür und Angel erwischt, immer auf dem Sprung nach Irgendwo. Deine Stimme ein entferntes Rauschen am Telefon. So war das jetzt: du gegangen, ich geblieben. Du dabei, Pläne zu schmieden, während ich beim hiesigen Floristen als Aushilfe im Leerlauf drehte. Und meine Gedanken drehten ihre Kreise, wie es Stunden später auch die leere Glühweinflasche in unserer Mitte tat.

Jedes Mal, wenn ich dachte, sie müsse endlich zum Stillstand kommen, bewegte sie sich ein kleines Stück weiter. Leicht verzögert und in alkoholischen Weichzeichner getaucht.

Dann realisierte ich drei Dinge gleichzeitig. Erstens: Der Flaschenhals zeigte auffordernd in meine Richtung. Zweitens: Sam und du warft euch einen unübersehbar langen Blick zu. Ein Blick, mit dem ihr eine gemeinsame Geschichte teiltet. Und drittens: Ich sollte sie küssen, nicht dich. Ich war neugierig, fühlte das Leben in mir pulsieren.

Da beugte Sam sich mir mit ihrem Zahnlückenlächeln entgegen. Der letzte Schluck Glühwein benetzte ihre Lippen noch, und ich hielt die Luft an. Unsere Nasenspitzen stießen aneinander. Ein verlegenes Lachen, doch dann traf Mund auf Mund. Sams Lippen waren angenehm warm und weniger nachgiebig als deine. Sie waren Nelken und Zimt, und das gefiel mir.

22. Dezember 2017

Deine WG besaß zwar keinen verwunschenen Garten, die Zigarette am Küchenfenster stecktest du dir aber immer noch im Pelz deiner Mutter an. Der Tesafilm, mit dem wir die Lichterkette erst vor einer halben Stunde am Rahmen befestigt hatten, löste sich bereits. Und der Wind, der Schneeflocken in die Wohnung blies, tat sein Übriges. Die Kette löste sich, fiel und tauchte dich in ätherisches Glühwürmchenlicht. Ich grinste, du verzogst keine Miene.

»Wann ziehst du zu mir?«

Erwartungsvoll neigtest du den Kopf. Es war nicht das erste Mal, dass du mir diese Frage stelltest. Nicht *ob*, sondern *wann*. Doch ich würde die Weite des Firmaments vermissen und die Sterne daran, die schmalen Straßen der Altstadt und die Wälder weit dahinter. Vor ein paar Jahren hatte ich noch geglaubt, dass mir etwas Entscheidendes fehlte, aber so war das gar nicht. Ich besuchte fremde Orte, eroberte Stück für Stück das Leben – und kam immer dorthin zurück, wo die Luft am besten schmeckte.

»Wir wären zusammen.«

»Nicht nur du hast ein Leben, Lidwina«, sagte ich.

Meine Antwort hatte sich nicht geändert. Trotzdem traf

die Enttäuschung in deinem Gesicht jedes Mal etwas in mir.

»Was gibt es dort, was du hier nicht haben kannst? Den Job in diesem komischen alten Laden?«

Du legtest die halb gerauchte Zigarette in den Aschenbecher, stiefeltest vor mir auf und ab, nahmst noch einen Zug, legtest sie wieder weg. Dein Vibrieren trieb mich in den Wahnsinn.

»Das klang gerade ganz schön abfällig«, presste ich hervor.

»Sorry, aber …« Du holtest tief Luft. »Du bist total ziellos und festgefahren. Das zieht mich echt runter.«

Dass aus einem Aushilfsjob plötzlich ein Ausbildungsplatz geworden war, dass mir Blumen – und ihre Sprache – wirklich etwas bedeuteten, ignoriertest du.

»Weißt du, was *mich* runterzieht? Du denkst scheinbar, deine Art zu leben sei irgendwie besser, und willst, dass ich einfach bei allem mitziehe«, fasste ich das in Worte, was mich schon länger beschäftigte. Immer dann, wenn ich mich roh und verletzlich gefühlt hatte. »Ich hätte wirklich gern die Chance herauszufinden, wer ich eigentlich bin.«

Du sahst meine Wut, natürlich sahst du sie, und deine Miene wurde weicher. »Du bist Dilara, *moja kochana*«, sagtest du, »du bist meine Freundin. Du bist mein Anker, mein Ruhepol.«

Ich wich einen Schritt von dir zurück. Die Sanftheit in deiner Stimme machte mich vielleicht noch zorniger als deine Worte. Binnen Sekunden verwandelte sich eine gemütliche Altbauküche in das Schlachtfeld all jener Gefühle, die wir über die Entfernung unmöglich ansprechen konnten.

»Genau das ist das Problem!«, hörte ich mich mit einem Mal schreien. »Ich existiere auch ohne dich. Ich bin nicht nur da, um mir deine Geschichten anzuhören oder dich aufzubauen, wenn du wieder einmal glaubst, dass du das mit der Schauspielerei doch nicht packst. Ich bin ein Mensch, ein eigener Mensch.«

Die Stille, die folgte, war schlimmer als das Chaos zuvor.

Tief atmete ich ein und aus, dann verlangte ich: »Geh!«

»Das ist meine Wohnung.«

»Ist mir egal. Ich will allein sein.«

Es schien, als wolltest du noch etwas entgegnen, aber dann wandtest du dich seufzend ab. Du warst wie Berlin: laut, überdreht und leider wie ein Sog. Ich bückte mich nach der Lichterkette und klebte sie wieder fest, um wenigstens etwas zu reparieren. Dann setzte ich mich auf das Fensterbrett und rauchte die Zigarette zu Ende, die du liegen gelassen hattest.

22. Dezember 2018

Du sprachst von London und New York, vom Broadway und den großen Bühnen dieser Welt. Du hattest einen Traum und warst gleichzeitig auf der Flucht. Heute aber war es wie vor vier Jahren, wie Sternenlicht auf Schnee, wie süßlicher Rauch in Winterpelz. Du standest an der Küchenzeile meiner ersten Wohnung, die Hände in frischem Plätzchenteig vergraben, und warfst mir über die Schulter einen verschmitzten Blick zu. Kurz darauf landete Teig in meinem Gesicht, in meinen Haaren, als du mich plötzlich an dich zogst. Kichernd versuchte ich mich aus deinen Armen zu befreien, doch du warst stärker als ich. Deine Finger wanderten langsam meine Seiten hinab, bis sie auf meinen Hüften zu liegen kamen. Und so wiegten wir uns im Rhythmus der Radiomusik hin und her. Deine Haut glühte, mein Herz pochte. Die Nacht bildete ein Mosaik aus weiteren Momenten: der Weihnachtsstern auf dem Fenstersims, der zur Farbe deiner Lippen passte. Die Fragen, die du mir endlich stelltest, und deine rauen Hände zwischen meinen Schenkeln. Als der Himmel sich violett färbte, war mir, als würde ich aus einem Traum erwachen. Der Wind rüttelte an den Fenstern und wisperte: *Bist du glücklich?*

22. Dezember 2019

Dieses Jahr fiel kein Schnee, dafür aber Wintersonnenlicht auf die Buden in der Mitte des Rathausplatzes. Vor mir reihten sich prächtige Blumensträuße auf. Winterrittersporn und Christrosen, Tannenzweige und Narzissen. Mindestens die Hälfte der weihnachtlichen Sträuße, die ich auf dem Weihnachtsmarkt verkaufte, hatte ich selbst binden dürfen. Ich glaubte zu verstehen, dass ich gerade die Vergänglichkeit dieser Art von Kunst so liebte. Das Zarte ihrer Schönheit.

Ich fotografierte meine Aussicht: Blüten über Blüten, und dahinter die anderen Stände in Unschärfe. Ich wollte dir das Bild schicken. Aber da fiel mir ein, dass ich unserem Chat nur eine weitere unbeantwortete Nachricht hinzufügen würde. Es war Wochen her, dass ich etwas von dir gehört hatte. Dein wortloses Verschwinden, dein plötzliches Untertauchen war zu einer seltsamen Angewohnheit geworden. Du folgest deinem inneren Kompass, um mich, wenn du dich dann wieder meldetest, mit Zuneigung zu überschütten, die sich immer weniger ehrlich anfühlte.

»Wie viel kostet der hier?«, riss mich eine Kundin aus meinen Gedanken. Als ich sie erkannte, musste ich unwillkürlich lächeln. Vor ein paar Wochen war Sam wieder hierhergezogen.

»Fünfzehn Euro«, las ich von dem Preiskärtchen ab.

Ich sah nur ihre dunklen Augen und ein paar blonde Strähnen, der Rest von ihr verschwand unter schwarzer Wolle und Daunen. Sam kaufte den Strauß mit dem Winterrittersporn, der mich an einen Winterhimmel in den frühen Morgenstunden erinnerte.

Ich machte mir Sorgen um dich, aber die hatte ich mir das ganze vergangene Jahr gemacht, wenn du mir nicht auf meine Nachrichten antwortetest. Wenn du Dinge tatest, über die ich wahrscheinlich gar nicht so genau Bescheid wissen wollte. Jetzt war das Gefühl gedämpft, denn ich wollte nicht mehr an dich denken oder auf etwas hoffen. Ganz offensichtlich würdest du heute, auch wenn es der 22. Dezember und damit unser Jahrestag war, nicht kommen.

Sorgfältig wickelte ich den Strauß für Sam ein, dann fragte ich: »Hast du vielleicht Lust, später noch etwas trinken zu gehen?«

Sam holte mich ab, als der Weihnachtsmarkt schloss. Wir schafften es gerade noch, uns eine Tüte mit gebrannten Mandeln zu holen, und teilten sie auf dem Weg. Wir streiften durch die Altstadt, liefen an den hübschen Fachwerkhäusern vorbei und folgten dem Verlauf der Stadtmauer. In der Kneipe, in der wir früher oft mit unseren Schulfreund*innen rumgehangen hatten, wurden aus einem Bier zwei. Sam war wie eine klare Sternennacht: hell, weit, beruhigend. Ich fühlte mich selbst in einer Intensität, die mich schwindelig machte. Irgendwann landeten wir bei mir zu Hause, liefen kichernd die Treppe hinauf und quetschten uns nebeneinander auf die winzige Bank in meiner Küche. Sams Kopf ruhte auf meiner Schulter, während ich ihr mit großen Gesten den Blumenladen beschrieb, den ich vielleicht irgendwann eröffnen würde.

Es war weit nach Mitternacht, als plötzlich du in meine Wohnung schneitest. Mit Sturmklingeln, Sturmaugen, Sturmgebaren. Du warst aufgedreht und offensichtlich betrunken.

»Sam?« Du schwanktest auf deinen hohen Stiefeln. »Was machst du denn hier?«

»Wo warst du?«, wollte ich wissen. Wütend. Erschöpft.

»Jetzt bin ich doch hier.«

Sam musste dich stützen, damit du nicht fielst. Und du? Du presstest ohne Vorwarnung deinen Mund auf ihren. Einen kurzen Moment schien es, als würde Sam sich gegen dich sinken lassen. Doch dann schob sie dich energisch von sich.

»Lidwina! Was soll das?«

»Keine Ahnung?« Du zucktest mit den Achseln. Wahrscheinlich, weil für dich immer alles ein verdammtes Spiel war.

Dieses Mal waren es Sam und ich, die einen langen Blick tauschten. Wir verfrachteten dich auf das Sofa im Wohnzimmer, ich zog dir die Stiefel aus, während Sam dich zudeckte und den Fernseher anmachte. Dein Lidstrich war verschmiert, deine Worte unverständlich. Und mein Herz zog sich schmerzhaft zusammen.

Die restliche Nacht zappten Sam und ich uns durch das Fernsehprogramm. Du schlafend in der Mitte, sie auf der einen, ich auf der anderen Seite. Doch während auch Sam irgendwann wegdöste, blieb ich hellwach. Vielleicht, weil ich plötzlich wusste, dass es dieses Mal wirklich vorbei war.

Jetzt siehst du mich an, Lidwina. Vielleicht bist du gerade ebenso durch die Zeit gefallen wie ich?

Ich will etwas sagen, weiß zwischen all dem Vergangenen und Gegenwärtigen aber einfach nicht, was. Ich merke, wie sich mein Körper zum Gehen wendet. Weg von all den Fragen, die ich dir stellen könnte. Du hast mir wehgetan, und das kann ich auch jetzt nicht vergessen.

Ich spüre deinen Blick noch auf mir, als ich das Ende der Straße längst erreicht habe. Plötzlich weiß ich, dass ein Teil von mir dich immer auf eine gewisse Art lieben wird. Du bist die Süße und vor allem der Schmerz dieses ersten Menschen, dem man sein Herz schenkt. Du bist der Beginn meines Liebens und meiner Erfahrungen. Du hast mir beigebracht, Grenzen zu setzen.

Mit jedem Schritt Richtung Haltestelle werden meine Schritte leichter. Die Straßenbahn fährt mit einem Klingeln ein. Ein Pulk von Menschen strömt heraus, und ich brauche einen Augenblick, um Sam zwischen ihnen auszumachen. Ihre langen Haare haben sich wieder einmal mit dem Schal verheddert. Ich winke ihr mit dem zweiten Cappuccino in der Hand zu, und sofort erhellt sich Sams Gesicht. Dieses warme, ehrliche Lächeln lässt meine Haut immer noch kribbeln.

Wir laufen Hand in Hand nach Hause.

14

NICA STEVENS

Zeit der Sehnsucht

Nica Stevens, geboren 1976, leitete jahrelang ein Familienunternehmen und war zusätzlich als Dozentin tätig, bis sie nach der Geburt ihres zweiten Sohnes beruflich kürzertrat und durch die gewonnene Zeit zu ihrer Leidenschaft des Geschichtenerzählens zurückfand. Ihr Debüt *Verwandte Seelen* wurde auf Anhieb zum Bestseller. Seitdem lebt Nica ihren Traum, arbeitet hauptberuflich als Autorin und schafft es immer wieder, mit ihren Büchern restlos zu begeistern.

Amina starrte auf das alte Gemäuer, in dem sie einst zu Hause gewesen war. Es wirkte verlassen, der Vorgarten ein Wirrwarr aus verdorrten Zweigen, die unter der Last des Schnees zu brechen drohten.

Sie stieg aus dem Sattel und streichelte das weiße Fell ihrer Stute. Das Holz des morschen Gartentores knarzte, als Amina es aufdrückte und sich über Gestrüpp hinweg bis zur Tür durchschlug.

»Das kannst du dir sparen«, rief ein Elf, der vor dem Nachbarhaus stand und sie beobachtete. »Da wohnt schon lange niemand mehr.«

»Aber … Wo ist der Jäger, der hier lebte?«

Der Elf kratzte sich am spitzen Ohr, das von der Kälte gerötet war. »Dieser Mensch war ein eigenwilliger Kauz. Keiner weiß, was aus ihm geworden ist. Eines Tages ist er einfach nicht mehr aufgetaucht.« Er hob die Hand und verschwand durch seine Eingangstür.

Amina runzelte die Stirn. Was sollte das denn heißen? War ihrem Großvater etwas zugestoßen?

Sie ging zu ihrer Stute zurück und zog sich wieder in den Sattel. Ihr Hintern schmerzte von dem tagelangen Ritt, und ihre Hände fühlten sich trotz Handschuhen taub an. Molly stieß mit jedem Schnauben Atemwolken aus den Nüstern. Sie waren beide hungrig.

Auf dem Dorfplatz herrschte reges Treiben. Menschen, Elfen, Feen und Zwerge schlenderten über den Weihnachtsmarkt, Kinder tobten herum. Einige von ihnen formten aus Schnee Figuren, andere bewarfen sich lachend mit Schneebällen.

Amina befragte alle, die ihren Weg kreuzten. Doch niemand wusste, wo ihr Großvater abgeblieben war.

»Er war sehr still«, sagte ein Zwerg und raufte sich den Bart. »Es ist mindestens fünf Jahre her, seit ich ihn zuletzt gesehen habe.«

»Hat denn niemand nach ihm gesucht?«, brach es aus Amina heraus. »Vielleicht hat er sich im Wald beim Jagen oder Holzsammeln verletzt.«

Der Zwerg zuckte mit den Schultern und ließ Amina einfach stehen.

Kopfschüttelnd trieb sie Molly wieder an. Die Kälte kroch unter ihren Umhang und legte sich ermüdend auf ihre Knochen. Bevor die Nacht hereinbrach, musste sie für Molly und sich ein Nachtlager finden. Dafür kam eigentlich nur das Wirtshaus abseits des Dorfes infrage.

Früher hatte sie dort oft ausgeholfen und mit der Wirtin die vier Kammern für die Gäste hergerichtet. Die meiste Zeit war sie allerdings bei Yannis im Pferdestall gewesen. Kaum zu glauben, dass seitdem mehr als acht Jahre vergangen waren.

Während ihre Stute durch den Schnee watete, wogten Erinnerungen in Amina auf. An dem Brunnen, an dem sie gerade vorüberritt, war sie als Kind stets zu schwach gewesen, um den vollen Eimer heraufzuziehen. Dabei hatte Yannis ihr geholfen. Sie hatte ihm dafür seine Sachen geflickt, bevor seine Mutter mit ihm schimpfen konnte, wenn er sich beim Obstpflücken mal wieder am Baum die Hose oder das Hemd aufgerissen hatte. Sie hatten jede freie Minute miteinander verbracht.

Amina musste lächeln. Die Vorfreude darauf, ihn nach

all den Jahren wiederzusehen, wurde nur von der Sorge um ihren Großvater gemindert. Er konnte doch nicht einfach verschwunden sein.

Als sie sich endlich dem Wirtshaus näherte, dämmerte es bereits. Hinter den Fenstern erkannte sie das schwach flackernde Licht der Kerzen. Sie stieg aus dem Sattel und warf einen Blick zum Stall. Dort drang zwischen den Fugen der Bretter ebenfalls ein gedämpfter Schein hervor. Zuerst musste sie Molly ins Trockene bringen.

Gegen die Kraft des Sturmes schaffte sie es kaum, die Stalltür aufzuziehen. Auf dem Boden verstreutes Stroh fegte davon. Sie drängte die Stute hinein und ließ die Tür erschöpft hinter sich zuknallen.

»Kann ich helfen?«

Amina zuckte zusammen. Diese Stimme war ihr vertraut und fremd zugleich. Sie war über die Jahre tiefer geworden, doch sie gehörte unverwechselbar Yannis.

Langsam wandte sie sich um. Er stand etwa fünf Schritte von ihr entfernt und musterte sie. Seine braunen Haare waren kürzer, als sie es von ihm kannte. Früher reichten sie ihm bis auf die Schultern, jetzt endeten sie auf Höhe seiner Nasenspitze. Vereinzelte Strähnen fielen ihm vor die Augen, von deren intensivem Blau sie heute noch träumte.

Doch etwas war anders. Strahlten sie sonst Güte und Freundlichkeit aus, konnte sie in diesem Moment nur Kälte in ihnen lesen. Yannis' gesamte Miene wirkte wie erstarrt.

Erkannte er sie nicht? Nach allem, was sie einst miteinander verbunden hatte?

»Kann ich helfen?«, fragte er erneut, als das Schweigen unerträglich wurde.

Amina schluckte gegen die Trockenheit in ihrem Mund

an. »Molly und ich …« Sie streichelte der Stute über das nasse Fell. »Wir brauchen ein Nachtlager.«

Yannis kam auf sie zu, und mit jedem Schritt begann ihr Herz schneller zu schlagen.

»Unsere Kammern sind alle belegt. Aber die hinterste Pferdebox ist frei. Wenn du willst, kannst du dort im Stroh schlafen.«

Jetzt, wo er so nah bei ihr stand, musste sie zu ihm aufsehen. Er war schon immer größer als sie gewesen, doch heute überragte er sie um mehr als einen Kopf.

»Kann ich sonst noch etwas für dich tun?«

Sein Blick wurde intensiver. Amina versank in der unergründlichen Tiefe seiner Augen. Am liebsten wollte sie ihn packen und rütteln, damit er sie endlich erkannte. Doch sie schaffte es nicht, etwas zu sagen. Zu groß war die Enttäuschung.

»Ich besitze keine Münzen«, brachte sie mühsam über die Lippen. »Aber ich kann meine Schulden im Wirtshaus abarbeiten.«

Er drängte sich an ihr vorbei zur Tür. »Für eine Nacht im Stroh brauchst du nichts zu zahlen. Schon gar nicht, wenn du nur vor dem Sturm Schutz suchst.« Mit diesen Worten verließ er den Stall.

Einsamer denn je starrte sie eine Weile auf die Tür und führte Molly dann zur hintersten Box. Sie nahm den Sattel ab, rieb die Stute trocken und warf ihr die Decke über, die sie bei sich hatte. Nachdem sie Molly auch einen Eimer mit Wasser und Heu gebracht hatte, ließ sie sich vor der Box in einen Strohhaufen sinken.

Hatte sie sich so sehr verändert? Zugegeben, als Yannis und sie sich das letzte Mal gesehen hatten, war sie ein schmächtiges Mädchen mit hüftlangen Haaren gewesen. Jetzt war sie eine junge Frau. Natürlich hatte sie sich vor allem körperlich verändert. Ihr hellblondes Haar war etwas dunkler geworden, und sie hatte es sich auf Schulterhöhe abgeschnitten. Aber ihre Gesichtszüge müsste er doch zumindest erkennen.

Vielleicht hatte er sie gar nicht vermisst. Dabei war er es gewesen, der sie beim Abschied in seine Arme gezogen und geküsst hatte. Sie konnte seine Lippen noch auf ihren spüren. Damals hatte sie ihm ihr Herz schon längst geschenkt. Und in ihrem letzten gemeinsamen Moment, in dem er ihr seine Emotionen so offen gezeigt hatte, war sie voller Hoffnung gewesen, dass er vielleicht ebenso für sie empfand.

Anscheinend hatte sie sich geirrt. Hätte er sie sonst einfach vergessen können? Acht vergangene Jahre stellten sich als zu lang heraus. Er hatte ihr versprochen, immer auf sie zu warten, aber scheinbar spielte sie in seinem Leben keine Rolle mehr.

Amina schloss die Augen. Sobald der nächste Tag anbrach, musste sie ihren Großvater finden. Ihr blieb nur zu hoffen, dass er ihr vergeben konnte und sie nach all der Zeit nicht auch für ihn eine Fremde war.

**

Als Amina am nächsten Morgen erwachte, lag eine wärmende Decke über ihr. Sie rappelte sich gähnend auf und dehnte ihren schmerzenden Rücken. Neben ihr befand sich ein Holzbrett mit Käse und Brot, dazu ein Becher voll Milch. Vor lauter Hunger schlang sie das Essen so hastig hinunter, dass ihr Magen schmerzte.

Kurze Zeit später betrat Yannis den Pferdestall. Er trug einen Sack auf der Schulter und setzte diesen vorsichtig ab. Dann nickte er ihr zu und machte sich daran, eines der drei Pferde zu satteln.

»Vielen Dank für das Essen.«

Wieder nur ein Nicken.

»Wie kann ich dafür aufkommen?«

»Schon gut. Du hast nur Schutz vor der Kälte gesucht. Der Sturm hat sich vorerst gelegt. Allerdings könnte er wieder auffrischen, und du solltest überlegen, ob du nicht besser noch ein paar Tage bleiben willst. In diesem Fall kannst du gern im Wirtshaus aushelfen.«

Amina lächelte dankbar. »Ja, das würde ich gerne.«

Yannis hielt mitten in der Bewegung inne. Da er ihr den Rücken zuwandte, konnte sie sein Gesicht nicht sehen. Seine Schultern hoben und senkten sich unter einem tiefen Atemzug, bevor er den Sattelgurt sinken ließ und sich langsam zu ihr umdrehte. Sein Blick ruhte auf ihr. Da war es wieder, dieses Prickeln in ihrer Brust.

»Amina …«, flüsterte er. »So viele Jahre gab es kein Lebenszeichen von dir. Was hat dich so lang davon abgehalten, zurückzukommen?«

Er hatte sie doch erkannt. Freute er sich denn gar nicht, sie wiederzusehen? Seine Miene blieb völlig ausdruckslos.

»Ich habe dir so viel zu erzählen«, brach es aus ihr heraus. Sie ging langsam auf ihn zu, hielt jedoch inne, da er sich hastig wieder seinem Pferd zuwandte.

»Es hat niemand mehr damit gerechnet, dass du zurückkehrst. Dein Großvater genauso wenig wie ich.«

Sofort spürte sie ein Ziehen im Magen. »Was ist mit ihm? Sein Haus ist verlassen, und im Dorf erzählen sie, dass er seit Jahren nicht gesehen wurde. Ist ihm etwas zugestoßen?«

»Der Streit mit deinen Eltern hat ihn gebrochen. Seit sie mit dir fortgingen, war er nicht mehr derselbe. Er hat sich immer mehr zurückgezogen und kaum noch mit jemandem gesprochen.«

Sie trat neben ihn. »Yannis, bitte. Was weißt du?«

Er wich ihrem Blick aus. »Dein Großvater lebt in seiner Jagdhütte im Wald. Einmal im Monat kommt er für Tauschgeschäfte bei uns vorbei und deckt sich mit Vorräten ein. Die letzten Wochen hat es allerdings zu stark geschneit. In seinem Alter ist er nicht mehr gut zu Fuß.« Yannis deutete auf den Sack. »Ich will ihm heute neue Vorräte bringen. Wenn du möchtest, kannst du mich begleiten.«

Natürlich wollte sie das. Sie nickte übereifrig und machte sich sofort daran, Molly zu satteln. Dass ihr Großvater ganz allein im Wald lebte, ließ ihr Herz schwer werden.

Amina führte ihre Stute aus dem Stall und saß im sanften Schneetreiben auf. Sie wartete ungeduldig. Dabei fiel ihr Blick auf eine junge Fee, die auf der Eingangstreppe des Wirtshauses stand, sich die Schneeflocken von den Flügeln schüttelte und sie beobachtete.

Als Yannis schließlich aus dem Stall kam, sah er ebenfalls zu ihr hinüber und winkte ihr zu. Für ihn war die hübsche Fee offenbar keine Fremde, und das Lächeln, das sie ihm als Antwort schenkte, ließ Amina innerlich zusammenzucken.

Vor wenigen Minuten hatte Yannis ihr gesagt, dass er nicht mehr an ihre Rückkehr geglaubt hatte, und Amina wurde in diesem Moment klar, was das bedeutete. Während sie die Tage gezählt hatte und in Gedanken oft bei ihm gewesen war, hatte Yannis sich mit der Zeit auf ein Leben ohne sie eingestellt.

Er ritt schweigend voraus. Beinahe eine Stunde hielten sie sich entlang des Pfades, dann lenkten sie die Pferde in den Wald hinein. Die Schneeflocken sammelten sich auf Yannis' Haaren und seinen breiten Schultern. Wie gern hätte sie jetzt hinter ihm gesessen und sich wärmend an seinen Rücken geschmiegt.

Sie spürte einen Stich in der Brust. Das alles verzehrende Gefühl des Verlustes traf sie mit voller Wucht. Bis heute hatte sie gehofft, dass sie eines Tages wieder zueinanderfinden würden. Nun wusste Amina, dass es jemand anderen gab …

»Früher hast du dich in diesen Waldabschnitt nicht hineingetraut«, riss er sie aus ihren Gedanken.

Sie trieb ihre Stute neben seinen braunen Hengst. »Du hast die Geschichten über die wilde Kreatur doch auch geglaubt. Immerhin hat sie beinahe alle Schafe gerissen.«

Er nickte. »Die Kreatur hat sich als Werwolf entpuppt. Keiner war vor ihm sicher. Zuletzt kam er nachts bis ins Dorf. Etwa zwei Jahre, nachdem ihr fortgegangen wart, hat dein Großvater ihn erlegt. Seitdem sind die Gruselgeschichten in Vergessenheit geraten.«

Amina runzelte die Stirn. »Er hat ihn erwischt? Wegen dem Werwolf fing der Streit zwischen ihm und meinen Eltern an.«

Yannis stoppte sein Pferd vor einem Hang und saß ab. »Ihr wart nicht die Einzigen, die damals ihre Schafherde verloren haben. Aber eben diejenigen mit dem Jäger in der Familie.«

Sie stieg ebenfalls aus dem Sattel. »Vater hat sehr unter der Situation gelitten. Er hat die Wut der anderen mit abbekommen und Großvater Vorwürfe gemacht, weil er es nicht schaffte, die Kreatur zu erschießen.«

Yannis seufzte. »Ich weiß. Dabei haben damals alle eine Hetzjagd veranstaltet und waren auch nicht erfolgreicher.«

Amina sah zu Boden. »Wäre der Werwolf nicht gewesen …« Sie stockte.

Ihre Blicke trafen sich. Einen kurzen Moment lang

glaubte sie, in der Tiefe seiner blauen Augen einen traurigen Schimmer zu erkennen. Hatte er sie vielleicht doch zumindest ein wenig vermisst?

»Vater dachte, in der Stadt könnten wir ein sorgloseres Leben führen. Allerdings gab es nur gelegentlich Arbeit für ihn. Ich habe immer wieder versucht, meine Eltern zur Heimkehr zu überreden. Dafür war Vater jedoch zu stolz.«

Yannis presste die Lippen zusammen und atmete tief durch. »Hast du jemals darüber nachgedacht, allein zurückzukehren?«

Sie ging auf ihn zu. »Das habe ich. Aber meine Mutter wurde sehr krank. Ich hätte sie nicht allein bei Vater zurücklassen können.« Kurz vor ihm blieb sie stehen, versuchte erst gar nicht, ihre Tränen zurückzuhalten. »Sie ist vor zwei Monaten gestorben.«

Yannis zuckte kaum merklich zusammen. Zögernd streckte er die Hand nach ihr aus und zog sie schließlich in seine Arme. »Es tut mir leid, dass ich nicht für dich da sein konnte.«

Ihr war bewusst, dass er sie nur trösten wollte. Doch seine plötzliche Nähe brachte ihr Herz zum Rasen. »Wir waren in Nadras«, flüsterte sie und versuchte dem Verlangen zu widerstehen, sich an ihn zu schmiegen. »Die Stadt liegt viele Tagesritte entfernt an der Küste.«

»Dann warst du lang unterwegs.« Zu ihrem Bedauern ließ er sie los und trat zurück. »Allein?«

Sie nickte. »Vater hat auf einem Schiff angeheuert. Ohne Mutter wird er wohl nirgends mehr zu Hause sein und ...«

Ein Räuspern ließ sie verstummen.

»Hätte ich eure Pferde nicht gesehen, hätte ich euch womöglich für wilde Tiere gehalten und abgeschossen«, wetterte ein alter Mann, den Amina erst auf den zweiten Blick als ihren Großvater erkannte.

Einst war er ein großer, kräftiger Mann gewesen. Nun stand er ihr als schmächtiger Greis mit schneeweißem Haar gegenüber. Er stützte sich auf sein Jagdgewehr. Es erschreckte sie, wie stark er gealtert war.

Er verengte seine Augen, betrachtete sie und kam mit unsicheren Schritten näher.

»Großvater.«

Die Hand, mit der er sich aufstützte, begann zu zittern. Da sie glaubte, er würde jeden Moment fallen, eilte sie zu ihm, fasste ihn am Arm und hielt ihn.

»Amina … Bist du es wirklich?« In seinen trüben Augen glänzten Tränen.

Sie lächelte und nickte. »Es tut mir leid, dass so viel Zeit vergangen ist. Mutter ist krank geworden. Ich konnte nicht eher …«

»Ihr habt noch Zeit, euch alles zu erzählen«, unterbrach Yannis sie und deutete zum Himmel. »Ein neuer Sturm zieht auf. Lasst uns erst einmal zur Hütte gehen.«

Er führte die Pferde an den Zügeln. Amina stützte ihren Großvater, und während sie Yannis folgten, erzählte sie, wie es ihren Eltern und ihr in den letzten Jahren ergangen war.

Als sie sich schließlich der Jagdhütte näherten, war sie überrascht, in welch gutem Zustand diese war. Im Inneren roch es nach getrockneten Kräutern und der Glut, die vom Kaminfeuer noch übrig war.

»Dank euch kann ich neuen Eintopf kochen«, sagte ihr Großvater, als auch Yannis die Hütte betrat. Er hatte die Pferde in den kleinen Stall gebracht und hob den Sack mit den Vorräten von seiner Schulter.

Amina ging zum Kamin und spähte in den leeren Kessel, der über der Glut hing. »Wir brauchen Feuerholz.«

»Auf der Veranda hab ich welches gestapelt«, erwiderte ihr Großvater und hielt sie zurück, als sie die Tür anvisierte. »Du wirst deiner Mutter immer ähnlicher. Es tut mir leid, dass sie gestorben ist. Sie war eine gute Frau, nur gegen den Starrsinn meines Sohnes konnte sie nichts ausrichten.« Seine Lippen zitterten. Es war offensichtlich, dass er noch immer unter dem Zerwürfnis litt.

Amina strich ihm über den Arm. »Ich hoffe, dass Vater euren Streit endlich vergessen kann und auch nach Hause zurückkehrt.«

»Das klingt, als hättest du vor, zu bleiben«, hörte sie Yannis hinter sich sagen.

Sie wandte sich ihm zu und erkannte die Warmherzigkeit in seinen Augen, die sie so sehr vermisst hatte. Doch sie durfte sich keine falschen Hoffnungen machen. Er hatte längst aufgegeben, was sie einst füreinander gewesen waren. Um nicht vor ihm in Tränen auszubrechen, drängte sie sich hastig an ihm vorbei.

Er folgte ihr auf die Veranda. »Amina, antworte mir. Wie lange hast du vor zu bleiben?«

Ihre schnelle Atmung verriet ihren inneren Aufruhr. »Für immer«, flüsterte sie.

Yannis fasste sie an der Schulter, und sie sah zu ihm auf.

»Ehrlich gesagt hatte ich mir meine Rückkehr etwas anders vorgestellt«, brachte sie mühsam hervor. »Unser altes Haus im Dorf ist momentan unbewohnbar. Ich hatte nicht geplant, mitten im Wald in Großvaters Jagdhütte zu leben. Und du ...«

Er hob die Augenbrauen. »Was ist mit mir?«

»Du hast nicht mehr darauf gewartet, dass ich zurückkehre.«

Yannis ergriff ihre Hände. »Ich habe nicht mehr daran

geglaubt. Gehofft und gewartet habe ich jeden verdammten Tag.«

Ein Prickeln breitete sich wärmend in ihrem ganzen Körper aus. Ihr Herz überschlug sich fast.

»Die Fee, die auf der Treppe eures Wirtshauses stand ...«

»Sie ist nur ein Gast.«

Sein Lächeln erreichte sie tief in ihrem Inneren.

Als sie Kinder gewesen waren, hatte Amina sich an Yannis' Seite immer wie in einer anderen Welt gefühlt. Und auch heute strahlte seine Aura noch diese Magie für sie aus. Bei ihm war sie zu Hause.

»Versprich mir, dass ich dich nicht noch einmal verliere«, flüsterte er und senkte seinen Kopf zu ihr herab.

Sie brachte nur ein Nicken zustande.

Seine Atemzüge trafen in Wellen auf ihren Mund, und sie schloss erwartungsvoll die Augen, bis sich seine Lippen sanft auf ihre legten.

Ein Hitzewall jagte durch Aminas Körper. Das hier war in keiner Weise mit dem Kuss vergleichbar, den sie sich damals zum Abschied gegeben hatten. Sie hatte das Gefühl zu schweben. Yannis hielt sie mit einem Arm an der Taille umschlungen, während seine andere Hand in ihrem Nacken ruhte. Das verführerische Spiel seiner Lippen brachte sie zum Schmelzen, und als seine Zungenspitze sanft in ihren Mund glitt, zersprang ihr förmlich das Herz in der Brust. Sie vergrub die Hände in seinem Haar und presste sich noch enger an ihn. Wie sollte sie jemals davon genug bekommen?

Als Yannis ihre Unterlippe sanft zwischen seine Zähne zog, seufzte sie wohlig auf. Sie spürte sein Lächeln an ihren Lippen.

»Bitte sag mir, dass das kein Traum ist«, flüsterte sie.

»Falls es so ist, will ich nie wieder aufwachen«, erwiderte Yannis und sah ihr tief in die Augen. »Du kannst dir nicht vorstellen, wie sehr ich dich vermisst habe. Wir haben so viel Zeit verloren.«

Sie lächelte. »Jetzt haben wir ja noch unser restliches Leben, um alles aufzuholen.«

15

SARAH SAXX

Apfelpunsch und Zuckerkuss

Ihre Liebe zu romantischen Romanen brachte **Sarah Saxx** vor Jahren zum Schreiben. Seither hat die 1982 geborene Tagträumerin erfolgreich eine Vielzahl an Geschichten veröffentlicht, die tief im Herzen berühren und dieses gewisse Kribbeln auslösen. Sarah schreibt, liebt und lebt in Oberösterreich und verbringt ihre freie Zeit am liebsten mit ihrem Mann, ihren beiden Töchtern und zwei Hunden.

Wir müssen unbedingt zum Punschstand neben dem Karussell, dort gibt es den besten Glühwein!« Die Augen meiner Arbeitskollegin Maria leuchteten, als sie sich zum Rest unserer Gruppe umdrehte und gleichzeitig in die Richtung deutete, in die wir ihrer Meinung nach gehen sollten.

Zustimmendes Gegröle dröhnte mir von rechts in die Ohren, und Marcus, einer der Automechaniker unserer Werkstatt, legte seinen schweren Arm auf meine Schultern.

Oje, ich bereute schon wieder, dass ich mich dazu hatte überreden lassen, mitzukommen.

Grundsätzlich hatte ich nichts gegen einen gemütlichen Besuch des Weihnachtsmarktes – aber die Betonung lag hier auf *gemütlich*. Für einige Leute aus der Kollegenschaft war das ein Fremdwort. Für Marcus war jeder Ausflug nach der Arbeit gleichbedeutend mit einem Besäufnis. Nicht, dass solche Ausflüge ständig stattfanden, aber ich arbeitete schon zwei Jahre im Autohaus, lang genug, um zu wissen, wie für manche von uns dieser Abend enden würde.

»Gibt's dort auch alkoholfreie Getränke? Ich muss noch fahren«, meldete sich Thomas, der bei uns im Kundendienst arbeitete.

Als Antwort erhielt er kollektives Schulterzucken.

Seufzend richtete er seine Mütze. »Ich schau lieber mal,

ob ich eine Kleinigkeit für meine Kinder finde. Die haben mich gefragt, ob ich ihnen was mitbringe.«

»Da komme ich mit!« Caroline, meine Kollegin im Sekretariat, eilte an Thomas' Seite. Sie war mit sechsundfünfzig die Älteste im Team und mit ihrer fürsorglichen Art so etwas wie die Mama der Werkstatt.

Kurz war ich versucht, mich den beiden anzuschließen, als ein mir bekanntes herbes Männerparfüm in meine Nase drang und den süßen Duft von gebrannten Mandeln und Lebkuchen für einen Moment überdeckte. »Also ich bin ja eher Team Früchtepunsch«, raunte mir Leo zu. Als ich mich zu dem Autoverkäufer umdrehte, spürte ich erneut dieses verräterische Flattern in der Brust und im Magen, das mich immer heimsuchte, wenn er in meiner Nähe war. Sein Blick war intensiv, und er gab mir wieder einmal das Gefühl, als würden wir ein Geheimnis teilen. Eines, das ich nicht kannte, aber ich mochte es, wie er mich aus seinen großen karamellbraunen Augen anschaute.

Einziger Wermutstropfen: Er schenkte nicht nur mir seine Aufmerksamkeit. Leo war einer dieser Typen, die man einfach mögen musste. Er war gesellig, humorvoll und hatte immer etwas Gehaltvolles zu sagen. Dazu war er hilfsbereit und sah auch noch gut aus – eine verflixt gefährliche Mischung, der ich irgendwann unwiderruflich verfallen war.

»Früchtepunsch klingt gut«, hörte ich mich sagen, während mein Herz viel zu laut in meiner Brust schlug.

Täuschte ich mich, oder wollte er tatsächlich mit mir allein etwas trinken?

Thomas verkündete, dass sie später wieder zum Rest dazustoßen würden, dann wandten er und Caroline sich ab und verschwanden in der Menge.

Unschlüssig sah ich zu Maria und dem Rest, die Leo

und mir keine Aufmerksamkeit schenkten. Leo sah mich fragend an und schien auf mich zu warten, also nickte ich und wandte mich von der Truppe ab, die sich bereits in Bewegung gesetzt hatte.

»Wir schauen uns bei den Ständen um«, rief Leo noch Reinhard, dem Werkstättenleiter, zu, der zum Zeichen, dass er ihn gehört hatte, knapp die Hand hob.

Dann war ich tatsächlich mit Leo allein. Wie war das passiert? Warum hatte er sich ausgerechnet mit mir von den anderen absetzen wollen und nicht zum Beispiel mit Jennifer? Sie war blond, hübsch und ebenfalls Autoverkäuferin – erfolgreich noch dazu. Und ich hatte schon mehrfach den Eindruck gehabt, dass zwischen den beiden ein Knistern in der Luft lag.

»Also …«, riss Leo mich aus meinen Gedanken, »möchtest du wirklich einen Punsch oder lieber etwas anderes? Weiter vorne verkaufen sie Tee, hab ich gesehen.«

»Was trinkst du?«

Unschlüssig sah Leo sich um. »Der Zwetschgen-Zimt-Punsch klingt interessant … Wollen wir zu dem Stand?«

Ich fühlte mich schwindelig vor Glück und nickte. »Klingt großartig.«

Dass Leos Augen dabei strahlten, ließ meine Knie nur noch weicher werden.

Immer wieder mal hatten wir die Mittagspause gemeinsam verbracht, aber wenn man bei uns im Pausenraum saß, konnte jederzeit jemand durch die Tür kommen. Es war also nie so ganz privat und ungestört, weshalb unsere Gespräche auch oberflächlich geblieben waren. Davon abgesehen hätte ich es nie gewagt, offensichtlich mit ihm zu flirten. Wenn einer der Jungs aus der Werkstatt davon Wind bekommen hätte, hätten sie mich garantiert damit aufgezogen.

Ich würde nie vergessen, wie sie den kleinen Flirt letzten Frühling zwischen Jennifer und Bernhard, unserem Versicherungsvertreter, kommentiert hatten – und das alles andere als diskret und hinter deren Rücken. Vielleicht hätte sich etwas Ernsteres zwischen den beiden angebahnt, aber jedes Mal, wenn sie dabei erwischt worden waren, wie sie sich heiße Blicke zugeworfen und flüchtige Berührungen getauscht hatten, hatten sich Marcus und Konsorten aufgeführt wie Urmenschen. Ich hatte mich wirklich fremdgeschämt.

Erst als Reinhard eingeschritten war, hatte sich die Aufregung wieder etwas gelegt – dann schien aber der Zauber zwischen Jennifer und Bernhard verflogen.

Gemeinsam mit Leo erreichte ich den Stand, von dem es intensiv nach Zimt und Früchten roch.

»Welchen möchtest du?«

Ich überflog die Liste – Zwetschgen-Zimt-, Apfel- und Aprikosenpunsch hatten sie hier im Angebot.

»Ich glaube, ich probiere den Apfelpunsch.«

Leo bestellte für uns, und als wir die dampfenden Tassen gereicht bekamen, bedankte ich mich bei ihm für die Einladung.

»Nichts zu danken. Im Gegenteil, ich freue mich, dass du mich begleitest.« Sein Lächeln kribbelte in meinem Magen.

»Weil du keinen Glühwein magst?«, riet ich ins Blaue hinein.

»Weil ich mit dir etwas trinken möchte.« Seine Worte klangen, als ob es offensichtlich wäre, dass er mit mir Zeit verbringen wollte.

»Wieso das?«, fragte ich leicht verblüfft.

Er stutzte. »Weil …« Sein Lachen klang ein bisschen verzweifelt. »Wieso nicht?« Verlegen fuhr er sich mit der freien Hand durch die Haare. »Ich mag deine Gesellschaft.«

Hitze schoss mir in die Wangen, und ich musste den Blick von ihm abwenden, weil ich das Gefühl hatte, er könnte sonst in meinen Augen erkennen, dass ich *ihn* mochte. Und falls das nicht auf Gegenseitigkeit beruhte, wäre es wirklich peinlich für mich.

Leo seufzte und stützte sich auf den Stehtisch neben dem Verkaufsstand. Dann sah er sich um. »Riechst du das?«

»Was meinst du?«

Schmunzelnd beugte er sich zu mir. »Weihnachtsduft liegt in der Luft.«

»Du meinst, es riecht nach gehetzten Leuten, schlechten Geschenken und vorweihnachtlichem Stress?« Ich schaute einer Familie mit zwei quengeligen Kindern hinterher. Die Griffe des Buggys waren mit Tüten diverser Spielzeugläden und Geschenkeshops beladen, und die Eltern sahen aus, als könnten sie einen Schluck Punsch zur Beruhigung ihrer Nerven gut gebrauchen.

Doch Leos lautes Lachen lenkte all meine Aufmerksamkeit wieder auf ihn. »Nein, das meinte ich eigentlich nicht. Auch wenn es vermutlich auf einige zutrifft.« Schmunzelnd schaute auch er der Familie hinterher, die sich von uns entfernte, bevor er den Blick wieder auf mich richtete. Eindringlich. Fast zu intensiv. Doch ich zwang mich, ihm diesmal standzuhalten. »Sondern den leichten Geruch der Tannen.« Mit dem Kopf deutete er auf den riesigen Weihnachtsbaum neben uns, an dem unzählige Lichter funkelten. »Und den süßen Duft nach Zimt und Zucker.«

»Du magst Weihnachten, was?«, fragte ich.

Immer noch sah er mich mit einem leichten Lächeln auf den Lippen an. »Sehr. Du nicht?«

»Doch, schon. Also … als Kind war es besser.« Ein Grinsen breitete sich auf meinem Gesicht aus, und Leo erwiderte es, als würde er sich ebenfalls an die Aufregung erinnern, die man spürt, wenn man noch an den Weihnachtsmann glaubt und vor dem Baum mit den Geschenken steht. »Aber ich mag die gemütlichen Familienessen. Dass alles dekoriert ist und leuchtet.« Kurz sah ich mich um, und mein Blick fiel auf das Rathaus, um dessen Fenster Lichterketten angebracht waren. »Und die Musik. Die bringt mich immer besonders in Stimmung.« Ich lauschte *Have Yourself a Merry Little Christmas* von Judy Garland, das gerade aus den Boxen drang. Und Leo schien zu verstehen, was ich meinte, denn in seinen Augen konnte ich ein zustimmendes Funkeln erkennen. »Was magst du am meisten?«, gab ich die Frage an ihn zurück.

»Da gibt es so einiges.« Unvermittelt kam er etwas näher. Inzwischen stand er so knapp vor mir, dass ich den Kopf in den Nacken legen musste. Gott, ich mochte es, wie er mich ansah. Wie er roch und wie er lächelte. Ich badete in seiner ungeteilten Aufmerksamkeit und war mir immer noch nicht sicher, ob ich das alles gerade nur träumte. Denn viel zu lange hatte ich mir insgeheim ausgemalt, mich endlich ungestört mit Leo unterhalten zu können, während er mich *so* anschaute.

»Ich mag … Weihnachtspullis.«

Herrje, spielte er darauf an, dass ich mich heute für den Pullover mit dem Rentier darauf entschieden hatte?

»Und gemütliche Gespräche auf dem Weihnachtsmarkt. Und ich frage mich, wie der Apfelpunsch schmeckt.«

Sein Blick heftete sich an meine Lippen, und ich musste schlucken. Mein Herz schlug inzwischen so kräftig, dass er es einfach hören musste. Dieser Abend war ganz eindeutig ein Traum.

»Vivien …«, setzte er an und beugte sich zu mir, doch genau in diesem Moment fiel ihm Jennifer mit einem lauten »Hier seid ihr!« von hinten um den Hals.

»Hi Jenny.« Leo verzog das Gesicht.

Mein »Hallo« kam mir ebenfalls wenig begeistert über die Lippen, doch Jennifer schien nicht zu bemerken, dass sie störte.

»Wieso kommt ihr nicht mit zu uns, es ist gerade so lustig! Wir lachen uns kaputt über Marcus und Maria. Die beiden haben beschlossen, ein Maronen-Wettessen zu veranstalten. Caroline und Thomas schälen schon.«

»Klingt mega«, sagte Leo und grinste, bevor er mir einen entschuldigenden Blick zuwarf.

»Du musst davon mit deinem Handy Fotos für die Firmenweihnachtsfeier nächste Woche machen. Deine Kamera ist doch viel besser als die von meinem Telefon. Ich will am Montag die PowerPoint-Präsentation fertig machen, du kannst ja dann zu mir ins Büro kommen, damit wir gemeinsam eine Auswahl an Fotos treffen. Die Aufnahmen vom Ruderwettbewerb im Sommer muss ich auch noch sortieren. Du weißt schon, da sind einige dabei, bei denen du oben ohne drauf bist.« Sie drückte Leos Bizeps durch seine dicke Winterjacke und zwinkerte ihm frech zu, was ihn zum Lachen brachte.

Und in mir breitete sich mit gewaltiger Wucht Enttäuschung aus. Weil er mit einem Mal Jennifer anschaute, als wäre sie jetzt interessanter als ich.

»Geht ruhig schon mal vor, ich will mir noch die Handwerkskunst da drüben anschauen«, sagte ich verlegen, weil es sich anfühlte, als wäre ich jetzt der Eindringling bei einem intimen Moment.

Schnell wandte ich mich ab, meinen Punsch in der Hand, weil ich fürchtete, die beiden könnten mir am Gesicht ablesen, wie ich mich gerade fühlte. Mit raschen Schritten ging ich am Stand mit den Lebkuchenherzen vorbei, weiter in Richtung der kleinen Holzfiguren, die daneben ausgestellt waren und wo ein rundlicher Mann gerade einen neuen Holzblock mit Hammer und Meißel bearbeitete.

»Vivien, warte!« Eine Hand packte mich am Oberarm, und als ich mich umdrehte, fand ich mich einem verwirrt dreinschauenden Leo gegenüber. »Wieso läufst du davon?«

»Na, weil du zu den anderen gehen wolltest? Ich möchte dich nicht aufhalten, du wirst dort gebraucht und …«

Kopfschüttelnd unterbrach er mich. »Ich habe Jenny gesagt, dass ich nicht mitkomme.«

Irritiert blinzelte ich. »Aber … ich verstehe nicht?« Ich linste an ihm vorbei, doch Jennifer war tatsächlich nicht mehr dort, wo wir vorhin gestanden hatten. Dann sah ich einen blonden Haarschopf in der Menge verschwinden.

»Vivien, ich will nicht bei den anderen sein. Sondern bei dir.« Seine Worte klangen weich und fast schon flehend. So, als ob er fürchtete, dass ich erneut davonlaufen könnte. »Komm, lass uns ein bisschen herumgehen. Du willst dir die Schnitzereien anschauen?«, fragte er und deutete mit dem Kopf auf den Stand in unmittelbarer Nähe.

»Na ja, ich muss nicht … Wenn ich ehrlich bin, hab ich das nur gesagt, um auf Abstand zu gehen.« Dass ich so ehrlich zu ihm war, überraschte mich selbst.

Auch Leo sah mich an, als ob er mit dieser Antwort nicht gerechnet hätte. Doch dann trat ein Ausdruck in seine Augen, den ich in dieser Art noch nie an ihm gesehen hatte.

»Hast du Lust auf was Süßes? Dort drüben verkaufen sie Waffeln.«

Wie auf Kommando lief mir das Wasser im Mund zusammen. Und weil der Waffelstand noch weiter vom Glühwein und der Kollegenschaft entfernt war und ich Leo nicht erneut mit jemand anderem teilen wollte – zumindest für den Moment –, stimmte ich zu.

Mit ausgestrecktem Arm bedeutete er mir vorzugehen, und wir schlängelten uns durch das Gedränge. Am Stand angekommen, bestellte Leo zwei Waffeln mit Zimtzucker für uns. Es dauerte kurz, bis sie zubereitet waren, dann stellten wir uns an einen runden Tisch, in dessen Mitte ein Holzofen stand und kräftig Wärme ausstrahlte.

»Danke für die erneute Einladung«, sagte ich, bevor ich in den weichen Teig biss.

Leo beobachtete mich, und seine Augen weiteten sich fast unmerklich, als ich genüsslich aufstöhnte. Den Blick hatte er auf meinen Mund gerichtet, und noch bevor er selbst von dem leckeren Gebäck kostete, kam er wieder näher.

»Du hast da Zucker«, sagte er leise und hob eine Hand an meinen Mund. Mit dem Daumen strich er zärtlich über meine Oberlippe, und eine gewaltige Hitzewelle breitete sich in mir aus – für die garantiert nicht der Ofen verantwortlich war.

Mein Herz raste, während die Stelle prickelte, die er berührt hatte. »Was machst du?«, flüsterte ich.

Tief sah er mir in die Augen. »Ich versuche dir schon seit einer Weile zu sagen, dass ich Zeit mit *dir* verbringen will, Vivien.«

»Aber … was ist mit Jennifer?« Vielleicht war es bescheuert von mir, genau jetzt unsere Kollegin zur Sprache zu bringen, aber ich musste es einfach wissen. Immerhin hatte sie vorhin mit ihm geflirtet – und das nicht zum ersten Mal.

Verwirrung spiegelte sich in Leos Gesicht. »Was soll mit ihr sein?«

Ich merkte, wie meine Wangen heiß wurden. »Na ja, ich glaube, sie hätte nichts dagegen, wenn du jetzt bei ihr wärst.«

Er kniff die Augen zusammen. »Willst du denn, dass ich gehe?«

Verlegen biss ich mir auf die Unterlippe, dann schüttelte ich den Kopf.

Leos Züge wurden wieder weicher. »Siehst du? Ich will das nämlich auch nicht.«

Offenbar sah ich immer noch nicht ganz überzeugt aus, denn Leo holte tief Luft, dann sagte er: »Verdammt, ich … Vivien, wieso denkst du, dass ich immer dann meine Pausen mache, wenn ich sehe, dass du den Personalraum ansteuerst? Oder dass ich letzte Woche länger geblieben bin, um dir noch mit der Aussendung für die Kunden zu helfen?« Er lachte auf. »Das Twinnie-Eis, das ich im Sommer gekauft und mit dir geteilt habe – dabei mag ich nicht einmal die orange Seite!« Er zögerte, sah mir tief in die Augen. »Dafür mag ich dich.«

Meine Gefühle überschlugen sich. Ohne darüber nachzudenken, was ich tat, überwand ich die kurze Distanz zwischen uns, stellte mich auf die Zehenspitzen und gab ihm einen schnellen Kuss auf die Wange. Ich blieb allerdings ganz nah vor ihm stehen, weil mich sein Duft völlig einnahm. Und seine Wärme. Und sein Blick dazu, genau wie die Hand, die er unvermittelt an meine Taille gelegt hatte.

»Genau das wollte ich schon viel zu lange tun«, raunte er, dann beugte er sich zu mir hinunter und … küsste mich auf die Lippen. Zart und unschuldig, aber lange genug, um mir klarzumachen, dass das hier rein gar nichts mehr mit Freundschaft oder gar Kollegenschaft zu tun hatte. Das hier war mehr. So viel mehr, als ich erwartet hätte …

Ein erleichtertes Seufzen drang aus mir hervor, als ich die Augen schloss. Ich spürte, wie er mir die Waffel aus der Hand nahm, und musste grinsen. Weil es zu verrückt war, was hier gerade passierte. Dann zog er mich auch schon wieder an sich und küsste mich erneut. Intensiver und nicht mehr so unschuldig wie zuvor, eine warme Hand an meiner kalten Wange. Bis Hitze in mir aufstieg und ich verhalten keuchte. Ein gewaltiger Schwarm an Schmetterlingen stob in mir hoch, als ich den Ausdruck in seinen Augen sah, der das, was ich für ihn empfand, spiegelte.

»War ich echt die ganze Zeit so blind?«, fragte ich leise, während sein warmer Atem auf meinem Gesicht zerstob.

Leise lachend bebte sein Brustkorb. »Vielleicht hab ich es auch zu subtil angestellt. Aber ich war mir nicht sicher, ob du überhaupt an mir interessiert bist.«

»Machst du Witze? Ich bin seit Monaten in dich verschossen«, platzte ich heraus und wurde bestimmt genauso rot wie die Mütze des Weihnachtsmanns.

Nun zuckte Leo überrascht zurück. »Wirklich?«

Ich lachte auf. »Ja, ich dachte nur nicht, dass du dich auf diese Weise für mich interessierst.«

Sanft streichelte er mir über die Wange. »Das klingt, als hätten wir beide uns in den letzten Wochen und Monaten das Leben unnötig schwer gemacht.«

»Ja, du hättest mir schon vor einer halben Ewigkeit sagen können, dass du mich magst«, sagte ich neckend.

»Dito.« Seine Mundwinkel zuckten, bevor er mich erneut küsste. »Okay, eine Sache noch«, begann er schließlich, als er sich wieder von mir löste.

Fragend schaute ich ihn an.

»Stell dich in Zukunft darauf ein, dass ich dich im Pausenraum mit einer heimlichen Knutscherei überfallen könnte. Und dass es nicht ausgeschlossen ist, dass uns die Kollegen dabei erwischen.«

Ich musste lachen. Dann räusperte ich mich und erwiderte ernst: »Ich kann es kaum erwarten.«

»Im Gegenzug sorge ich dafür, dass keiner von ihnen auch nur ein blödes Wort darüber verliert. Weil ich sicher nichts zwischen uns kommen lasse.«

»Klingt nach einem Deal«, erwiderte ich amüsiert und glücklich zugleich.

Zufrieden sah mir Leo in die Augen, bevor er mir meine inzwischen erkaltete Waffel reichte und anschließend herzhaft und ohne den Blick von mir abzuwenden von seiner abbiss.

Schmunzelnd wischte nun ich ihm mit dem Daumen über seine Wange, an der etwas von dem feinen Zucker haftete, bevor ich mich von ihm in eine warme Umarmung ziehen ließ – meinen neuen Lieblingsort.

Auch wenn ich nicht wusste, wohin uns dieses Abenteuer führen würde, war mit falscher Zurückhaltung jetzt Schluss. Ich wollte keine Sekunde mehr verschwenden, sondern die Zeit mit ihm in vollen Zügen genießen. Wer hätte gedacht, dass nicht nur in der Kindheit Weihnachten voller Zauber stecken konnte …

16

INKA LINDBERG

Eisblau ist eine warme Farbe

Inka Lindberg hat ihr Herz irgendwo zwischen Dom und Rhein verloren und wohnt mit ihren zwei Hunden in Köln. Auf Social Media teilt die Autorin ihr Leben als professionelle Prokrastinateurin unter @einfachinka. Queerness, Gerechtigkeit und Mental Health sind Themen, die ihr besonders wichtig sind.

Kälte kriecht durch meine durchnässte Skihose. Eigentlich sollte sie wasserfest sein, aber ich bin so oft auf meinen Allerwertesten gefallen, dass das Herstellerversprechen gebrochen wurde. Meinen Füßen gefällt es gar nicht, in enge Boots und an ein Snowboard gekettet zu sein. Das Blut pocht rhythmisch in meinem linken großen Zeh und erinnert mich daran, dass es nicht meine glorreichste Idee war, mit dreißig Jahren snowboarden lernen zu wollen.

Just in diesem Moment prescht ein Kleinkind neben mir die Piste hinab, dicht gefolgt von seinem jubelnden Vater. Ich seufze. Selbst Vierjährige sind talentierter als ich. Okay, zugegebenermaßen ist das nicht sonderlich schwer. Ich falle mehr, als dass ich fahre.

»Komm schon, du schaffst das! Denk dran, ordentlich in die Knie zu gehen und dein Gewicht mit den Beinen statt über den Oberkörper zu verlagern«, ruft mir Leo entgegen.

Ich verfluche meine Snowboardlehrerin. So hatte ich mir das nicht ausgemalt. Als ich die E-Mail-Bestätigung für den Kurs bekommen hatte, war Leo in meiner Vorstellung ein Mann Mitte vierzig und keine attraktive junge Frau mit ozeanblauen Augen und süßen blonden Strähnen gewesen. Und vor allem hatte es da keinen Austausch von verwirrend langen Blicken gegeben.

Attraktive Frauen bringen mich nun mal aus dem Konzept. Ein Grund, weshalb ich froh bin, als Ingenieurin in der Elektromobilität hauptsächlich männliche Kollegen zu haben. Da bin eher ich diejenige, die die Herrschaften aus dem Konzept bringt, als umgekehrt.

Es ärgert mich, dass ich nicht schneller Fortschritte mache und Leo auch noch alles ganz genau mitbekommt. Die Psychotherapeutin, die ich jede Woche wegen meines Burn-outs sehe, meinte, ich solle neue Hobbys ausprobieren. Dinge, bei denen ich mich wieder wie ein kleines Kind fühlen kann. Leider macht mir meine verbissene Art, neue Hobbys anzugehen, einen Strich durch die Rechnung. Aktuell habe ich in etwa so viel Spaß wie bei der Steuererklärung. Wobei das auch nicht stimmt, immerhin könnte ich da Häkchen hinter jede Aufgabe setzen, was mir eindeutig mehr Dopamin bescheren würde, als regelmäßig Schnee zu fressen.

In der Theorie weiß ich, dass es okay ist, wenn man Dinge nicht sofort kann. Ich bin die Erste, die befreundete Personen für ihr neues Kunstwerk oder ihre Fortschritte in einem Projekt lobt, auch wenn es Schönheitsfehler aufweist. Bei ihnen ist das vollkommen normal und in Ordnung so. Nur bei mir nicht. Ich bin die große Ausnahme. Bei mir muss immer alles direkt perfekt sein. Dass ich nach einer Stunde Training kein Profi bin, kratzt unangenehm an meinem Ego.

Leo winkt mir wieder zu und sieht dabei unfassbar lässig aus. Bis dato wusste ich nicht mal, dass man lässig winken kann. Sie hat ihr Board bereits abgeschnallt, und ich habe Angst, dass sie jeden Moment zu mir den Berg hochstapft, also richte ich mich resigniert auf und ächze. Mein Rücken tut weh. Der Rücken der snowboardfahrenden Kleinkinder tut ganz bestimmt nicht weh. Kein Wunder, dass die besser fahren als ich.

Meine Oberschenkel brennen, und ich ärgere mich

ernsthaft darüber, dass ich mich so viel ärgere, während ich mich darauf konzentriere, den Berg im Zickzack hinabzuschlittern. Ein Skifahrer rast haarscharf an mir vorbei, und ich muss mich zusammenreißen, ihm nicht Obszönitäten hinterherzurufen.

Ich bin fast bei meiner Lehrerin angekommen, als mein Board in letzter Sekunde verkantet und ich mal wieder unsanft auf meinem Hintern lande. Mein Po muss ein einziger blauer Fleck sein. Leo sieht mich mitleidig an und stützt die Hände in die Hüften.

Das ist der Tropfen, der das Fass zum Überlaufen bringt. »Komm schon, dir gefällt es doch, von unten angehimmelt zu werden. Ich liege dir praktisch zu Füßen!«, murre ich. Es dauert zwei Sekunden, bis ich meine eigenen unüberlegten Worte verdaue, dann spüre ich, wie mein Gesicht heiß anläuft. Diese schlechte Laune lässt mich Dinge sagen, die ich unter anderen Umständen nicht von mir geben würde.

Leo schweigt, und die Stille ist ohrenbetäubend. Ihr Gesichtsausdruck ist durch die Skibrille schwer zu lesen, und ich frage mich unweigerlich, ob dieser Spruch bereits zu sexueller Belästigung am Arbeitsplatz zählt und wie ich mich am besten entschuldigen kann, denn eigentlich bin ich nur frustriert und habe das unfairerweise an ihr ausgelassen und meinte es eigentlich nicht so und überhaupt –

»Stimmt! Ich bin es nur nicht gewohnt, dass du meine Füße nicht küsst. Normalerweise machen die Leute das so.« Sie schiebt die Skibrille hoch und zwinkert mir zu.

Mein Herzschlag beschleunigt sich, und auf einmal ist mir in der isolierenden Skibekleidung viel zu warm. Flirten wir gerade? Und wenn ja, warum ausgerechnet über Füße? Oder gibt sie mir nur Konter? Sollte ich den Witz weiterführen und so tun, als würde ich ihre Snowboardboots küssen wollen? Nein, lieber nicht. Meine große Klappe jedenfalls ist eingefroren, und ich schaffe es nicht, ihrem Blick weiter standzuhalten.

»Du bist zu verkopft.« Leo lässt sich neben mir in den Schnee plumpsen. »Du musst hier keine Algebraaufgaben lösen, sondern mit Gefühl rangehen. Dann spürst du in der Art, wie sich der Schnee unter deinem Board anfühlt, wie du dich bewegen musst.« Sie imitiert die Spuren eines Snowboards im Schnee mit den Händen. Ihre Augen glitzern, und ich weiß nicht, ob es an dem reflektierenden Schnee liegt oder an der Leidenschaft, die sie offensichtlich für den Wintersport fühlt.

»Aktuell wäre jede mathematische Aufgabe eine willkommene Abwechslung. Das kann ich wenigstens.«

Leo schmunzelt. Ich frage mich, ob ich auch für etwas so sehr brenne wie sie und ob ich dabei auch so schön aussehe. Wahrscheinlich nicht. Oder zählt meine Arbeit als Hobby? Wobei ich dabei wahrscheinlich eher gestresst und leicht manisch aussehe als glücklich …

In der nächsten Stunde falle ich noch geschlagene sechs Mal, was eine echte Steigerung im Vergleich zu der Stunde davor ist. Es fällt mir wirklich schwer, keine schnippischen Kommentare an meiner Lehrerin auszulassen. Da bezahle ich jemanden dafür, mir genau zu sagen, was ich machen soll, und bin dann entrüstet, wenn die Person genau das macht. Was fällt ihr ein, ihren Job zu machen? Andererseits wundert es mich nicht. Ich hatte schon immer ein Problem damit, wenn mir jemand etwas vorschreiben will.

Als Leo vorschlägt, eine Pause zu machen, stimme ich erleichtert zu. Offiziell geht mein Privatunterricht bis 15 Uhr, es steht also noch mehr Zeit vor uns, als meinen brennenden Oberschenkeln lieb wäre.

»Du wirst sehen, irgendwann platzt der Knoten. Das braucht nur etwas Geduld.« Leo nippt an ihrer heißen Schokolade und grinst mich mit einem Sahnebärtchen an. In der Tauernalm, in der wir eingekehrt sind, ist es angenehm warm. Die Kundschaft teilt sich auf in Personen, die ein spätes Mittagessen zu sich nehmen oder sich mit einem Heißgetränk aufwärmen, und diejenigen, die sich beim Après Ski bereits grölend einen Jägerbomb nach dem anderen reinkippen.

»Bart steht dir.« Ich deute auf ihre Oberlippe. Leos Grinsen wird noch breiter.

»Ich weiß, was den Frauen gefällt.« Sie wischt sich die Sahne mit einer Serviette weg, und ich bin froh, dass sie dabei alles erwischt. Nicht, dass ich ihr wie in einer schlechten Romcom noch über die Lippe hätte streichen müssen. Wahrscheinlich wäre ich vor Anspannung gestorben.

»Das merke ich schon.« Innerlich versteife ich wieder. In dieser Welt lesbisch zu sein, strapaziert die Nerven ungemein. Ich wünschte, es gäbe ein universelles Zeichen, an dem man queere Personen erkennt. Am besten dick und fett auf der Stirn, damit naive Frauen wie ich auch mitbekommen, wenn jemand flirtet.

Leo mustert mich intensiv, und ich merke, wie ich von Sekunde zu Sekunde mehr verkrampfe. »Was ist gerade eben passiert?«

»Was meinst du?« Ich schiebe mir schnell einen Löffel meiner Kaspressknödelsuppe in den Mund.

»Na, da hat sich gerade ein Schalter umgelegt. Ich hab die Veränderung genau in deinen Augen gesehen. Gerade eben warst du noch entspannt, jetzt ist irgendwas anders.«

Statt zu antworten, nehme ich einen weiteren Löffel und verbrenne mir leicht die Zunge.

»Liegt es an mir? Gebe ich dir ein schlechtes Gefühl?«

Ich verschlucke mich und huste laut. Tränen schießen mir in die Augen.

»Nein, quatsch«, presse ich zwischen verzweifeltem Räuspern hervor. »Du machst deinen Job super!«

Leo sagt nichts und erwartet offenbar, dass ich weiterrede. Ich nehme einen hastigen Schluck von meinem Almdudler. Als ich mich endlich beruhigt habe, entscheide ich mich für ein Ablenkungsmanöver. »Wohnst du eigentlich das ganze Jahr über in Österreich, oder wie funktioniert das, wenn du keinen Unterricht geben kannst?«

»Ich bin eigentlich Physiotherapeutin. Nach der Skisaison geht es zurück zu meiner Familie nach Köln. Das ist mein zweites Jahr hier, und ich hoffe, nächstes Jahr auch wiederkommen zu können.«

Zu ihrer Familie. Die Worte klingen nach, und ehe ich mich aufhalten kann, frage ich: »Du hast eine Familie?«

»Haben doch die meisten Leute, oder? Meine Eltern halt.«

»Oh.« Peinlich berührt widme ich mich wieder meiner Suppe.

»Und du kommst aus Düsseldorf? Du weißt schon, dass wir jetzt Feindinnen sein müssen, oder?«

»Ach, so ein Quatsch. Ich liebe Köln! Ihr habt einfach die besten queeren Bars.« Die Worte sind über meine Lippen, ehe ich sie aufhalten kann. Den ganzen Tag in Leos Gegenwart zu sein, strapaziert meine Aufmerksamkeit, und es fällt mir immer schwerer, meine Schutzmauer aufrecht zu halten.

»Stimmt, die fehlen hier.« Leos Blick fängt meinen. Ich lasse den Löffel sinken und drehe mich ein Stück weiter zu ihr. Ihre langen geflochtenen Haare sind vollkommen vom Wind zerzaust, Wangen und Lippen gerötet. Eine

Strähne hängt in ihrem Gesicht, und es kostet mich das letzte bisschen Selbstbeherrschung, sie nicht hinter ihr Ohr zu streichen.

»Du gehst auf der Schaafenstraße feiern?«, frage ich schließlich.

»Ja, manchmal. Oder auf der Friesenstraße. Aber nicht mehr so oft wie früher. Das passt einfach nicht so gut in mein Sportprogramm.«

Mein Blick wandert über Leos Aufmachung, und ich hoffe, dass sie es nicht allzu sehr wahrnimmt. Mit der Mütze auf dem Kopf und der eher locker geschnitten Skikleidung sieht sie schon queer aus, allerdings trifft das in meinen Augen auf achtzig Prozent aller Snowboarderinnen zu, und ich bin mir sicher, dass die Rate in der Realität nicht so hoch ausfällt. Außerdem sieht man Menschen ihre Sexualität nicht unbedingt an. Ich bin meistens die Letzte, von der Leute denken, dass sie lesbisch ist. Mit meinen superlangen braunen Haaren und den Business Casual Outfits, in denen ich die meiste Zeit stecke, sehe ich aus wie Hetero-Hannah. Aber der Look gefällt mir. Zumindest an mir selbst.

»Frag doch einfach«, reißt mich Leo aus meinen Gedanken.

»Frag doch was?« Meine Suppe ist leer. Ich wünschte, ich hätte mehr Suppe, an der ich mich verschlucken könnte.

»Na, frag doch einfach, ob ich auf Frauen stehe.« Leo streicht sich endlich die lockere Strähne hinters Ohr und schenkt mir ein süffisantes Lächeln.

»Das wäre ziemlich unangebracht.« Ich schlucke. Meine Kehle ist unangenehm trocken.

»Unangebrachter, als mich von oben bis unten zu mustern?« Sie hebt die Augenbrauen.

Ich spüre, wie sich die Hitze in meinen Wangen sammelt. Reiß dich zusammen, Natalie. Du hältst regelmäßig Vorträge vor Dutzenden Personen und bist eine gefragte Expertin in deiner Branche. Es kann nicht sein, dass dir so ein Thema die Sprache verschlägt. Du bist nicht mehr in der siebten Klasse, und Queersein ist nun wirklich kein Thema, was Scham bedarf.

»Bist du homosexuell?« Ich zwinge mich zu einem Lächeln, will aber innerlich weinen. Warum hab ich nicht einfach gefragt, ob sie auf Frauen steht? Bei dieser Wortwahl hätte ich sie genauso gut fragen können, ob sie sich schon um ihre Altersvorsorge gekümmert hat oder was ihre Meinung zum aktuellen politischen Geschehen ist.

Leo antwortet nicht direkt. In ihren Augen blitzt etwas auf, und ich glaube, sie ist amüsiert. Sie scheint jede Sekunde auszukosten, in der sie ihre Antwort hinauszögert.

»Ja.« Sie nippt an ihrer Apfelschorle. »Unter anderem. Und du?«

»Ja.« Ich räuspere mich. »Ausschließlich tatsächlich.«

»Damit hätte ich ja gar nicht gerechnet.« Sarkasmus schwingt in ihrer Stimme mit, und sie zwinkert mir zu. Welcher Mensch hat das Ego, unironisch zu zwinkern? Ich atme laut aus und vergrabe mein Gesicht in den Händen. Es ist lange her, dass mich jemand so sehr aus dem Konzept gebracht hat.

»Es tut mir leid. Ich benehme mich wie der größte Vollpfosten. Normalerweise bin ich so nicht.«

»Ist schon okay.« Ich spüre eine warme Hand auf meiner Schulter. »Ich finde es irgendwie süß. Aber vielleicht verlegen wir das Flirten auf nach dem Unterricht. Sonst lernst du heute nichts mehr.«

Ich lasse die Hände sinken und nicke, ohne Leo anzusehen. Könnten meine Kollegen mich gerade so klein und schüchtern sehen, würden sie vom Glauben abfallen.

Zurück auf der Piste setzen wir uns auf den Boden, und ich schnalle mein Snowboard an. Leo erklärt mir erneut, wie ich mein Gewicht verlagern muss, und ich beobachte, wie ihre Hände elegant durch den Schnee gleiten, während ihre Finger den Weg des Snowboards imitieren. In meinem Hinterkopf spielt sich unser Gespräch aus der Alm in Dauerschleife ab.

»Ich bin nicht gut darin, Dinge locker zu nehmen«, gebe ich zu, während ich versuche, mich aufzurichten.

»Dafür bin ich da.« Sie hält mir ihre behandschuhten Hände hin, und ich ergreife sie. Ein Teil von mir wünscht sich, da wäre keine Schicht Stoff zwischen unserer Haut, der andere Teil schämt sich. Wer weiß, wie oft sie ungebeten von Klienten angemacht wird. Meine Beine zittern vor Anstrengung, meine Finger vor Aufregung. Ich fühle mich wie ein Teenager.

»Versuche mal nicht ständig auf den Boden zu gucken. Dir kann gar nichts passieren. Ich hab dich ganz fest.« Sie drückt meine Hände und fängt an, sich langsam nach rechts durch den Schnee zu bewegen, wodurch sich mein Snowboard automatisch mitbewegt. Ich soll nicht auf den Boden schauen? Wohin soll ich denn sonst sehen? Panik liegt wie ein Zentner Backsteine in meiner Magengrube, und ich habe Angst, mich gleich wieder auf die Nase zu legen. Es sind die Front Turns, die mir schwerfallen.

Nervös löse ich meinen Blick vom Boden und bleibe an Leos Gesicht hängen. Sie lächelt mich aufmunternd an, und dann, ganz plötzlich, bewegen wir uns nur noch in Zeitlupe, als hätte jemand die Wiedergabegeschwindigkeit runtergeschraubt. Die Hintergrundgeräusche anderer Wintersportler rücken in den Hintergrund, und mir fällt zum ersten Mal eine winzige Zahnlücke zwischen ihren Schneidezähnen auf. Unweigerlich verzieht sich mein Mund auch zu einem Lächeln, und ich bin mir nicht sicher, wer von uns beiden darüber überraschter ist. Leichte Lachfältchen bilden sich um ihre Augen, die trotz ihrer blauen Farbe erstaunlich viel Wärme ausstrahlen. Ich entdecke kleine karamellbraune Sprenkel neben ihren Iriden und frage mich, ob ich so etwas jemals zuvor gesehen habe.

Während ich mich in Leos Augen verliere, bemerke ich kaum, wie wir immer schneller werden. Mit ihr zusammen fühlt sich snowboarden gar nicht mehr so beängstigend an. Leo lacht mich an, ihr Atem geht vor Anstrengung schneller, und die Backsteine in meinem Bauch lösen sich allmählich in Luft auf. Stattdessen schwillt in meiner Brust ein merkwürdiges Gefühl an, das ich nicht konkret benennen kann. Ich habe es lange nicht mehr gefühlt.

Es erinnert mich an meine Kindheit. Daran, wie ich barfuß im Sommergewitter die Straße runtergelaufen bin, daran, wie ich das erste Mal vom Fünfer im Freibad gesprungen bin oder, daran, wie frei ich mich gefühlt habe, als ich das erste Mal ohne Stützräder Fahrrad gefahren bin.

Als Leo meine Hände schließlich loslässt und ich ohne sie durch den weißen Pulverschnee fahre, bricht das Gefühl aus meiner Brust aus. Der Fahrtwind weht um meine Nase. Ich strecke die Arme aus und erinnere mich an Leos Ratschläge und gehe tiefer in die Knie. Dann richte ich mich leicht auf, verlagere mein Gewicht minimal nach vorne und schaffe den Turn, ohne zu fallen. Verschneite Tannen ziehen an mir vorbei, der Schnee glitzert im Sonnenlicht, und plötzlich weiß ich, was das Gefühl ist, das mich so überwältigt. Es ist Freiheit. Ich habe den goldenen Käfig, den ich mir selbst gebaut habe, verlassen. Ich strecke die Arme aus, und ein kleiner Jubelschrei kommt über meine Lippen.

Unterwegs überholt mich ein Kind mit Fellohren am Helm, aber es macht mir nichts aus. Ich muss nicht die Schnellste auf der Piste sein. Hauptsache, ich falle endlich nicht mehr ständig hin, und endlich ist diese Angst weg, die mich sonst vor jedem Wenden des Boards gepackt hat. Es war wie eine selbsterfüllende Prophezeiung: Ich bin so oft auf den Hintern gefallen, dass ich davon ausgegangen war, es sowieso nicht zu schaffen. Diese Blockade ist gelöst.

Einige Dutzend Meter vor dem Sessellift wird der Weg so flach, dass ich immer langsamer werde.

»Woohoo, du hast es geschafft!« Leo bremst kurz vor mir ab und hält ihre Hand zu einem High Five hoch. Ich will einschlagen, bin durch mein langsames Tempo jedoch so aus dem Gleichgewicht, dass ich beinahe doch wieder hinfalle.

»Vorsicht!« Meine Lehrerin ergreift meine Hand, statt einzuschlagen, um mich vor dem Sturz zu bewahren. »Das war richtig gut! Ich glaube, jetzt hast du es verstanden.«

Ich erwidere Leos Lächeln und bin das erste Mal heute nicht peinlich berührt, sondern angenehm unter Strom. Auf diese Art, die einem das Gefühl gibt, dass alles möglich sei.

»Ich wollte nur sichergehen, dass ich dir als deine Lieblingsschülerin in Erinnerung bleibe.«

»Oh, das wirst du.« Sie piekst mir mit der freien Hand in den Bauch. »Zumindest als meine Lieblingsschülerin des heutigen Tages.«

Als ich abends im Bett liege, sind meine Muskeln schwer und mein Herz leicht. Noch zwei weitere Tage Unterricht mit Leo liegen vor mir. Ich tippe den Instagramnamen ein, den sie mir heute Nachmittag zum Abschied (wohlgemerkt ohne mein Nachfragen) genannt hatte, und adde sie.

Sie lächelt mich mit ihrer Mini-Zahnlücke von ihrem Profilbild aus an, und ich verspreche mir selbst, sie im Anschluss zum Kurs nach einem Date zu fragen. Vielleicht ist eine snowboardfahrende Kölnerin genau das, was in meinem Leben noch fehlt.

17

MAIKE VOSS

Until Forever

Maike Voß hat es mit ihrem Fantasy-Debüt SIRENS – *Das Glühen der Magie* auf Anhieb auf die Bestsellerliste geschafft. Sie liebt prickelnde Liebesgeschichten mit Humor und Spannung, die ihre Bücher zu wahren Pageturnern machen. Wenn sie nicht schreibt, ist sie am liebsten in ihrer Lieblingsstadt London oder im Stadion. Als gebürtige Hamburgerin besitzt sie natürlich eine Dauerkarte des SV Werder Bremen.

a thousand years — christina perri

Die meisten Menschen fürchten sich vor der Dunkelheit. Für mich ist sie wie geschaffen. Wenn der Tag sich gen Abend neigt und endlich die Nacht hereinbricht, fühle ich mich so lebendig, als würde mein Herz noch immer schlagen, auch wenn das längst nicht mehr der Fall ist.

Das Blut in meinen Adern ist verbrannt, meine Haut so kalt und weiß wie der Schnee, der sich auf die Zinnen des Schlosses gelegt und die Berge rundherum unter sich begraben hat.

»Gefällt dir die Aussicht?«, fragt Bryce und schlingt von hinten die Arme um mich. Mit einem seiner filigranen Finger wickelt er eine meiner dunkelroten Strähnen auf.

»Sie ist wunderschön«, erwidere ich.

»So wie du«, sagt er und streift mit den Lippen meinen Nacken.

Ich drehe mich halb zu ihm um und küsse ihn richtig. Dankbar und glücklich, denn er hat mich zu dem gemacht, was ich bin: ein Vampir. Ich erinnere mich noch an unsere erste Begegnung, als wäre sie gestern gewesen. Dabei liegt sie inzwischen zwei Jahre zurück …

Nachdem Mum bei meiner Geburt starb und Dad sich zu Tode soff, landete ich im zarten Alter von drei Jahren im

Waisenhaus. Ich war ein aufgewecktes Kind, aber weder meine Art noch mein Aussehen sorgte dafür, dass jemand mich adoptieren wollte. Die Jahre zogen ins Land, ich wurde älter und sah alle um mich herum kommen und gehen. Nur ich blieb.

Es waren noch drei Monate bis zu meinem achtzehnten Geburtstag, als ich mich, wie so oft, aus meinem Zimmer stahl und in den angrenzenden Wald lief. Es war dunkel, Äste knackten, und Nebel stieg aus der nassen Erde, was jeden vernünftigen Menschen dazu veranlasst hätte, sofort umzukehren. Aber nicht mich. Draußen im Wald fühlte ich mich freier als irgendwo sonst. Willkommen geheißen von den Schattenmonstern, die andere in die Flucht geschlagen hätten, mir jedoch eine Ruhe schenkten, die ich tagsüber vergeblich in mir suchte. Gleich und gleich. Wie Freunde. Eigentlich kannte ich den Wald wie meine Westentasche, so oft war ich die versteckten Wege entlanggelaufen, doch an diesem Abend wagte ich mich weiter vor als sonst. Und als es anfing zu schneien, verlief ich mich. Je länger ich umherirrte, desto kälter wurde mir, und als ich mich kurz hinsetzte, nur um kurz auszuruhen, schlief ich ein.

Stunden später wachte ich auf und saß nicht mehr auf dem Stein, auf dem ich mich niedergelassen hatte. Aber ich war auch nicht tot. Jemand trug mich. So wie Prince Charming seine Prinzessin. Ich blickte hoch und sah in ein fremdes Gesicht, das so schön war, dass mir der Atem stockte.

Er war etwas älter als ich, vielleicht Anfang zwanzig. Das bisschen Mondlicht, das durch die Äste drang, verfing sich in seinem weißblonden Haar und fiel auf seine gerade Nase, die scharfen Wangenknochen und die vollen Lippen. Als hätte er meinen Blick auf sich gespürt, senkte er den Kopf und sah mich mit Augen wie flüssiges Silber an.

»Du bist wach«, stellte er fest, ohne stehen zu bleiben.

»Wer b-bist du?«, fragte ich, zitternd vor Kälte.

»Ich heiße Bryce.« Er lächelte. »Und du?«

»Celeste.«

»Was hast du hier draußen gemacht, Celeste?«

»Ich w-war spazieren.«

»Nachts allein im Wald? Das ist gefährlich.«

»Wieso bist d-du dann im Wald?«

»Ich war auf der Jagd.«

Ich riss die Augen auf. Er schmunzelte.

»Du wirst dich morgen früh nicht mehr an mich erinnern, deshalb sage ich dir die Wahrheit: Ich bin ein Vampir. Und Vampire müssen von Zeit zu Zeit jagen, weißt du?«

Sein Lächeln wurde breiter und entblößte zwei spitze Eckzähne. Mein Herz schlug schneller.

»Und ich bin deine Beute?«, fragte ich.

»Keinesfalls. Bei einem toten Hirsch werden weit weniger Fragen gestellt als bei der Leiche eines hübschen Mädchens. Du stehst also nicht auf meinem Speiseplan.«

Das klang … irgendwie beruhigend.

»Wo wohnst du?«, fragte er, nachdem wir eine Weile geschwiegen hatten.

»Parapark Care Center, das Waisenhaus.«

Er nickte. »Dachte ich mir, wir sind gleich da. Tust du mir einen Gefallen, Celeste?«

»Okay?«

»Schlaf wieder ein. Und träum was Schönes.«

Am nächsten Morgen war ich überzeugt davon, dass es bloß ein Traum gewesen war. Ich hatte meinen Pyjama an, meine Schuhe waren sauber, ebenso wie mein Haar. Keine Spur von Blättern, Schmutz oder etwas anderem, das darauf hinwies, dass ich nach draußen gegangen war. Doch der Traum ließ mich nicht los. Es fühlte sich zu real an. Vielleicht bin ich deshalb in der kommenden Nacht wieder in den Wald gegangen, und in den Nächten darauf auch. Als würden die Schatten mir flüstern, dass es kein Traum gewesen war. Die Vorstellung war zu verlockend, ihn wiederzusehen.

Nach zwei Wochen traf ich Bryce wieder.

»Habe ich dir nicht gesagt, dass es hier gefährlich ist?«

Die Stimme kam aus einem der Baumkronen. Ich legte den Kopf in den Nacken und entdeckte ihn in einer Astgabel.

»Hast du nicht gesagt, ich würde mich nicht erinnern?«, rief ich zu ihm hoch.

Irritiert verzog er das mondbeschienene Gesicht.

»Ich habe dich gesucht«, sagte ich.

»Ein vernünftiges Mädchen sollte keine Vampire suchen.«

»Ein vernünftiger Vampir sollte sich keinem Menschen offenbaren«, konterte ich. »Erzählst du Menschen oft, was du bist?«

»Nein, normalerweise kommen Menschen gar nicht erst hierher.«

»Ich schon, sogar oft. Und trotzdem hast du mich vorher nicht entdeckt.«

»Sagt wer?«

Er hob das Kinn, zog die Brauen hoch.

Ich wartete darauf, Angst zu haben, stattdessen lächelte ich bei dem Gedanken, dass er nicht erst seit der Nacht, in der es geschneit hatte, ein Auge auf mich hatte. Es widersprach jeder Logik. Ich hätte Angst haben müssen. Er war von überirdischer Schönheit und, wie er selbst sagte, gefährlich. Und doch war ich nichts anderes als fasziniert.

Wie Katz und Maus behielten wir uns im Auge. In dieser Nacht und in der darauffolgenden. Je öfter wir uns im Wald trafen, desto länger wurden unsere Gespräche, und der Ab-

stand zwischen uns schmolz dahin wie der Schnee, als der Winter verging und es Frühling wurde.

Er verriet mir, dass er mit anderen Vampiren zusammenlebte, doch allein jagte. Dass er dieses Waldstück gewählt hatte, weil so viele Tiere hier lebten, von denen er sich nährte. Er blieb immer vage, erzählte mir nicht, wo er sich tagsüber aufhielt oder wie viele Vampire seinem Clan angehörten. Nichts, was zu persönlich war. Aber etwas sagte mir, dass er einsam war, genau wie ich. Und dass er die Nächte ebenso sehr herbeisehnte, um wieder mit mir zu sprechen.

Klammheimlich wandelte sich meine Vorfreude in Herzklopfen. Bryce war gefährlich, sogar tödlich. Wenn er wollte, konnte er mein Leben binnen Sekundenbruchteilen beenden, und ich würde es nicht mal mitbekommen. Aber er tat es nicht. Auch wenn sein Blick jedes Mal hungriger wurde, wenn wir uns sahen. Ich erkannte es in seinen geweiteten Pupillen, darin, wie er seine Nasenflügel blähte und sich mit der Zunge über die spitzen Zähne fuhr.

»Willst du mal kosten?«, fragte ich eines Nachts.

»Du hast keine Ahnung, wie sehr, Celeste.«

»Wieso machst du es dann nicht?«

Schon oft hatte ich mich gefragt, wie es sich anfühlen würde und wieso er mich noch nie gebeten hatte, mich beißen zu dürfen.

»Von Menschen zu trinken, kann sehr intensiv werden.«

»Was heißt intensiv?«

Das Silber seiner Augen wirbelte.

»Du riechst köstlich, und du wirst noch besser schmecken. Ich könnte mich dem Rausch nicht entziehen, dich nicht nur auf diese Weise zu besitzen.«

»Du meinst …«

»Ja«, bestätigte er, als könnte er meine Gedanken lesen. »Dein Blut, deinen Körper. Alles.«

Ich schaffte es nicht, meinen Blick von ihm zu lösen, war zu sehr gefangen von der Vorstellung, die er in meinen Kopf gepflanzt hatte. Dann flüsterte ich: »Tu es.«

»Du weißt nicht, was du sagst.«

»Ich weiß sehr wohl, was ich sage. Genauso gut, wie ich weiß, was du bist.«

Er beäugte mich nachdenklich, kam näher und blieb direkt vor mir stehen. So nah, wie er mir seit unserer ersten Begegnung nicht mehr gewesen war, als er mich aus dem Wald getragen hatte. Er schloss die Augen, atmete meinen Duft ein und leckte sich abermals über die spitzen Reißzähne. Er hatte nie mehr wie das Monster ausgesehen. Doch mein Herz pulsierte nicht vor Angst – sondern vor Erwartung. Es war, als würden mir die Schatten, die mich schon immer in den Wald gerufen hatten, zuflüstern, dass ich mir keine Sorgen machen musste. Bryce beugte sich herunter und streifte mit den Lippen meine zarte Haut.

»Führe mich nicht in Versuchung«, raunte er, dann zog er sich zurück. Ehe ich etwas erwidern konnte, war er fort. Um mich zu schützen oder sich selbst, wusste ich nicht. Aber ich kam die nächste Nacht zurück an unseren Treffpunkt. Ebenso wie er.

»Du solltest nicht hier sein«, sagte er.

»Und trotzdem bist du gekommen, um nachzusehen.«

»Wo sollte ich sonst sein?«, fragte er. »Du bist wie das Mondlicht, Celeste. Du berührst mich, auch wenn ich es nicht will.«

Bryce' Blick verdunkelte sich. Seine Bewegungen waren langsam, als wollte er mir Gelegenheit geben, mich anders zu entscheiden, aber ich war sicher. Etwas in mir wusste, dass ich genau deshalb hier war. Weil dieser Mann, dieser Vampir, im Grunde seiner Seele genauso einsam war wie ich. Nur nicht dann, wenn wir zusammen waren.

Elektrische Impulse jagten über meine Haut, als er mir das Haar zurückstrich. Selbst in tiefster Nacht stachen seine Augen hervor, die mich musterten wie einen wertvollen Schatz. Entschlossen nahm ich mein Haar zusammen, legte es auf eine Seite und entblößte meinen Hals. Schloss die Augen.

Sein Biss schmerzte, als seine Fangzähne die Haut und Sehnen durchschlugen, doch das Gefühl wandelte sich, als er begann zu trinken. Es war, als würde ein Strom elektrischer Impulse durch meinen Körper jagen, der jedes andere Gefühl verdrängte. Alles, bis auf ihn. Bryce löste sich von mir, um sich seinen ersten Kuss zu stehlen und weitere, bevor er mich wieder biss. So sanft und zärtlich, dass ich keine Sorge hatte, ob es richtig war. Ich spürte es im Grunde meines Wesens. Die Grenze, die er zuvor aufgestellt hatte, war verwischt und schwand mit jedem weiteren Biss, mit jedem weiteren Kuss, mit jedem Kleidungsstück, das zu Boden fiel, bevor wir uns nicht nur im Rausch, sondern auch ineinander verloren.

Bei dieser einen Nacht blieb es nicht, und je öfter er von mir trank, desto mehr wusste ich, dass ich hierhergehörte. Die Dunkelheit hatte mich zu sich gerufen und füllte mich von Kopf bis Fuß. Füllte mein Herz, das sich Tag für Tag danach sehnte, dass die Nacht hereinbrach, damit ich ihn wiedersah.

»Verwandle mich«, bat ich ihn, zwei Wochen vor meinem achtzehnten Geburtstag.

Seine Finger, die über meine nackte Hüfte strichen, hielten inne, als er den Kopf hob.

»Das ist nicht so leicht«, flüsterte er. »Du würdest nie wieder die Sonne sehen. Du müsstest dich von Blut nähren und alles hinter dir lassen. Vielleicht könntest du erst nach Jahren wieder unter Menschen. Kein Fortschritt, keine Familie, keine Kinder. Du bleibst einfach stehen.«

»Wer sollte mich vermissen? Die Eltern, die ich nicht habe, und die Freunde, die es nicht gibt?«

»Du bist eine beeindruckende Frau, Celeste. Reicht nicht, was wir haben? Die Erinnerungen? Wenn ich tue, worum du mich bittest, gibst du alles auf, was du haben könntest. All die Möglichkeiten. Ich würde sie dir mit diesem einen letzten Biss rauben.«

»Ich weiß, was ich will«, bekräftigte ich und zeichnete die perfekten Konturen seines Gesichts nach. »Ich will mit dir zusammen sein.«

»Ich gehöre dir längst, dafür musst du dich nicht verwandeln.«

»Sagst du das, weil du es nicht willst?«

»Wenn es danach ginge«, flüsterte er, »würde ich keine Sekunde zögern, die Ewigkeit mit dir zu teilen, Celeste.«

Tage vergingen, in denen wir wieder und wieder darüber sprachen. Doch meine Entscheidung stand fest. Egal wie verrückt es klang oder wie schnell es ging und was sonst noch dagegensprach. Ich fühlte mich bei ihm zu Hause. Als hätte die Dunkelheit die ganze Zeit gewusst, dass ich für sie bestimmt war. Für Bryce.

Nichts war jemals so vollkommen und unwiderruflich richtig gewesen wie wir. Nichts so schicksalhaft und echt wie unsere erste Begegnung.

Schließlich tat Bryce es, saugte mich bis auf den letzten Tropfen aus und injizierte mir sein Gift, das mich zu einer von seinesgleichen machte. Fortan war ich seine Gefährtin und schloss mich seinem Clan an, der in einem Schloss in den Bergen hauste, verborgen von Felsen und fernab der Wanderwege. Ich bereute es nie. Ich liebte Bryce und mein neues Leben nach dem Tod …

»Ich hab was für dich, Liebste«, raunt er mir zu. »Dafür müssen wir uns allerdings anziehen.«

»Ich dachte, an meinem Verwandlungstag entscheide ich, was wir machen.«

Ich fahre über seine nackte Brust, beuge mich vor und knabbere an seinem Hals. Es ist nicht gesund, wie sehr ich ihn begehre. Vor allem, weil wir seit meiner Verwandlung keinen einzigen Tag getrennt waren. Zum einen, weil ich ihn so sehr liebe, zum anderen, weil er ständig ein Auge auf mich haben muss. Wenn ich nur den Hauch menschlichen Blutes rieche, ist das Monster in mir nur schwer zu bändigen. Ich kann nur erahnen, wie viel Kraft es Bryce kostete, mich zu ertragen, als ich noch ein Mensch war.

»Es lohnt sich, versprochen«, sagt er.

»So schnell verliere ich also meinen Reiz«, murmele ich und will an ihm vorbei zum Kleiderschrank.

Er greift nach meinem Handgelenk und zieht mich zurück. Meine Nippel streifen seine Brust, ich spüre seine Härte an meiner Mitte, und sein lodernder Blick aus silbernen Augen fängt meinen ein.

»Glaub niemals, dass du deinen Reiz verlierst, Celeste. Du bist mein Licht, mein Mondschein, mein Atem. Eine Stunde, mehr verlange ich nicht. Und wenn wir zurück sind, werde ich dich bis zum Morgengrauen so vergöttern, wie du es verdienst.«

»Klingt perfekt«, flüstere ich und küsse ihn.

Wir ziehen uns an und verlassen das Zimmer. Die meisten sind auf der Jagd. Nur unter wenigen Türen blitzt etwas Licht hervor. Zwar bräuchten wir keins, um klar zu sehen, dafür sind unsere Augen zu gut, aber es ist gemütlicher.

Auch wenn ich schlichte Jeans und Sweater trage, fühle ich mich neben Bryce wie eine Königin. Ich kann es kaum erwarten, mit ihm die Welt zu bereisen, sobald ich meinen Hunger kontrollieren kann. Nie war die Ewigkeit verlockender als an seiner Seite.

Wir steigen mehrere Treppen hinab und laufen einen Flur entlang, bis wir auf der Rückseite des Schlosses ins Freie treten. Dort folgen wir einem schmalen Pfad, der sich durch die dichten Wälder schlängelt. Nur der Schnee, der die Umgebung überzogen hat wie Puderzucker, zeigt mir, wie kalt es ist.

»Ich weiß, dass du niemals zugeben würdest, dass es dir fehlt, menschlich zu sein«, sagt Bryce.

»Es fehlt mir auch nicht.«

»Nicht mal ein kleines bisschen?« Fragend zieht er eine Braue hoch.

»Ich habe mich dafür entschieden und bereue es nicht.«

»Ich behaupte auch nicht, dass du etwas bereust, ich meinte, du vermisst es. Vor allem jetzt.«

»Wieso?«

»Es ist Heiligabend.«

Oh.

Kurz prickelt meine Haut, was nichts mit dem Wind zu tun hat. Ich habe es wirklich vergessen. Hier in den Bergen ist es immer dunkel und Zeit relativ. Ich habe schlicht nicht bemerkt, dass schon Weihnachten ist.

»Letztes Jahr sagtest du, dass du dich darauf freust, wenn du zum Fest wieder unter Menschen kannst.«

»Es macht mir nichts aus, noch etwas zu warten. Das Letzte, was ich will, ist, ein Blutbad anzurichten, nur weil ich die Lichter sehen will«, winke ich ab.

»Es ist okay, dass du es vermisst. Wir sind Vampire und keine seelenlosen Monster. Du bist bezaubernd und stark, Celeste, aber ich bin über zweihundert Jahre alt. Ich sehe, wenn jemand eine Maske trägt, und sei sie noch so makellos.«

Wir laufen den Weg leicht bergab. Ich bestreite nicht, was Bryce gesagt hat. Es stimmt. Ich liebe die Dunkelheit, sie war schon immer ein Teil von mir. Aber ich hätte gerne mehr Selbstbeherrschung. Ich hätte gerne mehr Kontrolle über meinen Durst. Ich will reisen, die Welt sehen, mit ihm zusammen, und dabei nicht ständig daran denken, womöglich Menschen umzubringen. Ich will zu Weihnachten durch eine Stadt voller Lichter gehen und es genießen, weil ich immer noch ich bin. Weil ich es immer geliebt habe. Weil die Dunkelheit nur existiert, wenn ein kleiner Funke in ihr wohnt.

»Nächstes Jahr schaffe ich es«, verspreche ich.

»Und wenn du nicht so lange warten müsstest?«

Bryce schiebt ein paar Zweige zur Seite, und wir stehen plötzlich am Abhang des Berges. Doch der Abgrund ist nicht das, was meinen Blick fesselt. Es ist das kleine Dorf, das genau im Tal unter uns liegt.

Mit meinen geschärften Sinnen höre ich das Kinderlachen, das Brutzeln der Würstchen auf den Grills, das Gluckern an den Glühweinständen. Glöckchen klingeln, die Melodie eines alten Weihnachtsklassikers schwebt zu uns rauf, ebenso wie der Duft nach Plätzchen und Schokolade, der den der Menschen überdeckt. Überall sind bunte Kugeln und Girlanden aufgehängt, ein Sternenmeer, das glitzert und funkelt, so weit mein Auge reicht.

»Ich möchte nicht, dass du auf irgendwas verzichtest«, sagt Bryce und zieht mich an sich. »Du verdienst die Welt, Celeste. Würde sich mein Herz noch regen, wäre jeder einzelne Schlag der deine.«

Meine Unterlippe zittert, und ich schaue zu ihm auf. Seine silbernen Augen sind ruhig, klar und ohne jede Maske.

»Wenn man so lange auf der Welt wandelt wie ich, fragt man sich irgendwann, warum. Eingefroren in diesem Körper, ohne Fortschritt. Man lebt nur noch vor sich hin.

Als ich dich im Wald fand, wollte ich mir für diese Nacht einen Sinn geben, aber du hast alles verändert. Ich habe es damals noch nicht gewusst, doch auf dich habe ich gewartet. Und ich hätte noch weitere tausend Jahre auf dich gewartet.«

Bryce umfasst mein Kinn und küsst mich. Ich sinke gegen seine Brust und weiß nicht, wann ich zuletzt so glücklich war. Erfüllt vom süßen Duft der Kekse, dem Klingen der Glöckchen, den sanften Klängen der Harfe, die ein neues Weihnachtslied anstimmt. Und von ihm.

»Danke, Bryce«, wispere ich an seinen Lippen. »Danke für dieses Leben.«

»Es wäre kein Leben ohne dich«, erwidert er und sieht mir tief in die Augen. »Du bist mein Licht in der Dunkelheit, Celeste, und das wirst du immer bleiben. Bis in alle Ewigkeit.«

18

VALENTINA FAST

Ein Date zu Weihnachten

Valentina Fast wurde 1989 geboren und lebt heute im schönen Münsterland. Hauptberuflich dreht sich bei ihr alles um Zahlen, weshalb sie sich in ihrer Freizeit zum Ausgleich dem Schreiben widmet. Ihre Leidenschaft dafür begann mit den Gruselgeschichten in einer Teenie-Zeitschrift und verrückten Ideen, die sich einnisteten und erst Ruhe gaben, wenn sie diese aufschrieb. Weihnachtsgeschichten waren schon immer ihre persönliche Leidenschaft, und mit dieser Anthologie erfüllt sie sich einen kleinen Traum.

»Ich werde später Daniel fragen, ob er mein Trainingspartner für das Charity-Skirennen sein will.« Lilians Worte dringen durch die laute Weihnachtsmusik zu mir herüber und halten mich augenblicklich davon ab, meinem besten Freund und Arbeitskollegen Sam weiter zuzuhören.

Er stoppt mitten in seiner Erzählung über die neuesten Gerüchte zwischen unserem Boss und seinem Sekretär und schaut mich fragend an. »Alles klar?«

Ich werfe einen Blick über meine Schulter, wo gerade Lilian und ein paar ihrer Kolleginnen aus dem Vertrieb vor dem Büfett stehen. Über ihnen sind bunte Lichterketten quer durch das Foyer unserer Firma gespannt, in dem die Weihnachtsfeier stattfindet. Etwas weiter rechts steht der DJ mit seinem Equipment, und direkt vor ihm ist eine große Tanzfläche, die von prall geschmückten Plastiktannen umschlossen wird.

Allein bei Lilians Anblick zieht sich alles in mir zusammen, wie viel zu oft in letzter Zeit. Sie trägt ein rotes Kleid, an ihren Ohren baumeln kleine Weihnachtsmänner, und sie lacht gerade, herzlich und offen. Alles an ihr strahlt, und etwas in meiner Brust wird eng. Sie ist erst seit einem halben Jahr in unserer Firma angestellt, und ich war vom ersten Moment an hin und weg von ihr. Wir flirteten heftig. Bis sie das Gerücht über mich hörte, ich sei ein Herzensbrecher und würde nur versuchen wollen, sie ins Bett zu bekommen. Von da an hörte sie mit dem Flirten auf, und ich habe das akzeptiert. Wir wurden gemeinsam einem Projekt zugewiesen und arbeiten jede Woche zusammen daran. Ich habe sie in den ersten zwei Wochen jeden Tag aus Spaß darum gebeten, mit mir auszugehen, einen Korb nach dem anderen kassiert und sie immer besser kennengelernt. Was zuvor nur Faszination gewesen ist, wurde mehr. Deshalb habe ich aufgehört, sie zu fragen. Ich konnte das einfach nicht mehr. Nicht mehr, seitdem jeder Korb anfing, sich bis in meine Eingeweide zu fressen. Nicht mehr, seit ich das Gefühl hatte, *mehr* zu wollen. Keine Ahnung, was dieses *Mehr* ist.

Sam schnalzt mit der Zunge und holt mich aus meiner Starrerei. Wie schon so oft. Ernsthaft, ohne ihn würde sie mich bestimmt schon für einen verrückten Stalker halten. »Was ist los?«

»Sie will Daniel bitten, ihr Trainingspartner für das Skirennen zu sein.« Ich spucke die Worte aus, trinke meine Flasche halb leer und wünsche mir, ich könnte diese bescheuerte Schwärmerei ertränken, die mich heimsucht, seit ich sie kennengelernt habe. Es ist lächerlich. Ich bin erwachsen und habe einen Crush auf meine Kollegin, die mich für einen Idioten hält. Ich will, dass es ein für alle Mal aufhört. Dieses Ziehen in meiner Brust, wenn ich sie sehe. Und diese ständigen Gedanken an sie.

Sam lacht und deutet mit dem Flaschenhals auf mich. »Glaub mir, sie und Daniel werden noch ein Paar.«

Würde es wohl negativ auffallen, wenn ich Sam auf einer Firmenfeier einen Kinnhaken verpasse?

Er grinst ein bisschen breiter und klopft mir auf die Schulter. »Ich sag es dir, du wirst noch auf ihrer Hochzeit landen, wenn du deinen Arsch nicht hochbekommst.«

»Ich habe es bereits versucht, und sie hat mich abgeschmettert. Sie hat kein Interesse.«

»Sie hat definitiv Interesse. Sie will nur nicht mit dir ausgehen, weil sie dich als verdammten Frauenheld sieht«, erwidert er. »Bis sie auftauchte, war selbst ich sicher, dass es keine Frau gibt, die länger als eine Nacht dein Interesse halten kann. Und jetzt schau dich an.« Demonstrativ deutet er an mir auf und ab. »Seit ein paar Monaten trocken und kurz vorm Durchdrehen.«

»Ich drehe nicht durch«, erwidere ich durch zusammengebissene Zähne und hasse, dass er recht hat.

Sams Augen weiten sich, als er an mir vorbeischaut. »Sieht so aus, als hätte Daniel bereits zugesagt.«

Fassungslosigkeit schießt wie Gift durch meine Venen, und ich fahre herum, nur um festzustellen, dass Sam mich reingelegt hat. Lilian steht noch immer vor dem Büfett und amüsiert sich, während ich mich wie ein Idiot verhalte. Sie bemerkt meinen Blick, und ihr Lachen verfliegt, bevor sie die Augenbrauen herausfordernd hebt. Statt sie wie üblich anzugrinsen und zu ihr hinüberzugehen, wende ich mich ab, weil plötzlich mein Herz ein bisschen schneller schlägt.

Ich. Muss. Sie. Aus. Meinem. Kopf. Bekommen.

»Ich sag dir was, ich habe den perfekten Plan, mit dem wir das hier ein für alle Mal beenden.«

»Sie mir aus dem Kopf vögeln hilft nicht«, erwidere ich, weil er mir das bereits einmal vorgeschlagen hat, ich die andere Frau jedoch nicht mal küssen konnte, ohne an Lilian zu denken. Unnötig zu erwähnen, dass ich an jenem Abend allein nach Hause ging.

»Lass mich das machen.«

Schnaubend setze ich das Bier an meine Lippen. »Und wie?«

»Ich habe den ultimativen Plan. Glaub mir, mit meiner Hilfe wird diese Trauershow noch heute ein Ende haben.

Hab nur ein bisschen Vertrauen.« Er streckt mir seine Hand entgegen und hebt zugleich herausfordernd die Augenbrauen. »Außer natürlich, du möchtest, dass sie und Daniel gemeinsam trainieren. Verschwitzt und vollgedröhnt mit Endorphinen. Du weißt genau, wie solche Dinge enden.« Er hat kaum zu Ende gesprochen, da schnappt seine Falle zu, und ich schlage ein. Offenbar bin ich verzweifelter als gedacht.

»Das werde ich noch bereuen«, murmle ich und schüttle den Kopf. »Ich hole mir noch ein Bier.« Sein Lachen begleitet mich, als ich mich quer über die gefüllte Tanzfläche kämpfe. Nebel wabert um meine Füße herum, weil der DJ offenbar in den 90ern hängen geblieben ist, und der Bass einer gemixten Version von einem alten Weihnachtsklassiker dröhnt so sehr, dass ich ihn in meinem ganzen Körper spüre.

Auf der anderen Seite der Tanzfläche werde ich an der Bar ausgespuckt, wo ich ein Bier bestelle. Bunte Lichterketten blinken über meinem Kopf, und eine mit Weihnachtsschmuck beladene Tanne steht direkt neben mir vor dem großen Fenster, das mit Kunstschneeflocken verziert ist. Von meinem Platz aus habe ich einen guten Blick auf den verschneiten Parkplatz. Es schneit weiterhin wie verrückt, was mich daran erinnert, dass ich morgen früh noch die Einfahrt zu dem Mehrfamilienhaus freischaufeln muss, in dem meine Wohnung liegt. Sonst kommt Mrs Simmons nicht aus dem Haus und verpasst wieder ihren Arzttermin.

»Hi Derek.« Kühle Finger streifen meinen Nacken, und plötzlich steht Aria aus der Buchhaltung neben mir, die Hand auf meinem Arm. Auch mit ihr bin ich privat befreundet. Dennoch sorgt ihre überraschend lange Berührung dafür, dass ich sie irritiert ansehe.

»Hi. Alles klar?«

»Natürlich, ich wollte mir nur was zu trinken holen.« Sie grinst mich an und beugt sich vor, um sich ebenfalls ein Bier zu bestellen. Dabei streift sie mit ihren Brüsten meinen Arm, was total seltsam ist und sich wie Absicht anfühlt, aber ganz sicher ein Versehen sein muss.

Als sie sich wieder zurücklehnt, hat sie bereits eine Bierflasche in der Hand und tätschelt erneut meinen Arm. »War schön, mit dir zu quatschen.« Sie geht und lässt mich mit tausend Fragezeichen im Kopf zurück.

Verwirrt schaue ich ihr hinterher und bemerke dabei Lilian, die mittlerweile auf der Tanzfläche ist und zu mir herüberschaut. Ihr Blick ist eine Mischung aus herausfordernd und eisig. Dann wendet sie sich ab.

»Fantastisch«, murmle ich, bevor ich in den angrenzenden Bereich unter den Treppen gehe, wo ein Billardtisch und ein Kicker aufgestellt wurden. Ein paar meiner Kollegen schauen den Spielenden zu, und ich geselle mich zu ihnen.

Kurz darauf taucht auch Sam auf und zieht natürlich sofort alle Aufmerksamkeit auf sich. Weil er das liebt. Weil er dafür lebt. Weil er einfach Sam ist. »Wusstet ihr eigentlich, dass es in unserer Stammbar ein Bild von Derek an der Wand gibt? Weil ihn bisher noch niemand beim Billard geschlagen hat.«

Ein Raunen geht durch unsere Kollegen, die mich neugierig mustern, während Sam mir auf die Schulter klopft. »Und glaubt ja nicht, dass er mich gewinnen lassen würde, nur weil wir Kumpels sind.«

Gelächter ertönt, und ich stimme mit ein. »Weil du grottenschlecht bist. Wenn ich dich schone, wirst du niemals besser.«

»Du bist ein wahrer Freund«, posaunt er, und wieder

folgen Lacher, während er sich einen Queue geben lässt und ihn mir in die Hand drückt. »Was meint ihr? Sollen wir mal schauen, ob es hier jemanden gibt, der ihn besiegen kann?«

»Hier«, ruft jemand. »Lilian will spielen.«

Alles in mir erstarrt zu Eis, während ich dabei zusehe, wie Aria Lilian nach vorne schiebt, die sichtlich keine Lust hat.

»Mach ihn fertig«, ruft jemand, worauf Lilian sich geschlagen gibt und den anderen Queue entgegennimmt.

Ihre grünen Augen begegnen meinen, und ich erstarre. Mein Hals wird trocken, mein Herz macht komische Hüpfer. »Mal sehen, wie gut du wirklich bist.«

»Vergiss nicht den Mistelzweig an der Lampe«, raunt Sam und holt mich aus meiner peinlichen Erstarrung.

Die Musik wird durch einen schnulzigen Weihnachtssong ersetzt, und ich unterdrücke ein Augenrollen, während ich zu Lilian an den Tisch trete. Sofort steigt mir ihr süßes Parfüm in die Nase und fährt mir direkt in den Magen, lässt mein Herz schneller pumpen und meine Hände klamm werden. In ihrem Parfüm müssen irgendwelche Stoffe drin sein, die Männer zu sabbernden Idioten machen. Anders kann ich mir meine heftige körperliche Reaktion nicht erklären.

»Kopf oder Zahl?« Lilian schaut mich unter ihren langen schwarzen Wimpern direkt an und lässt sich eine Münze geben. Es ist der erste Satz, den wir heute wechseln.

»Zahl.«

Mit Übung schnipst sie die Münze in die Luft, wo sie rotiert, bevor Lilian sie auffängt und auf ihren Handrücken legt. »Zahl beginnt.«

Ich nicke. *Reiß dich zusammen. Es ist nur ein verdammtes Spiel. Tu so, als würdest du gegen Sam spielen.*

Ich mache mir nicht vor, sie irgendwie beeindrucken zu können. Wenn ich etwas über sie gelernt habe, ist es, dass ich absolut keine Ahnung von ihr habe.

Also schiebe ich meine Nervosität zur Seite und mache den ersten Stoß. Die Kugeln verteilen sich, und ein Voller geht direkt rein, was bedeutet, dass sie die Halben anspielt.

Ich versenke nacheinander sechs Volle und werde die Nervosität langsam los, bis mein Blick Lilian auf der gegenüberliegenden Seite streift. Sie hat ihre glänzende Unterlippe eingesogen, während sie mein Spiel konzentriert beobachtet. Der Anblick lässt ein Kribbeln durch mich hindurchfahren, und ich vermassle den nächsten Stoß. Die Menschen um uns stöhnen auf.

»Komm schon«, ruft Sam entrüstet, als wäre mein Spiel eine Beleidigung. Ich will ihm den Mittelfinger zeigen, stattdessen sehe ich nur Lilian und trete vom Tisch zurück. Und dann macht Lilian mich fertig. Sie locht eine Kugel nach der anderen ein, bevor sie nicht weiterkommt und mir die nächste Runde überlassen muss.

Mir fehlt nur noch die schwarze Kugel. Genauso wie ihr.

Ich beuge mich vor, setze den Queue an die weiße Kugel und weiß, dass ich gewinnen kann. Es ist leicht. So verdammt leicht. Kurz überlege ich, sie gewinnen zu lassen, dann verwerfe ich den Gedanken. Ich setze an. Mein Blick wandert zu ihr, und ich bemerke, dass sie mich direkt ansieht. Unergründlich. Wunderschön. Mein Herz wummert, rast förmlich. Meine Hände schwitzen – und ich vermassle den verdammten Stoß!

Ihre Lippen verziehen sich, und kurz meine ich, Enttäuschung in ihren Augen zu sehen, bevor sie blinzelt und den Siegesstoß macht. Sie gewinnt, stellt den Queue weg und verschwindet wortlos in der Tanzmenge.

Fuck.

»Was war denn das für eine miese Show?« Sam tritt zu mir. »Hast du sie etwa gewinnen lassen?«

»Natürlich nicht«, erwidere ich genervt und gebe den Queue an jemand anderen weiter. »Hast du sie spielen gesehen?«

»Deshalb ja! Hör auf, es zu vermasseln. So wird das nichts.«

Mir entfährt ein Stöhnen, als mir plötzlich alles klar wird. Arias seltsames Verhalten. Das arrangierte Spiel. »Jetzt sag nicht, das war alles Teil deines grandiosen Plans.«

Sam grinst. »Das wird schon noch, versprochen.«

Bevor ich ihn aufhalten kann, ist er schon wieder abgehauen. Großartig.

Ich entdecke Aria am Büfett und steuere sie an. »Du hast dich also mit Sam verbündet?«

Sie lächelt, während sie sich am Büfett bedient und Häppchen auf ihren Teller legt. »Es ist ja kaum auszuhalten, wie sehr du sie anhimmelst.«

»Ich himmle sie nicht an.«

Sie hebt herausfordernd ihre Augenbrauen.

»Lass das.« Genervt nehme ich mir ebenfalls ein Häppchen.

»Ich finde es süß. Sie hat keine Ahnung, was für ein Glück sie hat, dass du sie willst.« Plötzlich schnieft sie und atmet zittrig ein.

Was geht denn jetzt ab? »Alles in Ordnung bei dir?«

Aria schluchzt völlig übertrieben. »Es ist nicht deine Schuld, dass du so absolut perfekt bist.« Und bevor ich etwas erwidern kann, stürmt sie davon.

»Was?« Verdattert schaue ich ihr hinterher und bemerke mit Entsetzen, dass Lilian in der Nähe steht und alles mitangehört hat.

»Was hast du mit ihr gemacht?«, fragt sie, genauso schockiert wie ich. Doch statt mich antworten zu lassen, folgt sie Aria, die schon in Richtung Flur gelaufen ist.

Scheiße, was passiert hier gerade? Will Aria mich etwa verarschen? Was auch immer das für ein beschissener Plan von Sam ist, er lässt mich wie den letzten Vollpfosten aussehen.

Kurz überlege ich, einfach abzuhauen. Aber das würde mich nur noch schlechter dastehen lassen. Also gebe ich mir einen Ruck und folge den beiden. Der Flur führt an einigen leeren Büros vorbei bis zu den Toiletten. Dort entdecke ich Lilian vor der geschlossenen Badezimmertür, während aus dem Inneren lautes Schluchzen dringt. »Er wird mich niemals lieben.«

Hölle, tu dich auf und verschling mich. Ich werde Aria umbringen. Und Sam direkt danach.

Lilians Augenbrauen springen hoch, und sie fixiert mich, während sie durch die Tür hindurch antwortet. »Du musst ihn nicht in Schutz nehmen, wenn er dich benutzt hat.«

Wow. Danke. Ein Tritt in die Eier wäre vermutlich weniger schmerzhaft.

»Er hat mich nie benutzt. Derek ist der einfühlsamste Mann, den ich kenne. Er kümmert sich rührend um seine alte Nachbarin, veranstaltet Überraschungspartys für seinen kleinen Bruder und soll auch noch fantastisch im Bett sein. Wie kann man sich da nicht in ihn verlieben?«

Ich. Bringe. Sie. Um.

Ich will etwas sagen, doch Lilian kommt mir zuvor. »Jeder Kerl, der dich zum Weinen bringt, ist ein Mistkerl.«

Schlagartig wird die Tür von innen aufgerissen. Aria stürmt heraus, und Lilian stolpert erschrocken zurück. »Meine Güte, willst du ihn als den Bösen sehen, oder hast du irgendwelche Probleme mit Männern?«

Ich kneife mir in die Nasenwurzel. Das läuft ja wunderbar.

Lilian verdrängt ihren Schock und starrt Aria verwirrt an. Die Aria, die kein bisschen so aussieht, als hätte sie bis vor zwei Sekunden noch geweint. »Was ist hier los?«

»Sorry, Derek.« Aria schnaubt. »Sams Plan ist Mist. Diese Frau will offenbar doch nichts von dir.« Sie tätschelt entschuldigend meine Schulter. »Sorry für die Show.«

Lilian schnappt nach Luft, die Wangen gerötet vor Zorn. »Das war alles nur Show?«

»Ja«, ruft Aria neben mir und wirft in schierer Verzweiflung ihre Arme in die Luft. »Weil er auf dich steht.« Sie lässt die Bombe platzen, und dann haut sie einfach ab.

Lilian stürmt auf mich zu und drückt ihren Zeigefinger in meine Brust. »Wer macht so was? Erst lässt du mich gewinnen, dann flirtest du mit ihr und lässt zu, dass sie dich anpreist wie ein Rennpferd.«

Ich trete von ihr weg, und so langsam werde ich wütend. »Ich habe sie um nichts davon gebeten.«

»Warum sollte sie das dann alles tun?«

»Weil sie Mitleid mit mir hat«, erwidere ich.

»Wieso sollte sie Mitleid haben?«, fragt Lilian, noch immer empört von diesem Theater.

»Weil ich dich mag«, stoße ich aus und fahre mir frustriert durch die Haare. »Weil ich so jämmerlich besessen von dir bin, dass meine Freunde offenbar Mitleid mit mir haben. Ich wollte dich endlich aus meinem Kopf bekommen. Dann kam Sam mit seinem Plan, und plötzlich macht Aria mit.«

Lilian starrt mich an, und all ihre Wut ist verraucht. »Du magst mich? Ich dachte, du willst nur mit mir schlafen.«

»Schön wär's«, erwidere ich aufgebracht. »Ich mag dich!

288

So sehr, dass ich auf keine Dates mehr gehen kann. So sehr, dass ich sogar ein Billardspiel versaue, nur wenn ich dich sehe. So sehr, dass ich dich endlich aus meinem Kopf bekommen wollte, weil es langsam echt peinlich wird. So sehr, dass …«

Lilian lässt mich nicht ausreden. Stattdessen packt sie mich am Kragen, zieht mich zu sich herunter und drückt ihre Lippen auf meine. Mein ganzer Körper wird von einem Blitz durchzuckt, und ich stöhne an ihren Lippen, umfasse ihren Körper und drücke sie gegen die Wand hinter ihr. Sie keucht, beugt sich mir entgegen, und ich fühle mich, als würde ein Feuerwerk in mir explodieren.

»Ja! Ich wusste, dass es klappt.« Sams Stimme reißt uns auseinander, und ich knurre wütend, bevor ich ihm einen finsteren Blick zuwerfe. »Du!«

Er grinst von einem Ohr zum anderen, sich keiner Schuld bewusst, während er uns beobachtet. »Ich weiß gar nicht, was du hast.«

Ich will auf ihn losgehen, doch Lilians Lachen lässt tausend Düsenjets durch meinen Körper rasen. »Ignorier ihn. Wie wäre es mit noch einer Runde Billard?«

»Wenn du mich so anschaust, werde ich definitiv verlieren«, gestehe ich mit rauer Stimme, worauf sie noch lauter lacht. »Perfekt, ich liebe es zu gewinnen.«

Sam streckt im Hintergrund die Faust in die Luft, während ich versuche, cool zu bleiben. »Gerne.«

»Okay, dann haben wir ein Date.« Sie lächelt, und mein Herz macht einen Satz. »Und wenn du dich gut machst, bräuchte ich noch einen Trainingspartner.«

Sam kommt zu uns und legt seinen Arm um meine Schulter. »Gönnst du mir eine Sekunde mit meinem besten Freund?«

»Natürlich. Ich sichere uns schon mal den Tisch.«

Sam wartet exakt, bis sie außer Hörweite ist. »Und? Was hab ich gesagt? Mein Vier-Punkte-Plan klappt immer.«

»Vier Punkte?« Ich kann es nicht fassen.

»Ja, Mann.« Er hebt vier Finger in die Luft. »Erstens: eifersüchtig machen. Zweitens: gemeinsame Hobbys hervorheben. Drittens: empathische Seite zeigen. Viertens: tiefgründige Gespräche.« Er wedelt mit seiner Hand. »Ihr wart das perfekte Versuchspaar. Ich werde ein Buch dazu schreiben und davon Millionär werden.«

»Du bist ein Idiot«, stoße ich lachend aus.

Er hebt die Fäuste. »Das wird ein Bestseller, glaub mir.«

»Jaja, alles klar.« Ich lache und gehe dann zu Lilian, die mit zwei Queues in der Hand wartet.

»Dann beweis mir mal, dass du wirklich gut bist.«

»Dieses Mal werde ich gewinnen«, erwidere ich rau und verdammt, ich stehe auf diese kleine Rivalität, die sie zwischen uns aufbaut. Sie lacht, macht selbstverständlich den ersten Stoß, und dann spielen wir, während ich die ganze Zeit versuche, nicht wie ein verdammter Trottel zu grinsen.

19

JULIA
NIEDERSTRASSER

*Christmas Makes
the Heart
Grow Fonder*

Julia Niederstraßer studiert im rauen, nasskalten Wind von Kiel Deutsch und Philosophie. 2018 veröffentlichte sie ihr Debüt, seitdem folgten weitere Romane. Außerdem ist sie seit 2021 Sensitivity Readerin im Bereich körperliche Behinderung. Wenn sie nicht gerade ihre Chihuahuas Potter und Dobby mit dem Rollstuhl herumfährt, geht sie gern zu Konzerten und kann nicht ohne Chips mit Dip.

Ich dachte nicht, dass ich Felix je wieder begegnen würde – stattdessen bekomme ich meinen Ex heute auf dem Silbertablett serviert. Als Pianist wohlgemerkt, der in der Adventszeit mit seinen hochgekrempelten Hemdsärmeln, für die ich schon immer eine Schwäche hatte, an einem Flügel Weihnachtslieder spielt. Sollte es Karma wirklich geben, muss ich in meinem vorherigen Leben ein Monster gewesen sein. *Reiß dich zusammen, Isa*, ermahne ich mich innerlich. *Ob er nun hier ist oder nicht, der Mann ist Geschichte. Ganz anders als dein Job.* Entschlossen ziehe ich das Ende meiner Flechtfrisur straff, rücke die schwarzen Ohrschützer zurecht, deren Reif mit goldenen Ornamenten bestickt ist, und vermeide mehr noch als sonst den Blick in die Abertausend lang gezogenen Eissplitter, die die Wände der Icebar zieren. An guten Tagen war in ihnen nicht nur ich zu sehen, sondern Felix. Er und ich zusammen – ein Bild, das es schon lange nicht mehr gibt. Trotzdem ist es da. In jedem Winkel des Ice Hotels meiner Eltern, in dem alles vom Boden bis zur Decke aus Schnee und Eis besteht, sogar die Bar, hinter der ich mich gerade befinde, spiegelt die Erinnerung an uns wider.

Ich seufze, mein Atem bildet einen Schwall Wölkchen; bei einer Raumtemperatur von minus fünf Grad nicht gerade verwunderlich. Während ich einen Schneeflocken-Eiswürfel aus der Silikonform presse, lasse ich die Blicke einer nicht weit von mir entfernten Gruppe an mir abprallen. Schließlich kenne ich diese Art der Musterung zur Genüge. Eine Frau im Rollstuhl als Barkeeperin – wie ungewöhnlich! Obwohl sie mich nicht kennen, wollen die meisten meine Geschichte wissen.

Ich könnte ihnen davon erzählen, erklären, was Spina bifida aperta ist und welche Auswirkungen dieser kleine fehlende Verschluss von Rückenmark und Wirbelbögen hat. Vielleicht würden sie den Begriff inkomplette Querschnittlähmung verstehen. Vielleicht bräuchten sie weitere Details, um nachvollziehen zu können, dass meine Nerven nicht vollständig durchtrennt sind. Dass ich die unbehagliche Kälte ihrer Blicke in meinen Zehenspitzen spüren kann. Ich könnte ihnen von den Urlauben mit meinen Eltern erzählen, die ich seit meiner Kindheit hier in Schweden gemacht habe, und dass wir letztendlich vor ein paar Jahren hierher nach Jukkasjärvi gezogen sind. Dass sie in ihrem Hotel die Bar so haben umbauen lassen, dass ich daran arbeiten kann. Ich könnte ihre Neugierde befriedigen. Ich könnte, werde es aber nicht, weil es niemanden etwas angeht. Mit gerecktem Kinn befördere ich den Eiswürfel in die zuletzt aufgegebene Bestellung vor mir auf der Arbeitsfläche und greife nach dem Glas. Routiniert bereite ich für einen Hotelgast einen Cocktail vor und stelle das fertige Getränk in eines der drei Bullaugen, die in die Frontseite der Bar gefräst sind.

Er bedankt sich, nimmt seine bereits im Vorfeld bezahlte Bestellung entgegen und dreht sich um. Verbissen starre ich ihm hinterher, verfolge jeden Schritt, den er an den belegten Stehtischen und dem meterhohen Weihnachtsbaum vorbei macht, bis er sich schließlich auf dem darauf ausgelegten Fell niederlässt. Spätestens jetzt müsste sich das altbekannte Gefühl von Zufriedenheit in mir einstellen. Aber es bleibt aus, genau wie die vier Mal zuvor an diesem Tag. Denn Felix kommt für eine Weile zurück, und ich bin nervös, was merkwürdig ist, weil ich eigentlich mit ihm abgeschlossen hatte. Trotzdem kreisen meine Gedanken seit zwei Wochen ständig um ihn. Um den Moment, in dem er vor mir steht. Er in Deutschland und ich in Schweden – vier Jahre lang schien eine Fernbeziehung die einzige Lösung für uns zu sein, und urplötzlich kann er länger als nur zu Besuch kommen. Warum? Ich umklammere kurz die Reifen meines Rollstuhls, anschließend fahre ich auf ihnen gedankenverloren mit meinen Fingern auf und ab; das Wildleder meiner Handschuhe dämpft den Druck meiner Berührung. Die goldene zierliche Schnalle, die den Stoff um mein Handgelenk enger schnürt, rutscht dabei leise klirrend über das Aluminium der Reifen. Plötzlich schwingt das Eingangstor auf, und eine Gestalt marschiert in meine Richtung.

Mir war nicht klar, dass meine Welt stillstehen und gleichzeitig explodieren kann.

Dass ich fliehen und gleichzeitig bleiben möchte.

Felix. Felix Behrendt. Ich halte die Luft an, während wir uns anstarren und er für den Bruchteil einer Sekunde unter dem Kronleuchter und Torbogen aus Eis verharrt, in den unzählige Schnörkel geschnitzt sind. Es ist absurd, wie gebannt ich von diesem Anblick bin. Dabei steht da bloß ein Mann in fucking funkelnder Umgebung. Gepresst atme ich aus. Felix sieht aus wie vor einem Jahr und gleichzeitig völlig anders. Sein Dreitagebart ist verwegener, und wenn mich nicht alles täuscht, ist sein Kreuz breiter. Statt der wuscheligen Mähne trägt er nun millimeterkurze Haare und Tunnel, obwohl er seine Ohren niemals durchlöchern wollte. Niemals. Geblieben ist seine Vorliebe für schwarze Winterjacken mit weißem Stehkragen. Was sich nicht verändert hat, sind seine Mundwinkel, diese eine Seite, die immer ein winziges bisschen hochgezogen ist, als würde er der Welt ständig ein kleines Lächeln schenken.

Wir sind Meter voneinander entfernt, viel zu nah, viel zu fern. Sonst liegen knapp dreitausend Kilometer zwischen uns, jetzt ist es eine Geschichte, unsere Geschichte; von Vertrauten zu Fremden. Ich schließe meine Lider, ganz kurz nur, um nicht in dem Wirrwarr in meiner Brust verloren zu gehen. Aber gegen den Schwindel kann ich nichts tun; gegen das leichte Schwanken vor meinen Augen, das bis tief unter meine Knochen dringt und ungewollte Gefühle an die Oberfläche holt. Freude und Glück, weil er hier ist. Freude und Glück, weil sich mein Herz noch viel zu genau daran erinnern kann, wie es mit ihm war; wie *wir* waren. Und dazwischen immer wieder Enttäuschung, weil er außer *Okay* nichts erwidert hatte, als ich unsere Beziehung beendete. Denn manchmal reicht Liebe nicht aus, und ich glaube, am Ende wurde jeder Kilometer, der uns voneinander ferngehalten hat, zu unserer ganz eigenen Distanz.

Er kommt auf mich zu, als er sich zu mir hinter die Bar gesellt, lege ich eine entspannte Miene auf, bin nicht gewillt, ihm irgendwas abseits meiner vorgetäuschten Lockerheit zu offenbaren. Genau wie er. Gewohnt lässiger Gang, gewohnt geschmeidige Haltung. Mir ist nach wie vor schwindlig.

Sein Blick trifft meinen, trifft mich. »Hey.«

»Hallo.«

Ich weiß nicht, ob es daran liegt, dass all der Schnee und das Eis des Hotels die meisten Töne schluckt und sie als Stille über den Ort legt, aber unsere Stimmen – Felix' und meine – sind ein Flüstern. Einen Augenblick verweilen wir in der Ruhe unseres Wiedersehens, das so gegensätzlich ist zu dem, was ich noch vor seinem Eintreffen gefühlt habe. Dann blitzt es in dem Braun seiner Augen auf, und er grinst.

»Isa. Schön dich zu sehen.«

»Schön?«

»Aber sicher doch.«

Ich schnaube, hoffe dadurch das Wirrwarr in meiner Brust und diese merkwürdige Art von Ruhe vertreiben zu können. Immerhin ist der Schwindel fort. »Müsstest du nicht bei meinen Eltern sein, damit sie dir alles zeigen?«

»Ich kenne doch alles.« Er zuckt mit den Schultern. »Abgesehen davon mussten sie los. Irgendein Sponsor hat sich heute Morgen spontan angekündigt.« Mein Nicken ist ihm Antwort genug. Uns ist beiden klar, dass sich das Hotel nicht nur durch die Urlaubenden finanziert. Gerade die jährlich wechselnden Skulpturen für die Zimmer und die dafür gebuchten Kunstschaffenden benötigen ein extra Budget. Felix' Grinsen wird noch breiter. »Und weil deine Eltern keine Zeit für mich haben, haben sie mich zu dir geschickt. Sie haben auf die Schnelle den Schlüssel für das Klavier nicht gefunden, deshalb sollst du mir bitte den Ersatzschlüssel aushändigen. Ansonsten kann ich nicht arbeiten, und die Besuchenden im Restaurant haben keine musikalische Begleitung.« Wenn möglich, ziehen sich seine Mundwinkel noch weiter nach oben, und ich kräusle meine Nase. Ihm gefällt die ganze Situation viel zu sehr, irgendwas stimmt da nicht.

»Was machst du hier, Felix?«

»Meinen Job.«

Stirnrunzelnd mustere ich ihn und hole nebenbei unter der Arbeitsfläche den Messingschlüssel hervor. »Den brauche ich gleich wieder. Sobald du das Klavier aufgeschlossen hast, bringst du ihn zurück.« Ich könnte meine

Eltern anrufen und sie fragen, ob er die Wahrheit sagt, denn irgendwas verschweigt er mir. So gut kenne ich ihn noch. Trotzdem lügt er nicht. So gut kenne ich ihn ebenfalls noch.

»Wird erledigt«, erwidert er und fischt aus seiner Jackentasche eine schwarze Mütze hervor, die er sich halb über die Ohren zieht. Das hat er schon früher gemacht. Und obwohl ich vor einer Ewigkeit mit ihm abgeschlossen habe, sticht es genau dort, wo unsere Geschichte noch immer einen Platz in mir hat.

»Hab vergessen, wie kalt es hier ist«, witzelt er, doch ich gehe nicht darauf ein. Stattdessen reiche ich ihm den Schlüssel. Unsere Finger berühren sich einen Wimpernschlag lang, und trotz meiner Handschuhe spüre ich den hauchzarten Druck, mit dem er mir den Schlüssel abnimmt. Das sollte ich auf keinen Fall spüren, zumindest nicht derart intensiv.

Ich räuspere mich. »Du hast zwanzig Minuten, danach schicke ich dir die Elche auf den Hals.«

Ein amüsiertes Zucken huscht über sein Gesicht. »Die gibt es noch?«

»Neunzehn Minuten.«

Lachend wendet er sich ab, und ich kann nichts dagegen tun, dass sich ein winziges Lächeln auf meine Lippen stiehlt.

***

»Den Schlüssel habe ich dir doch wiedergegeben, also kein Grund, die Elche auf mich zu hetzen.«

Ich verdrehe die Augen. Um zu wissen, wer hinter mir durch den Schnee auf mich zustapft und mir etwas zuruft, muss ich mich nicht umdrehen. »Irgendeinen Grund gibt es mit Sicherheit.« Belustigt tätschle ich weiter den Hals des majestätischen Tieres vor mir, das durch Felix' plötzliches Auftauchen leicht unruhig wird – kluger Elch! –, bis er zu mir aufschließt und ebenfalls über das dicke Fell streichelt. Obwohl es vor ein paar Minuten aufgehört hat zu schneien, thronen auf den Wimpern des Kolosses glitzernde Flocken. Nach meiner Schicht in der Icebar führte mich mein Weg geradewegs über den schneebedeckten Vorplatz des Hotels zum Zaun, an dem unsere Urlaubenden warten können, ob sich die Elche, die an Menschen gewöhnt sind, aus dem Wald heraustrauen und sich ein paar Zweige zum Fressen abholen.

»Ich bin kaum einen Tag hier, da kann ich dir noch nicht so viele Gründe geliefert haben«, widerspricht er. Ich zucke lediglich mit den Schultern, weil ich es nicht lassen kann, seinen Fingern mit den Augen zu folgen. Es mag ein Versehen sein, aber sie kommen meinen Millimeter für Millimeter näher, wecken in mir ein aufgeregtes Flattern. Hastig rücke ich von ihm ab. Unter meinen Reifen knirscht der Schnee, die auf Blades in Form von Mini-Snowboards befestigt sind, damit ich über den Schnee gleiten kann, anstatt in ihm stecken zu bleiben. Von dem Geräusch aufgeschreckt, verschwindet der Elch im Wald, zurück bleiben nur seine Spuren im Schnee und ein paar heruntergefallene Tannenzapfen.

Einen Moment schauen wir ihm nach, ehe ich Felix betrachte und den Kopf schief lege. Ich muss es einfach wissen. »Was machst du wirklich hier? Und jetzt sag nicht wie vorhin, deinen Job. Den könntest du überall machen, du bist einer der besten Pianisten. Warum Jukkasjärvi? Das wolltest du doch nie, du wolltest in Deutschland bleiben.«

»Die Dinge haben sich eben geändert.«

»Felix.«

Er sieht mich eindringlich an. Sein Gesicht ist von den Minusgraden gerötet. Die Kälte hat ihn vielleicht gezeichnet, aber das Braun seiner Augen ist unendlich warm, lodernd. »Ich habe einen Fehler gemacht, deshalb bin ich hier. Um ihn rückgängig zu machen. Und neu anzufangen.«

»Und das kannst du nur in Schweden?«

»Nur bei dir, ja.« Er rührt sich nicht, fixiert mich nur mit seinem Blick. »Ich will um dich kämpfen, Isa. Weil es ein Fehler war, dass wir uns getrennt haben. Dass wir mit der Zeit vergessen haben, miteinander zu reden, uns zu sagen, was wir wollen. Und dass ich dachte, ich könnte ohne dich.«

Stille. Außer dem sanften Rauschen des Windes ist nichts zu hören, als wäre es das Echo von Felix' Worten. Als wären es die Silben hinter seinem *Okay* bei unserem Abschied. Ich öffne den Mund, habe keinen Schimmer, was ich sagen will. Da lächelt er und vergräbt die Hände in den großen Taschen seiner Jacke.

»Glaub mir, ich werde um uns kämpfen.« Ein wilder Ausdruck legt sich auf seine Züge, um gleich darauf von Schatten durchzogen zu werden. »Es sei denn, du sagst mir, dass ich zu spät bin.«

Außen herrscht abermals Stille, in mir krachen die Buchstaben gegen mein Herz. Ja, du bist zu spät. Nein, du kommst genau richtig. Kaum merklich schüttle ich den Kopf. Ich mag mit Felix abgeschlossen haben, mein Herz sieht das jedoch etwas anders.

Ich schaffe es, ihn eine Woche lang zu meiden. Wann immer ich ihn sehe, schlage ich eine andere Richtung ein. Denn sollte Felix wirklich anfangen zu kämpfen … na ja, ich weiß nicht, wie ich reagieren würde. Schließlich hat es zwischen uns beiden schon mal nicht geklappt, warum sollte es jetzt anders sein? Es wäre nach wie vor eine Fernbeziehung. Ich beiße die Zähne aufeinander, steuere eine der im gesamten Restaurant versteckten Nischen an, die hinter von der Decke baumelnden Tannenzweigen mit Zuckerstangen zu finden sind, und inhaliere den Nadelduft. Meine Ellenbogen auf der Holzkiste mit darauf stehender Pyramide aus leuchtenden Weihnachtskugeln abstützend, lasse ich meinen Blick über die gedeckten Tische vor der Glasfassade schweifen, die die Aussicht auf das draußen herrschende Winterwunderland ermöglicht. Kurz lausche ich den in der Luft schwirrenden Gesprächsfetzen, um es noch eine Sekunde hinauszuzögern, zu dem Podest in der Mitte des Raumes zu schauen; der Grund, weshalb ich an meinem freien Abend hier bin. Anders als in weiten Teilen unseres Hotels besteht an diesem Ort nicht alles aus Eis und Schnee, da viele der Besuchenden beim Essen keine komplette Wintermontur tragen wollen. Stattdessen prasselt im Kamin ein Feuer, und Baumstämme mit eingearbeiteten Kuhlen zum Sitzen versprühen eine warme, behagliche Atmosphäre. Als die ersten hellen Klaviernoten erklingen, kann ich nichts mehr dagegen tun, zu dem weißen Flügel zu sehen, zu Felix, der – natürlich! – mit fucking hochgekrempelten Hemdsärmeln und entspannter Miene *Silent Night* spielt. Automatisch wandert meine Aufmerksamkeit zu den hervortretenden Muskelsträngen an seinen Unterarmen, und, oh ja, meine altbekannte Schwäche dafür ist noch immer da. Rasch sehe ich weg. Nach und nach verebbt das Stimmengewirr, Dutzende Köpfe sind in seine Richtung gedreht, während seine Finger über die Tasten gleiten und uns Töne schenken, als wären sie kleine Weihnachtswichtelpakete. Irgendwann wenden sich die Zuhörenden wieder ihrem Essen zu, ein Lied geht in das nächste über, und ich verliere mich in den Schneeflocken, die auf all das Weiß vor der Glasfassade hinabrieseln. Das ist Felix' Magie; wenn er spielt, komme ich zur Ruhe. Daran hat sich nichts geändert. Doch plötzlich zerrt etwas an mir, wie ein unsichtbarer Faden, der meinen Blick zurück zu Felix lenkt. Ein warmer Schauer fließt meine Wirbelsäule hinab. Felix sieht mich direkt an, weil er mich gefunden hat. In meiner Nische, die Meter von ihm entfernt liegt. Er stimmt die erste Note an, und mein Herz setzt zum nächsten Schlag an. Ich erkenne den Song sofort: *Driving Home for Christmas*. Alles in mir zieht sich zusammen. Das ist mein liebstes Weihnachtslied, und er weiß es. Er weiß es und fährt über die Tasten, als würde er sie nur für mich drücken. Für uns, denn sein auf mir haftender Blick spricht von einem *uns*. Ich schlucke, mein Puls dröhnt in den Ohren, ist fast lauter als die melancholischen Klänge. Überfordert greife ich nach der Weihnachtskugelpyramide, friemle daran herum, damit ich ihn nicht weiter betrachten muss. Verschwinden kann ich aber auch nicht.

Einige Lieder und einen Glühwein später sitze ich nach wie vor in der Nische und umfasse eine riesige Kakaotasse. Heißer Dampf steigt empor, trägt den Duft nach Schokolade mit sich. Im Restaurant ist kaum noch eine Menschenseele, nur Felix, der das Piano abschließt und immer wieder zu mir sieht. Ich weiß nicht, weshalb ich den Rückzug nicht antrete. Ich kann einfach nicht.

Auch nicht, als er auf mich zuschlendert, ohne zu zögern neben mir auf dem Holzblock Platz nimmt und mich von der Seite mustert. »Schön, dass du da bist.«

Ein Prickeln jagt durch meine Venen. Sein linkes Knie ist meinem unfassbar nah. »Ich bin mir nicht mal sicher, ob ich hier sein möchte.«

»Trotzdem bist du's.«

»Ja.« Ich runzle verwundert die Stirn, bevor ich tief einatme, mich so drehe, dass ich ihn genau anschaue und frage: »Wieso jetzt? Du bist doch nicht nach einem Jahr aufgewacht und dachtest dir urplötzlich, dass du mich vermisst.«

»Nein, natürlich nicht, aber ich brauchte eine Weile, um zu verstehen, was ich will.« Er zupft etwas nervös an dem Tunnel in seinem Ohrläppchen. »Ich will Klavier spielen, und ich möchte bei dir sein. Dafür muss ich nicht in Deutschland wohnen.«

»Du würdest hierher ziehen?«

»Ja.« Felix' Ausdruck wird ernst. »Denk einfach darüber nach, okay?«

»Mache ich.« Ein knisterndes Schweigen breitet sich zwischen uns aus. Mache ich. Mein Herz hat entschieden.

Weiß in weiß in weiß. Selbst der Himmel ist von so vielen Wolken überzogen, dass man meinen könnte, das Morgenblau wäre zugeschneit. Lächelnd fahre ich zu Felix' und meinem Schlittschuh-Date in Richtung Torne, dem zugefrorenen Fluss, aus dessen Wasser wir unser Hotel herstellen. Jeden Frühling, wenn das Eis schmilzt, fließen weite Teile unserer Zimmer zurück in den Fluss, ehe wir uns im Winter von dort neues Eis holen. Ein ewiger Kreislauf. Am Torne angekommen, stehe ich anders als sonst mit den Reifen nicht auf Blades, sondern mit dem gesamten Rollstuhl auf einer breiten Schiene und darunter befestigten Kufen, dank der ich über das Eis des Flusses schlittere. Meine Haut ist durch den Fahrtwind gespannt, trotzdem pulsiert und flattert alles in mir. Felix befindet sich hinter mir auf der Schiene, holt hin und wieder mit dem Bein Schwung und führt uns so von einer Pirouette in die nächste. Erst als wir beide außer Atem sind, stoppen wir. Als hätte jemand das Rauschen der letzten Minuten ausgeschaltet, dröhnen nun die weit entfernten Rufe der Elche in meinen Ohren.

»Ich bin mir nicht sicher, dass ich noch eine Runde schaffe. Wie sieht's bei dir aus?« Lachend wischt sich Felix über das rote Gesicht. Durch den Winkel, in dem er zur Sonne steht, die sich allmählich durch die Wolkendecke kämpft, wirkt das Braun seiner Augen flammend. Der Anblick ist nicht neu, in diesem Winkel habe ich ihn mit Sicherheit schon unendlich viele Male zuvor gesehen, trotzdem macht es was mit mir – das Flammende, Kämpferische, Ehrliche, was hinter seinem *Okay* von damals steckt. Ich hoffe, will, dass wir funktionieren. Und vielleicht ist es genau dieses Gefühl, weshalb ich da anfange, wo wir vor einem Jahr aufgehört haben. Kommunikation. Wenn wir wollen, dass es dieses Mal klappt, müssen wir sagen, was wir wollen.

Ich verwebe unsere Finger miteinander, ziehe ihn sanft auf meine Höhe. Er wirkt nicht überrascht, sondern wild entschlossen. Millimeter vor meinem Mund hält er inne. Sein warmer Atem streicht über meine Lippen, ist Verheißung und Sehnsucht. Verlangen. Eindringlich und mit einer Million hinabsegelnder Schneeflocken im Bauch wispere ich: »Küss mich, Felix.«

20

BASMA HALLAK

Food Wars

Second Meal for love

Basma Hallak wurde 1996 als Tochter palästinensischer Eltern in Berlin geboren, wo sie Bibliotheks- und Informationsmanagement studierte. Oft trifft man sie beim Stöbern in Buchhandlungen, Iced Coffee schlürfend an den beliebten Berliner Hotspots oder auf Instagram, wo sie als @basmasbooks über Bücher spricht. Bei Knaur erscheinen im Herbst und Winter 2024 *Between My Worlds* und *Between Your Memories*.

Zayn starrt dich an. Schon wieder«, brüllt mir Layla über den Lärm der Musikanlage ins Ohr. Ich sehe von dem Falafelsandwich, das ich gerade einrolle, auf, um meine kleine Schwester mit meinem Blick zu erdolchen.

»Gut.« Ich gehe nicht auf ihren neckenden Tonfall ein. »Er soll sich mein siegreiches Abbild genau einprägen, damit er davon zehren kann, wenn ich ihn dem Erdboden gleichmache.« Ich wickle die Bestellungen in Einschlagpapier und reiche sie den Kunden.

Während mein Vater neben mir bereits weitere Falafelbällchen mit einem Sieblöffel aus der Ölwanne fischt, stellt Mama Tomatenscheiben, Salatblätter und eingelegte Gurken bereit. Wie immer platzt der Wintermarkt am Alexanderplatz aus allen Nähten. Weihnachten ist erst ein paar Tage her, doch es liegt noch immer eine gewisse Festtagsstimmung in der Luft. Lange Reihen haben sich um die umstehenden Foodtrucks, Schmuck- und Geschenkstände gebildet. Als ich den Blick schweifen lasse, erschlagen mich beinahe die grell geschmückten Häuschen, während tausend Aromen die Luft schwängern. Doch mein Lieblingsstand ist und bleibt unserer – *Atifs Falafelland*, den wir seit fünf Jahren betreiben. Layla sieht mich mit zur Seite geneigtem Kopf an. »Wenn man dich so reden hört, könnte man meinen, er wäre nachts in dein Schloss eingebrochen und hätte deine komplette Familie abgestochen, und du müsstest den großen Wettbewerb gewinnen, um die Familienehre wiederherzustellen.«

Ich hebe beide Brauen, überrascht davon, wie gut sie die Situation zwischen mir und *ihm* zusammengefasst hat. Gut, alle leben noch, aber es gibt trotzdem einen Wettbewerb, bei dem ich ihn schlagen muss. Der Alex-Food-Wars-Wettbewerb, der jedes Jahr stattfindet.

»Es geht doch bloß um eine billige Krone und einen Plastikpokal, wen interessiert's?«, fragte Layla, während sie einen Schluck von ihrem Bubble Tea nimmt.

»Es geht nicht bloß darum.« Ich stelle mich auf die Zehenspitzen und versuche, die drei Preisrichter in der Menge auszumachen. Es sind immer die gleichen, die Superstars des Wintermarkts, doch stattdessen streift mein Blick ihn.

Zayn. Kunstvoll zerzauste braune Locken. Teddyhafte braune Augen. Lächerlich hohe Wangenknochen. Ach – wenn das mal das Einzige wäre, was lächerlich an ihm ist. Er ist lächerlich attraktiv, seine Stimme ist lächerlich tief, und er hat eine lächerlich einnehmende Art. Ich bin lächerlich doll in ihn verknallt. Ich meine war – ich war in ihn verknallt.

Wie zu erwarten, sieht er mich bereits an, also starre ich zurück und weigere mich, wegzusehen. Wir führen dieses Blickduell seit fünf Jahren. Sonst tauschen wir schüchterne Lächeln und Augengezwinkere aus – bis er letztes Jahr den ersten Schritt in meine Richtung gemacht hat. Sich direkt an unseren Stand gestellt, mich angelächelt und die Worte gesagt hat, die sich jedes Mädchen zu hören wünscht: »Seit vier Jahren überlege ich, wie ich dir das sagen soll, aber du bist krass schön. Gehst du … also, würdest du … also, wollen wir Riesenrad fahren?«

Und ich habe ihn einfach nur angestarrt, während mein

Herz viel zu schmerzhaft schnell gepocht hat. Alles um mich herum, vom Meckern meiner Schwester über ihre Zahnspange bis hin zum Gekreische der Leute auf der Achterbahn, verschmolz zu einer rauschenden Note im Hintergrund. Ich war so überrumpelt, bis oben hin gefüllt mit Emotionen, dass ich wie in Trance den Preisrichter anstarrte, der eine Sekunde später neben ihm stand. Baba und Mama überlassen uns jedes Jahr die Gespräche mit den Preisrichtern, weil sie sich für ihre schlechte Aussprache schämen. Egal wie oft ich ihnen versucht habe klarzumachen, dass sie stolz darauf sein können, neben Arabisch noch eine zweite Sprache zu sprechen, die Scham und die Demütigungen ihrer Vergangenheit saßen zu tief. Also habe ich nach dem höflichen, kurzen Small Talk, bei dem ich noch immer versuchte, nicht *ihn* anzustarren, nach dem perfekt zubereiteten Sandwich auf der Anrichte gegriffen und es dem Mann gereicht. Nur hat er nicht vor Entzücken gestöhnt – die normale Reaktion auf unsere Speisen –, sondern hat mit angeekelter Stirn nach einer Serviette verlangt. Als er den Bissen ausspuckte, wurde mir bewusst, was für einen fatalen Fehler ich gemacht hatte. Denn zwischen dem zerkauten Speichelmix erkannte ich noch etwas anderes, Funkelndes, Metallisches – einen Teil der Zahnspange meiner Schwester, der ihr gerade mit dem Biss in das Brot abgebrochen war. Und wenige Millimeter daneben lag das richtige Sandwich. Etwas, was ich hätte sehen müssen, wäre ich nicht so konzentriert darauf gewesen, ihn in meinen Gedanken in den passenden Hochzeitssmoking zu stecken. Doch als wir ohne weitere Diskussion disqualifiziert wurden, stand er längst wieder hinter seinem eigenen Stand und reichte dem Punktrichter seine Churros – ohne mich ein einziges Mal anzusehen.

Ich habe für den Rest des Jahres den Wintermarkt geschwänzt. Einerseits, weil ich mich geschämt habe. Andererseits, weil ich Angst hatte, spontan auszurasten und ihn für seinen manipulativen Plan mit einem Churro zu erschlagen. Denn das war es. Ein Plan, um mich abzulenken – und zu meinem Bedauern hat es funktioniert.

Jetzt grinst er wieder, und ich bekomme Herzklopfen und denke erneut an Mord. Dann erspähe ich die Preisrichter, die, wie die drei Volturi-Vampire aus *Twilight*, nicht durch die Menge laufen, sondern schweben. Normalerweise sind es immer die gleichen, aber es hat dieses Jahr anscheinend zum ersten Mal ein Austausch stattgefunden.

»Wir bekommen den *Neuen*, Mist«, flüstert Layla neben mir, aber ich zucke nur mit den Schultern. Es ist mir egal, wer uns bewertet – ich weiß, wie gut Babas Rezept ist – letztes Jahr schon. Der Neue ist ein schmächtiger Mann in seinen Sechzigern, mit fast weißem Haar, der entgegenkommenden Passanten zulächelt, doch je näher er unserem Stand kommt, desto angepisster sieht er aus. »Okay, wir dürfen uns keinen Fehler erlauben.« Ich drehe meinen Kopf und analysiere schnell die komplette Umgebung. Kein angebissenes Sandwich auf der Anrichte, keine schönen, teuflischen Männer in der Nähe. Perfekte Voraussetzungen.

»Gott, ich hoffe, wir gewinnen. Du bist seit einem Jahr unerträglich.« Layla klingt genervt, und ich hoffe, sie merkt mir nicht an, wie sehr mich ihre Worte treffen. Wir haben eigentlich ein gutes Verhältnis, und unter normalen Umständen würde ich sie in meine Siegesbesessenheit seit einem Jahr einweihen. Seit dem Moment vor ziemlich genau dreihundertfünfundsechzig Tagen, als ich ins Wohnzimmer kam, wo Baba stand und mit verträumtem Blick auf den Kaminsims starrte – dorthin, wo die Preise meiner Schwester, meiner Mutter und mir aufgereiht waren.

»Alles okay, Baba?«, habe ich gefragt, weil ich diese Ruhe von ihm nicht gewohnt war. Alles an meinem Baba war auf angenehme Art und Weise laut. Sein Lachen, seine Stimme, selbst die Art, wie er sich fortbewegte.

»*Ach, Amari*«, hat er bloß geseufzt. »Vielleicht haben wir das Glück, dass dort heute Abend auch ein Preis von mir neben euren steht.«

Mein Baba ist ein unfassbar bescheidener Mensch. Als Gastarbeiter herzukommen, lehrt einen auch nicht gerade, groß zu träumen. Für mich war der Stand auf dem Wintermarkt ein Zeitvertreib und an manchen Tagen lästige Arbeit – für Baba war es ein Lebenstraum. Dann habe ich alles vermasselt, und heute stehen immer noch nur drei Preise auf dem Sims.

»Tach«, sagt der neue Preisrichter jetzt bloß und mustert uns skeptisch aus kühlen blauen Augen. Nichts ist mehr übrig von dem lächelnden Mann. Ich versuche mich davon nicht einschüchtern zu lassen.

»Hallo, wie geht's Ihnen?« Layla gibt sich alle Mühe, ihr Sonnenschein-Selbst nach außen zu kehren, doch er verzieht keine Miene. »Ich habe nicht den ganzen Tag Zeit. Nehmt ihr am Wettbewerb teil oder nicht?« Wir haben nicht einmal die Zeit, perplex über sein Verhalten zu sein, da reicht ihm Layla bereits das Brot. Genervt faltet er das Papier vom Sandwich auseinander und beißt hinein, sodass die Soße aus allen Seiten quillt. Sofort beruhigt sich mein Herz, das sich aufgrund seines seltsamen Verhaltens in den letzten Minuten vor Nervosität zusammengezogen hat, denn ich kann sofort sehen, dass es ihm schmeckt. Seine aufgerissenen Augen, die Zunge, die mehrmals über seine Lippen schnellt, das zwanghafte Unterdrücken eines zufriedenen Seufzens. Skeptisch starrt er uns an, bevor er irgendwas auf den Zettel schreibt und sich, ohne ein weiteres Wort, umdreht.

Die nächsten Minuten stehen Baba, Mama, Layla und ich zusammen und beobachten, wie die Preisrichter von Stand zu Stand laufen. Waffeln, kandierte Äpfel, Langos, Bubble Teas, Champignons, Crêpes. Es ist eine unglaublich riesige Palette an Essen, die uns Konkurrenz machen könnte, aber ich bin siegessicher. Mit schwitzigen Händen stellen wir uns eine halbe Stunde später vor die niedrige Bühne für die Preisverleihung.

»Viel Glück, Dana.« Ich drehe meinen Kopf in Richtung der Stimme und erkenne ihn. Die Arme in müheloser Gelassenheit verschränkt, die dafür sorgen, dass ich ihm am liebsten das Gesicht zerkratzen will. Er soll nicht so gechillt sein, wenn ich ihm ewige Feindschaft geschworen habe.

»Erwartest du, dass ich dir jetzt auch Glück wünsche?«

»Ne, ich nehme aber triumphierend zur Kenntnis, dass du mir kein Unglück mehr wünschst.« Er grinst. Arschloch. Wunderschönes Arschloch. Er beugt sich ein wenig näher, und möglicherweise verliere ich kurz den Verstand, denn ich erwische mich dabei, wie ich mich zu ihm lehne und seine Wärme und seinen Geruch tief einatme.

Und verdammt, er riecht gut. Viel zu gut und wie eine verdammt schlechte Entscheidung.

»Und da meine Rückenschmerzen vor einigen Tage aufgehört haben, schätze ich, du hast die Voodoo-Puppe entsorgt.« Seine Stimme jagt mir eine Gänsehaut über den Körper, so sehr vibriert jede einzelne meiner Hautzellen. Die Hitze auf meinen Wangen fühlt sich so an, als könne sie demnächst als Verbrennung dritten Grades eingeordnet werden. Ich bemühe mich, seinen dunklen Augen nicht auszuweichen und mich nicht panisch nach Layla umzusehen, um mich auf sie zu stürzen. Sie ist der einzige Mensch, die von seiner Voodoo-Puppe – mit der ich höchstens zehn Mal gekuschelt habe – weiß. Was hat er ihr für diese Information angeboten? Eine Million Euro? Einen Hubschrauber? *Als ob.* Bei den Ansprüchen meiner Schwester hat er ihr wahrscheinlich nur eine extra große Portion seiner Churros versprochen. So viel kostet ihre Loyalität – gezuckerter Teig mit Zimt. Er lächelt mich groß und breit mit seinem hinreißenden (Alter, hör auf damit!), schiefen Mund an.

Hör auf, Herz. Hör auf, Herrzz.

Keine dreißig Sekunden später hört mein Herz tatsächlich auf zu schlagen, aber aus einem anderen Grund. Die Menge jubelt, und ich beobachte, wie Zayns Freunde ein bisschen verwirrt den Preis entgegennehmen. Der Preis, der meinem Vater zusteht … aber wir haben verloren.

Niemals. Das kann niemals sein.

»Das kann nicht deren Ernst sein.« Ich brauche einen Moment, um zu begreifen, dass ich nicht diejenige bin, die den Satz ausgesprochen hat, sondern Zayn. Warte – was meint er damit?

»Das ist nicht fair«, sage ich leise, aber er kann es hören. Meine Eltern neben mir tauschen einen kurzen enttäuschten Blick aus, bevor sie lächelnd applaudieren, aber ich denke gar nicht dran. Ich kann nicht ertragen, dass mein Baba ein ganzes Jahr lang wieder diesen leeren Kaminsims anstarren muss. Gerade, als ich mich in die Richtung der Punktrichter bewegen will, hält Zayn mich mit einem »Warte« am Arm zurück.

»Was?« Ich glaube, meine Augen speien Feuer.

»Ich komme mit.«

»Ich kann das auch allein.«

»Daran zweifel ich nicht, Schönheit. Ich habe auch mehr Angst um die Männer«, entgegnet er, aber in seinem ernsten Blick steht eine komplett andere Wahrheit. Er weiß, dass diese Entscheidung nicht gerechtfertigt ist. Er weiß, dass das Essen meines Babas das mit Abstand beste hier ist.

»Meinetwegen.« Ich gehe ohne Umwege auf die drei Preisrichter zu und ignoriere dabei die Rufe meines Vaters. Es ist ihm bestimmt unangenehm, dass ich ein Fass aufmache, aber er hatte sein ganzes Leben niemanden, der sich für ihn eingesetzt hat.

»Ich bin nicht einverstanden mit Ihrer Entscheidung.« Die drei halten inne und senken die dampfenden Tassen mit Glühwein, mit denen sie gerade anstoßen wollten.

Perplex sehen sie auf meine etwas zu selbstbewussten eins vierundfünfzig herunter, und zum ersten Mal verpufft meine Wut ein wenig.

»Wie bitte, junge Dame?« Fuck. Ich bin keine Sekunde später eingeschüchtert.

»Sie haben sie gehört. Jeder ist verwundert darüber, dass nicht *Atifs Falafelland* gewonnen hat. Können Sie uns das erklären?«

Ich atme mehrmals tief durch und werfe Zayn einen Seitenblick zu. Er hat sich breitbeinig aufgestellt, die Arme vor der Brust verschränkt. Und plötzlich kommt Leben in die Sache.

»Bei allem Respekt – wir haben bestimmte Kriterien, die –«

»Er hat während des Kostens fast geweint vor Entzücken und dabei Dinge auf den Zettel geschrieben. Wir wollen den Zettel sehen«, entgegnet Zayn ohne Umschweife und sieht demonstrativ den neuen Preisrichter an, der verstimmt das Gesicht verzieht. Die anderen tauschen währenddessen verwunderte Blicke darüber aus, dass sich gerade Zayn, der Gewinner, dafür einsetzt, unfair gewonnen zu haben. Genauso wie ich. Das ist doch das, was er die ganze Zeit wollte. Deshalb hat er mich letztes Jahr doch abgelenkt und so getan, als würde er mich mögen. Oder … etwa nicht?

»Nun, lieber Kollege, wenn sich das so gewünscht wird, könnten wir ja mal einen Blick auf Ihren Bogen werfen.« Die drei Klemmbretter liegen fein säuberlich auf dem Hochtisch, und ehe der neue Preisrichter den Mund zum Protestieren öffnen kann, blättert Zayn bereits in aller Seelenruhe die Zettel durch, bis er bei unserem ankommt. Als er den Blick auf das Geschreibsel richtet, runzelt er die Stirn.

»Was –« Meine Gedanken laufen ins Nichts, als ich erkenne, dass keine Worte auf dem Zettel stehen, sondern lediglich ein Strich quer über das Blatt geht. Mein Herz rutscht mir in die Hose. Ich kenne diesen Strich von unserem Zettel vom letzten Jahr. Er bedeutet nur eins: Disqualifiziert.

»Ich verstehe das nicht«, sage ich überrumpelt. In Zayns Augen schummelt sich ein Funken Mitleid, bevor er entschlossen den Kiefer anspannt.

»Was soll das? Wieso wurden sie disqualifiziert?«

»Wieso wird man wohl disqualifiziert?«, speit der Neue nun bissig. Sein Gesicht ist fleckig gefärbt, und mir schießen vor Wut Tränen in die Augen. Ich atme tief durch.

»Das Essen war vollkommen in Ordnung. Sie hatten keinen Grund, uns zu disqualifizieren.« Ich habe die Zubereitung mit der Konzentration eines Bombenentschärfungsteams verfolgt. Beide Preisrichter mustern den dritten, bevor dieser frustriert aufschreit: »Ich muss hier gar nichts erklären!«

»Dana, Baba sagt, dass du aufhören sollst. Das ist ihm peinlich«, sagt Layla und vermeidet es, die drei Männer direkt anzusehen. Jeder, der meinen Vater jemals in einem arabischen Supermarkt erlebt hat, weiß, wie gern er Dinge ausdiskutiert. Das Einzige, was ihn gerade davon abhält, ist seine Angst davor, weniger schlau rüberzukommen, weil er einen Akzent hat. Ich sehe unsicher in das Gesicht meiner kleinen Schwester, als sich eine große, warme Hand um meine schließt und zudrückt. Zayn lächelt mich entschlossen an. Er wird diese Sache mit mir durchziehen.

»Sag ihm, ich komme gleich«, antworte ich ihr deshalb nur und sehe dem Mann schließlich direkt in die Augen. Ich brauche einen Grund, wieso wir ausgeschlossen wurden, sonst kann ich heute Abend niemals einschlafen.

»Reicht es dir denn nicht, dass wir das ganze Ding dank euch Wintermarkt nennen?«, fragt er stattdessen abfällig, und ich bin zu perplex, um zu antworten. Was? »Zu meiner Zeit hieß das noch Weihnachtsmarkt. Ein guter alter christlicher Weihnachtsmarkt. Gute alte deutsche Kultur.« Verwirrung macht sich in den Mienen der Umstehenden breit, und ich ahne bereits, in welche ungemütliche Richtung das hier geht.

»Wisst ihr, wie ich das nenne? Islamisierung unseres Vaterlandes! Wenn wir für die alberne Integration sogar schon unseren Weihnachtsmarkt verlieren, dann will ich euch mit Sicherheit nicht dabei unterstützen, dass der Araberstand gewinnt.« Es fühlt sich an wie eine Ohrfeige. Sein Hass ist so unverhohlen, dass ich Angst habe, dass er explodieren könnte. Zayn sieht genauso perplex aus wie ich. Denn seine Eltern kommen aus dem gleichen Land wie meine, seine Haut ist so dunkel wie meine, seine Haare so lockig wie meine. Nur hatte sein Stand das Glück, auf einem anderen Klemmbrett gelandet zu sein.

»Ich glaube, ich habe mich verhört.« Der Preisrichter, der mich letztes Jahr disqualifiziert hat, stellt seine Tasse auf den Tisch. Mehrmals öffnet sich sein Mund, doch er bringt kein Wort heraus.

»Das denken wir doch alle.«

»Tun wir nicht«, erwidert der dritte Preisrichter, der bisher erschreckend ruhig gewesen ist. »Ganz davon abgesehen, dass *Atifs Falafelland* seit Jahren zu unserer Winterfamilie gehört, hören Sie gefälligst auf, Falschinformationen zu verbreiten.« Er tritt näher an ihn heran, während ich spüre, wie Zayn mit seinem Daumen beruhigend über meinen Handrücken streicht. Noch nie war ein Mann mit eingecremten Händen so sexy. »Die Umbenennung von Weihnachtsmarkt zu Wintermarkt ist einzig dem Fakt geschuldet, dass wir diesen Markt dadurch über die Weihnachtszeit hinaus geöffnet lassen und uns den ganzen Winter darüber freuen können. Vielleicht denken Sie mal bei Gelegenheit darüber nach. Genug Zeit haben Sie ja jetzt, denn Sie sind hier nicht länger willkommen.«

Zayn lässt meine Hand nicht los. Nicht, als der neue Preisrichter vom Wintermarkt verbannt wird. Nicht, als die beiden anderen sich zurück aufs Podest stellen und eine kurze Rede über Zusammenhalt und Liebe schwingen. Nicht mal, als wir ganz nah am Falafelstand stehen, während die Preisrichter das Sandwich erneut probieren. Mein Baba grinst und traut sich, mit ihnen zu scherzen. Als sie ihn nach der Geheimzutat fragen, antwortet er mit: »Meine Frau will, dass ich *Liebe* sage, aber es ist Zucker in der Soße.«

Wir gewinnen – und es ist ziemlich hilfreich, dass Zayn und seine Freunde ihren Sieg mehr als nur freiwillig abgeben. Mein Baba nimmt die kleine Plastiktrophäe zögernd entgegen, während meine Mama sich unauffällig Tränen von den Wangen wischt. Zayn lächelt mich an. »Herzlichen Glückwunsch, schönes Mädchen. Ihr habt es mehr als verdient.«

Ich schüttle den Kopf und mache meiner Verwirrung endlich Luft. »Ich dachte – ich dachte – du hättest mich letztes Jahr sabotiert. Du hast mich … abgelenkt, und dann bist du eine Sekunde später zu deinem Stand verschwunden.«

Er lacht schnaubend.

»Ich hatte endlich den Mut, dich anzusprechen. Genau in dem Moment habe ich dafür gesorgt, dass ihr disqualifiziert werdet. Ich bin zurück zum Stand gegangen, weil ich dachte, dass ich den Preisrichter überreden könnte, euch noch eine Chance zu geben, aber er hat mich ignoriert. Und dann bist du den ganzen Winter lang nicht mehr aufgetaucht und wolltest mich mit einer Voodoo-Puppe töten.«

»Entschuldige«, murmele ich beschämt und überfordert. Er entfernt sich einige Schritte, um die Plastikkrone von einem der Tische zu nehmen. Sie ist silbern mit dunkelgrünen Steinen, die perfekt zur Farbe meiner Augen passen.

»Eigentlich ist das der Preis meines Vaters«, sage ich, als er sie mir sanft auf die Haare drückt. Seine Mundwinkel heben sich, meine tun es ihm gleich. Er streicht mir über die Wange und hebt mein Kinn leicht an.

»Wie wär's, wenn du sie so lange trägst, bis die Riesenradfahrt vorbei ist, und ich sie anschließend feierlich deinem Vater aufsetze?«

21

NOAH STOFFERS

Flammenzungen und Sternenstaub

Noah Stoffers lebt in Hamburg und hat ursprünglich für Zeitungen geschrieben. Doch sies Herz schlug schon immer für Reisen in fiktive Welten. Seit 2013 schreibt Stoffers für verschiedene Verlage, meistens Fantasy. Sies letzter Roman *A Midsummer´s Nightmare* erschien 2024 bei Droemer Knaur. Stoffers ist transmaskulin und nicht-binär und setzt sich in siesen Büchern für queere Repräsentation ein, am liebsten in Geschichten voller Magie, Geheimnissen und Abenteuern.

Es ist ganz einfach! Du gehst an meiner Stelle. Niemand wird etwas bemerken.«

Für Hale war immer alles ganz einfach. Das war der größte Unterschied zwischen ihnen, außer der Sache mit dem perfekten Gesicht, der Unsterblichkeit und all den glühenden Liebschaften. Florence nieste seinen Widerspruch geräuschvoll in ein Taschentuch und rutschte etwas tiefer unter die Wolldecke.

»Die Location, das Essen, die Drinks. Außerdem wirst du das Outfit lieben!« Hale wuchtete einen monströsen Karton aus Hochglanzpappe neben Florence auf den Wohnzimmertisch ihrer WG und zog etwas aus den Tiefen der Kiste. Es raschelte und knisterte leise. Ein goldener Schimmer fiel auf das allgegenwärtige Chaos des Wohnzimmers, und Florence erstarrte in ungläubiger Bewunderung.

»Ist das echt?«, fragte er leise und streckte die Hand nach dem Kleidungsstück aus, das Hale in die Höhe hielt.

»Verwebte Flammen!« Hale strahlte ihn an. »Die Salamander lassen sich ein Vermögen dafür bezahlen.«

Florence strich mit den Fingerspitzen über den Stoff, der aus Feuerzungen gemacht zu sein schien. In ständiger Bewegung, und doch stets zu einer Einheit verschmolzen, ewig fließendes Rot und Gold. Es schien sich um eine Art Wams zu handeln, eine altmodische Jacke mit Trompetenärmeln und hohem Kragen. Hale wühlte weiter in dem

Karton, und eine enge Hose landete auf dem Bücherstapel, dann ein Paar weinroter Stiefel.

»Was genau ist das?«, fragte Florence misstrauisch.

»Die Sonne!«, stellte Hale mit der größten Selbstverständlichkeit fest. »Dein Kostüm.«

»Ich soll also«, eröffnete Florence seine Verteidigungsrede, »deine Einladung nehmen, dein Kostüm anziehen und dann an deiner Stelle auf einen Ball des alten magischen Adels gehen? Feengeschlechter und Sternenwebende, Halbgottheiten und Gestaltwandelnde. Lauter Leute, die Sterbliche als eine Art zu groß geratene Ratten betrachten.«

»Das ist jetzt aber hart, Flo! Nicht alle Übernatürlichen sind grausam und blutdurstig. Nimm mich zum Beispiel …«

Florence hustete röchelnd, um auf den Schwachpunkt in dieser Argumentation hinzuweisen. Hale war so gedankenlos, wie ein Fae nur sein konnte. Auf den ersten Blick ein Mensch, aber auf den zweiten ein bisschen zu schön, ein bisschen zu bezaubernd und ein bisschen zu gedankenlos, um ihm zu nahe zu kommen.

»Außerdem ist es ein Maskenball! Das ist der springende Punkt. Niemand wird dich erkennen.« Triumphierend hielt Hale eine Maske in die Höhe. Sie ließ die untere Hälfte des Gesichts frei und schmiegte sich wie flüssiges Gold um die obere Hälfte. »Du könntest die ganze Nacht hindurch tanzen und trinken und rummachen, zum Beispiel mit diesem … wie hieß er doch gleich?«

»Ich habe keine Ahnung, wen du meinst«, log Florence. »Warum hast du die Einladung überhaupt angenommen, wenn du gar nicht hinwillst?«

»Ich wollte ja! Bei Circe, Flo, der Mittwinterball ist die Party des Jahres! Es wäre Verschwendung, diese Chance ungenutzt zu lassen.«

»Dann geh hin!«

»Würde ich ja, aber dieses Mädchen! Nur sie und ich, eine Woche lange in den verschneiten Alpen …« Hales Blick bekam diesen entrückten Ausdruck, der darauf hinwies, dass er sich in eine Sterbliche verguckt hatte. Mal wieder.

»Ich kann nichts versprechen. Ich bin krank! Außerdem ist bald Weihnachten«, sagte Florence gerade so, als hätte er tatsächlich Pläne für die Feiertage.

»Der Ball ist am einundzwanzigsten Dezember, bis dahin bist du wieder gesund«, erklärte Hale zuversichtlich. »Vergiss nur nicht, bis Mitternacht zu verschwinden. Per Mistelbeere, sie hängen an der Einladung.«

»Wie Aschenbrödel?«

»Wer?«

»Schon gut.«

Noch am selben Abend reiste Hale in einem Wirbel aus Vorfreude, Sorglosigkeit und halb gepackten Taschen ab. Florence hängte eine Lichterkette in die Topfpalme, goss Tee auf. Jedes Mal, wenn er an dem kaputten Kamin vorbei in die Küche schlurfte, versuchte er den cremefarbenen Umschlag auf dem Sims zu ignorieren. Und das Kostüm, das Hale an der Garderobe aufgehängt hatte. Manchmal strich Florence im Vorbeigehen mit den Fingern über die verwebten Flammen. Sie knisterten verheißungsvoll.

All das hätte zu Hale gepasst. Zu seinem makellosen Gesicht, dem strahlenden Selbstbewusstsein, dem einnehmenden Lächeln. Er war selbst ohne Verkleidung wie die Sonne. Florence hingegen strahlte nicht. Er studierte die Magie in uralten Büchern, philosophierte in Coffeeshops darüber und verzauberte die heimische Botanik. Nichts davon war besonders glamourös. Ein gewöhnlicher Staubmagier. Die Sternenwebenden aus den vornehmen magischen Familien schenkten ihm in den Vorlesungen keinen zweiten Blick und meistens nicht einmal einen ersten. Lewis war das beste Beispiel dafür. Sein heimlicher Crush war stets im Zentrum der Aufmerksamkeit und damit unerreichbar.

Am neunzehnten Dezember hängte Florence eine leere Socke an den Kamin. Am nächsten Tag war von seiner Erkältung nur noch ein gelegentliches Niesen übrig. Und als er am Mittwinterabend ans Fenster trat, begann es zu schneien. Gegenüber trug ein Paar mittleren Alters gerade lachend und fluchend einen Tannenbaum hinein. Obwohl Florence niemals einen Baum gefällt und in seine Wohnung gestellt hätte, strich er kosend über die Blätter der Topfpalme. Funken rannen aus seinen Fingerspitzen, und frisches Grün floss in die braunen Palmenfächer, die Hale vor ein paar Wochen hatte vertrocknen lassen. Florence kraulte ihr den Blattansatz, und die Palme richtete sich ein Stück auf. Die Magie floss seinen Arm hinab und tropfte aus seinen Fingerspitzen, als er die Blattnarben der Topfpalme nachfuhr. Sie wuchs in die Höhe, schüttelte die abgestorbenen Palmblätter ab und ließ neue sprießen. Als er endlich die Hand senkte, war sie groß genug für den Christbaumschmuck, den er nicht besaß.

Florence wollte gerade aufs Sofa zurückkehren, als er das blasse Glühen auf dem Kaminsims bemerkte. Dort, neben seiner leeren Socke, hing der Mistelzweig an Hales Einladung. Die weißen Beeren an den immergrünen Zweigen strahlten von innen heraus.

Florence wusste, dass das jetzt der Moment war, in dem er aufs Sofa zurückkehren sollte. Aber in der Stille der Wohnung hörte er das leise Knistern der verwobenen Flammen. Und bei Hekate, er war bereit für ein wenig Glanz!

Bevor er sich versah, hatte Florence das Kostüm ins Bad getragen und war hineingeschlüpft. Er hatte sich nie besonders extravagant gefühlt, aber jetzt schmiegten sich die verwobenen Flammen an seine Haut und zischelten leise. Die Schnürung betonte seine Figur auf eine Weise, die er nie für möglich gehalten hätte. Er trug noch etwas Glitzer um seine Augen auf, bevor er die goldene Halbmaske aufsetzte.

Aus dem Spiegel starrte ein anderer Mann zurück. Einer, der Fae zum Tanzen aufforderte. Eine Gestalt, aufrecht und selbstbewusst genug, um den Sternenwebenden stolz unter die Augen zu treten. Nur für eine Nacht wollte Florence dieser Mann sein. Als er zurück ins Wohnzimmer trat, leuchteten die Mistelbeeren nur noch schwach. Er zerdrückte eine zwischen zwei Fingern.

Im selben Moment atmete er klare, kalte Luft ein. Er stand nicht länger auf dem durchgewetzten Teppich, sondern auf einem verschneiten Gartenweg vor einem Herrenhaus.

»Besser als eine Kürbiskutsche!«, murmelte Florence und sah auf die Einladung in seiner Hand hinab. Dass die Einladung auf einen anderen Namen lautete, machte wohl keinen Unterschied mehr. Also steckte er die restlichen Mistelbeeren ein und reichte die Karte der hochgewachsenen Fae mit dem bleichen Geweih. Ein Herold schlug drei Mal mit einem Stab auf den Boden und rief Hales Namen über die Köpfe der Neuankömmlinge hinweg. Doch schon kamen die nächsten Kostümierten an, und niemand schenkte Florence Beachtung, als er die verschneiten Stufen zur Eingangshalle hinaufstieg.

Es war, im wahrsten Sinne des Wortes, magisch.

Flammen züngelten in Schalen aus Eis, ohne sie zu schmelzen. Der Schnee, der von der Decke rieselte, schien den Boden niemals zu erreichen. Und dann die Kostüme! Kronen aus Eiszapfen, Schleppen aus Schneegestöber und Masken aus funkelndem Frost.

Aus einem angrenzenden Saal schallte Musik herüber, sie stieg ihm direkt in die Beine. Florence hatte von diesem Zauber gelesen: einem niemals endenden Tanz, dem sich Sterbliche nur schwer entziehen konnten. Es war wie das Flüstern einer geheimen Sehnsucht, und dabei konnte er gar nicht tanzen! Dann hörte er ein selbstsicheres Lachen, ganz in der Nähe. Florence sah auf und entdeckte ihn: Lewis Goodwill hielt einen Kelch in der Hand und brachte gerade einen Trinkspruch aus. Mehrere Kostümierte scharten sich um ihn. Da war ein Herr, der einen Umhang aus wildem Wein trug, passend zu seinen goldenen Hörnern; und eine Dame, deren fließende Hosen aus Nebelschleiern zu sein schienen. Doch all die unglaublichen Kostümierungen verblassten neben dem Sohn des Hausherrn. Lewis gab nicht vor, etwas anderes als menschlich zu sein. Gewiss, er trug eine silberne Halbmaske in Form eines Mondes, und der nachtschwarze Stoff seines Umhangs schien aus fließender Dunkelheit gemacht. Doch er war unverkennbar ein Mensch.

Plötzlich merkte Florence, dass es um ihn herum still geworden war. Mehrere Kostümierte drehten sich neugierig zu ihm um. Mit der untrüglichen Gewissheit, irgendwas verpasst zu haben, neigte er grüßend den Kopf.

»Da ist ja meine Sonne!«

Prostete Lewis ihm etwa zu? Florence unterdrückte den Impuls, über die Schulter zurückzublicken. Lewis Goodwill entstammte einer langen Reihe von Sternenwebenden, jenen Zaubernden, die schon so lange unter den Unsterblichen wandelten, dass sie kaum noch menschlich schienen.

Bevor das Schweigen noch unangenehmer werden konnte, machte Florence eine bühnenreife Verbeugung. Genau die Art völlig überzogene Geste, die Hale gemacht hätte. Die Flammen zischelten voller Zustimmung. Als Florence sich wieder aufrichtete, drückte ihm jemand einen Kelch in die Hand. Das Getränk roch süßlich, nach reifen Beeren, einer Spur Nelken und Zimt, und einer gehörigen Portion Alkohol.

»Mein Mond!«, prostete Florence Lewis zu, als er endlich begriff, wie sich ihre Kostüme ergänzten. Er selbst, als die rotgoldene Sonne, die nach dem Ball der Wintersonnenwende mit jedem Tag ein weniger stärker werden würde. Und Lewis als der silberne Mond in dieser längsten Nacht des Jahres. Das konnte einfach kein Zufall sein! Hierfür würde er Hale umbringen müssen …

Aber erst einmal nahm er einen vorsichtigen Schluck. Eine süße Wärme breitete sich in seinem Mund aus und rann dann seine Kehle hinab. Kaum drei Schlucke später schien es gar keine so katastrophale Idee mehr, mit Lewis Goodwill zu trinken.

Sie standen viel zu dicht nebeneinander. Lewis hielt unter seinen Gästen Hof, und Florence versuchte nicht zu starren. Bisher hatte er die markante Linie von Lewis' Kinn nur aus der Ferne bewundern können. Nun hätte Florence nur die Hand ausstrecken müssen, um über die kurzen Stoppeln zu streichen. Gleichzeitig kam nichts weniger infrage, also trank er lieber noch einen tiefen Schluck.

»Langsam!« Lewis' Stimme konnte erstaunlich warm sein, wenn er gerade keine großen Reden schwang. Dann lagen seine Finger plötzlich auf Florence' Hand.

Florence vergaß für einen Moment zu atmen.

»Was?«, krächzte er leise.

»Der Würzwein meiner Tante ist stärker, als man meinen sollte. Altes Familienrezept.«

»Das wäre ein Grund und kein Hindernis«, rutschte es Florence heraus. Doch trank er nicht weiter, wollte an gerade diesem Abend einen klaren Kopf bewahren.

Schon allein deshalb, weil Lewis jetzt leise lachte, auf eine Art und Weise, die sämtliche Flammen in Florence' Kostüm schneller züngeln ließ. So, als könnten sie spüren, wie ihm dieses Lachen bis unter die Haut ging.

»All das hier ist nicht halb so einschüchternd, wie es aussieht«, versprach Lewis in demselben vertraulichen Tonfall.

»Also werde ich nicht bis in alle Ewigkeit tanzen, wenn ich mich unters Feenvolk mische?« Florence deutete mit dem Kelch zu dem angrenzenden Saal hinüber.

»Nein, spätestens morgen Nachmittag kommen die Dienstboten zum Aufräumen.«

»Mehr als genug Zeit, um vor schierer Erschöpfung zusammenzubrechen.«

»Keine Sorge, auf diesen Bällen stirbt nur ganz selten jemand.« Lewis besaß die Unverschämtheit, hinreißend zu lächeln. »Außerdem trägst du bereits rot.«

»Rot zum Schutz gegen Feenzauber«, murmelte Florence, der plötzlich begriff, warum Hales Kostüm eine kluge Wahl war. Und warum Lewis einen Stechpalmenkranz mit roten Beeren in den blonden Locken trug. Das erklärte allerdings nicht, dass Lewis ihm plötzlich eine Hand entgegenstreckte. Bestimmt gab es eine angemessene Reaktion darauf.

Eine höfliche Entschuldigung.

Eine glaubhafte Ausrede.

Stattdessen ergriff Florence die dargebotene Hand. Sein Herz schlug eine Idee zu schnell, als Lewis ihn auf die Tanzfläche führte. Die Menge teilte sich vor ihnen.

Sie reihten sich in den Reigen von Paaren ein, die zur Musik durch den Saal wirbelten.

Florence fiel zu spät ein, dass er normalerweise nicht tanzte. Es schien eine kunstvolle Schrittfolge zu geben, die alle anderen im Raum beherrschten, und er schaffte es nur knapp, einer Dame mit einer Schleppe aus rosafarbenem Dämmerlicht auszuweichen. Er stolperte dabei in einen Herrn, der Bocksbeine zu haben schien. Hastig murmelte Florence eine Entschuldigung.

»Sieh mich an!«

Florence sah auf, in Lewis' absurd blaue Augen.

Lewis deutete eine Verneigung an, ohne den Blickkontakt zu brechen, und hob eine Hand. Florence begriff instinktiv, dass er seine dagegenlegen sollte.

»Nicht aufhören!« Lewis blickte ihn unverwandt an, während er einen Fuß vor den anderen setzte. »Vertrau der Musik.« Ein Schritt, dann noch einer. »Vertrau mir und dir selbst!«

Obwohl das großartig klang, schmerzten Florence' Muskeln fast vor Anspannung. Er bewegte sich ungelenk, ein verzerrter Spiegel von Lewis' elegantem Tanz.

»Du denkst zu viel nach.« Die Musik schwoll an, und aus irgendeinem Grund stand Lewis plötzlich neben ihm, einen Arm um seine Taille geschlungen, und wirbelte ihn herum. »Lass dich fallen, das ist eine Sache des Gefühls!«

Wie die Magieströme in Pflanzen.

Florence folgte der Drehung, in die Lewis ihn führte.

Wie der erste eisige Atemzug in einer Winternacht.

Er glitt in einem eleganten Halbkreis, ohne den Griff ihrer Hände zu lösen.

Wie der Blick in Lewis' Augen.

Die Musik führte ihn zurück in Lewis' Arme. Florence bemerkte ein paar Herzschläge zu spät, dass er strahlte und dass Lewis sein Lächeln erwiderte. Tag und Nacht, Sonne und Mond.

Es folgten mehrere Tänze, schnelle und langsame; dann einer, in dem sie mit einem anderen Paar über Kreuz tanzten. Florence irrte sich in der Richtung, wollte ausweichen und stürzte über seine eigenen Füße. Lewis schaffte es gerade noch, ihn aufzufangen. Florence klammerte sich an ihm fest, und ein unbeherrschtes Lachen stieg ihm aus der Kehle. Es schwappte von ihm zu Lewis und zurück. Kichernd stolperten sie aus dem Reigen der Kostümierten, verließen den Saal und gingen zwischen den Palmen des Wintergartens in Deckung.

»Das war unglaublich«, murmelte Florence, als er wieder zum Atmen kam.

»Ja, ich bin wirklich froh, dass ihr die Kostüme getauscht habt.«

»Wie?«

»Hale und du, das hätte sein Kostüm sein sollen, oder?« Lewis sah ihn neugierig an, ein unbeschwertes Lächeln auf den Lippen.

»Ja«, sagte Florence und gleich darauf: »Nein! Also … ich meine.«

»Ah, ein Geheimnis!«

»Immerhin ist es ein Maskenball.« Florence reckte das Kinn vor.

»Dann habe ich noch etwas Zeit, um die Wahrheit herauszufinden?« Lewis deutete einladend auf einen Diwan im Schatten der Zierbäume und Topfpalmen. Auf einen Wink von ihm schwebten eine Karaffe mit Gewürzwein und eine Platte mit verschiedenen Köstlichkeiten herbei. Nach kurzem Zögern nahm Florence Platz.

Bei heißen Maronen erklärte Florence seinem Gastgeber die Besonderheiten der Knochenlilie, die nur ein paar

Beete weiter blühte. Beim Handbrot mit Käse diskutierten sie die Unmöglichkeit, Howards Gesetze der Magie in einer Hausarbeit von fünfzehn Seiten zusammenzufassen. Zwischen zwei Nougatbissen überraschte Lewis ihn mit einem Zitat von Taylor Swift.

»Gib mir einen Hinweis darauf, wer du bist!«, bat Lewis schließlich.

»Nein!« Florence lächelte trotzdem. Es war unglaublich genug, für einen Abend Lewis' Aufmerksamkeit zu haben. Er wollte sein Glück nicht herausfordern.

»Deine Hände sind zu warm für einen Vampir. Außerdem können die besser tanzen.«

»Unhöflich!«

»Halbelf?« Lewis legte neugierig den Kopf schief. »Werwolf? Staubmagier?«

Das Wort ließ die Flammen auf Florence' Kostüm wütend zischeln. Lewis hob neugierig eine Braue, doch schon war Florence auf den Beinen, ergriff seine Hand und zog ihn mit. »Komm!«

Der Musik entgegen und den Kostümierten, fort von den Fragen.

»Wir kennen uns, richtig?«

Gelächter und Satzfetzen schlugen ihnen entgegen.

»Ich werde nicht weiter fragen«, sagte Lewis ernst. »Aber um Mitternacht …«

Hales Warnung schwirrte durch Florence' Erinnerung. Plötzlich hatte er das Gefühl, dass ihm die Zeit davonlief. Dass diese eine funkelnde Nacht jeden Augenblick vorbei sein könnte.

Um den Gedanken zu verscheuchen, beugte Florence sich vor, legte den Kopf mit der Halbmaske schief und tat das Unvorstellbare: Er küsste Lewis auf die Lippen. Sie waren süß vom Gewürzwein, warm und fest zugleich. Ein

Schauer rann durch Florence' Körper, die Flammen flüsterten wie zur Antwort. Er lehnte sich gegen Lewis, griff in den nachtschwarzen Stoff und spürte endlich einen festen Arm um seine Taille.

Vor Erleichterung schmolz Florence in die Umarmung. Küsste eine Idee zu fest, eine Spur zu drängend. Er wollte diesen Moment ausdehnen, das magische Glühen zwischen ihnen und den Rausch der Ballnacht. Doch in diesem Moment bemerkte er die gespannte Stille im Saal. Alle Gespräche waren verstummt. Niemand rührte sich. Der erste Glockenschlag hallte über die Feiernden hinweg. Florence riss sich los. Stolperte rückwärts.

Wie Aschenputtel!

Nur dass er es nicht mehr bis zur Treppe schaffen würde.

Er rempelte jemanden an, kramte fieberhaft nach den Beeren. Noch ein Glockenschlag, und dann ein weiterer.

»Warte!«

Lewis folgte ihm, aber da spürte Florence es bereits: das feine Kribbeln von Magie auf der bloßen Haut, als sich mit dem letzten Glockenschlag alle Masken auflösten. Um ihn herum entlud sich die Spannung in verblüfftes Gelächter und Scherze. Die Musik setzte wieder ein, doch Florence konnte nur hilflos aufsehen. In Lewis' Gesicht.

Der silberne Mond war verschwunden. Die eisblauen Augen sahen ihn unverwandt an. Und darin stand, entgegen jeder Wahrscheinlichkeit, Erkennen. In diesem Moment schlossen sich Florence' Finger um die weißen Mistelbeeren. Das Letzte, was er sah, bevor die Magie ihn zurück in seine Wohnung trug, war Lewis' ungläubiges Gesicht.

Zu Hause riss sich Florence das kostbare Flammengewand sofort vom Körper. Er stolperte auf dem Weg ins

Bett aus den Stiefeln und lag dann bis zum Morgen wach, mit dem Zimtgeschmack des Kusses auf den Lippen und Panik im Genick.

Am nächsten Tag schien es nie wirklich hell zu werden. Als Florence am Nachmittag endlich in die Küche schlurfte, sah er eher zufällig auf sein Handy. Nachricht einer unbekannten Nummer. Er stockte einen Moment beim Blick auf das Profil. Eine Halbmondmaske.

Botanische Gärten, morgen 13 Uhr?
It's a love story.
L.

22

JUSTINE PUST

Eisprinzessin

Justine Pust ist ein typisches Küstenmädchen, tanzt am liebsten zu Songs aus den 80ern und verliert sich oft in mitreißenden Geschichten. Das Schreiben hat sie schon früh für sich entdeckt, und ihre Lesesucht teilt sie begeistert auf ihrem Instagram-Kanal @justinepust. Wenn sich die Autorin nicht gerade in Büchern verliert, arbeitet sie im sozialen Bereich oder führt Hunde aus.

Nichts verleiht dem Klang des eigenen Herzschlags mehr Gewicht als das Tosen eines Schneesturms.

Mein Blick geht zum Fenster. Die Schneeflocken wirbeln immer wilder durch die Luft, als würden sie zu einer geheimen Melodie tanzen. Selbst in meinem Wohnzimmer ist das Rauschen des Windes von draußen zu vernehmen, das langsam zu einem bedrohlichen Heulen anschwillt.

Die Straßen von Chicago sind verschwunden unter einer weißen Decke, die alles in ein unheimliches Schweigen hüllt und nur dem Wind das Wort überlässt. Schnee und Eis. Und keine andere Seele weit und breit zu sehen. Alles ist still und gleichzeitig brutal laut. Die Welt kommt zum Erliegen durch die unbarmherzige Kälte, die außerhalb dieser Mauern das Leben zu vernichten droht.

Ich öffne das Fenster ein Stück weit, um zumindest das Gefühl von Sauerstoff in meiner Lunge willkommen zu heißen. Doch die Kälte scheint sofort auch meine Seele für sich zu vereinnahmen, bis …

»Was zum …«

Ein plötzliches Geräusch sorgt dafür, dass ich mich ein wenig nach vorne beuge. Doch außer dem grellen Weiß und den tanzenden Flocken erkenne ich nichts.

Da ist es wieder.

Ein Bellen.

Nicht deutlich, aber doch zu präsent, um es zu ignorieren. Irgendwo da draußen bellt ein Hund in die Einsamkeit des Sturmes hinein.

Mein Herz setzt einen Schlag aus.

Ich dachte, ich sei allein hier, fernab von allen, die aus der Stadt geflüchtet sind, um den Schneemassen zu entkommen. Und dann entdecke ich den Hund. Ein schwarzer Punkt im Schnee, der aufgeregt auf und ab springt.

»Was machst du denn da draußen?«, entfährt es mir. Doch eine Antwort erhalte ich nicht, stattdessen macht sich in mir die Gewissheit breit, dass der Hund allein in diesem Schneesturm nicht lange überleben wird. Er wird schon jetzt fast von den weißen Massen vergraben.

Schnell schließe ich das Fenster. Dann, ehe ich mich selbst davon abhalten kann, greife ich nach meiner Jacke, wickle mir den Schal um das Gesicht und eile zur Tür.

Mein Rufen geht im tosenden Wind unter.

Trotzdem hält der Hund kurz inne. Seine dunklen Augen finden mich, und das Bellen wird lauter. Eindringlicher.

»Komm her!«, rufe ich. »Komm schon!«

Doch stattdessen bewegt er sich von mir weg, sieht, dass ich noch immer in der Haustür stehe, kommt erneut näher und läuft wieder los.

»Du willst mir etwas zeigen«, realisiere ich. Und noch ehe irgendeine Logik greifen kann, setze ich einen Fuß in den Schnee. Ich breche bis übers Knie ein.

Klirrende Kälte lässt mich zittern, während ich mich vorwärtskämpfe. Die Schneise, die der Körper des Hundes geschlagen hat, macht es mir ein wenig leichter. Doch die dichten Flocken rauben mir immer wieder die Sicht.

Mit jedem Schritt fühlt sich mein Körper schwerer an, als ob die eisigen Winde versuchen, mich zurückzudrängen. Die Schneeflocken peitschen mir wie tausend kleine

Nadeln ins Gesicht. Aber ich folge dem Bellen, als sei es ein Ruf.

Dann stoppt der Hund.

Und damit auch ich.

Für einen Moment starren wir einander nur an.

Unsere Atmung bildet einen feinen Nebel, der sofort im stürmischen Wind verweht wird.

»Ganz ruhig«, sage ich und hebe die Hände, als würde ich dem Hund zeigen, dass ich unbewaffnet bin. »Es ist alles gut.«

Bedacht lasse ich mich auf die Knie sinken und versuche, mich daran zu erinnern, wie man sich in solchen Situationen verhalten soll. Doch in meinem Kopf herrscht die gleiche grelle Farbe von Nichts wie um uns herum.

Der Hund kommt näher. Schnuppert an meiner Hand, und gerade als ich glaube, ich könne nach seinem Halsband greifen, springt er wieder fort.

»Verdammt, was ...«

Und in diesem Augenblick sehe ich, was er mir zeigen will.

Eine Hand.

Mein eingefrorener Verstand braucht einen Moment, um zu verstehen, was ich da sehe. Dann stürze ich nach vorn. Meine nackten Finger graben sich in den Schnee, wühlen sich durch die Schichten. Bis aus der Hand ein Arm wird und ich endlich auch den restlichen Körper freilegen kann.

Glasige braune Augen blicken in meine.

»Nicht einschlafen«, brülle ich gegen den Wind an. »Kannst du mich hören?«

»Du hast mir quasi ins Ohr geschrien, also ja«, kommt es kratzend aus dem Mund des Fremden, und vor Erleichterung sacke ich in mich zusammen.

»Steh auf«, fordere ich und zerre ihn hoch. Seine blauen Lippen verziehen sich, als hätte er Schmerzen. Ich lege meinen Arm um seinen Körper, um ihn zu stützen, und breche dabei im Schnee ein, aber ich weiß, dass wir hier wegmüssen. Dass er ins Warme muss, bevor die Kälte ihn endgültig ins Nichts zieht.

Der Hund hat aufgehört zu bellen und läuft stattdessen ein Stück voraus, als wüsste er genau, wie wir zurück zu meinem Haus gelangen.

Ich konzentriere mich darauf, einen Fuß vor den anderen zu setzen, während ich mich an dem Gedanken festhalte, dass mit jedem mühsamen Schritt das Ziel näher rückt, auch wenn es mir durch den weißen Schleier verborgen bleibt.

»Wir sind gleich da«, verspreche ich ihm, obwohl ich mir nicht sicher bin, weil alles um uns herum so schrecklich gleich aussieht.

Doch dann erkenne ich es.

Sehe das Licht, das aus der noch immer offenen Tür dringt, die im Wind hin und her schlägt.

Erst als wir mein Wohnzimmer erreicht haben, lasse ich den Fremden los. Kraftlos sackt er auf meinem Sofa zusammen. Er bebt so stark, dass ich mein eigenes Zittern kaum noch wahrnehme.

Sein Hund legt sich auf seinen Schoß, als wolle er versuchen, ihn zu wärmen.

»Du musst raus aus den Klamotten«, sage ich mehr zu mir selbst als zu ihm.

»Hey, ich brauche erst ein drittes Date.«

Mein Mund klappt auf. »Du bist halb erfroren und machst trotzdem schlechte Witze?«

»Wenn ich keine mehr mache, weißt du, dass ich tot bin.«

»Sehr beruhigend«, schnaube ich. »Kannst du aufstehen?«

Er nickt, ergreift aber dennoch meine Hand, um sich hochzuziehen. Schwankend steht er vor mir. Ich schleppe ihn ins Schlafzimmer und suche so schnell ich kann die größten Klamotten aus meinem Schrank heraus, die ich finden kann.

»Zieh dich um«, fordere ich ihn auf. »Ich mache uns in der Zwischenzeit einen Tee.«

Er verharrt einen Moment, blickt mich und die Klamotten an, als wüsste er nicht, was genau er da sieht. Dann schluckt er und fragt: »Würdest du mir kurz helfen?«

»Und das schon beim ersten Date?«

Das raue Lachen aus seiner Kehle wird zu einem Husten. Ich helfe ihm aus der nassen Jacke, dem klammen Pullover und versuche, nicht auf seine eiskalte Haut zu achten.

Bei der Unterhose stoppe ich und richte mich auf. »Meinst du, wenn ich versuche, deinen Hund zu trocknen, beißt er mich?«

»Nein.«

»Gut, dann zieh dich in Ruhe an, und ich probiere es.«

Mit diesen Worten eile ich in die Küche, um schnell Teewasser aufzusetzen. Dann nehme ich sämtliche Handtücher, die ich besitze, und reibe eines nach dem anderen über das nasse Fell des Hundes. Zu meiner Überraschung lehnt er sich eher gegen den saugfähigen Stoff, als vor mir davonzulaufen. Er wehrt sich nicht, als ich mich bemühe, den geschmolzenen Schnee aus seinem dunklen Fell zu bekommen. Viele Handtücher später wickle ich ihn in meinen Bademantel ein und hoffe, dass es reichen wird, damit dem Hund wieder warm wird.

Ich muss lachen, als er sich schüttelt. »So bedankst du dich also?«, will ich halb im Scherz wissen.

Nachdem die Handtücher im Wäschekorb gelandet sind und ich eine neue Decke über dem Sofa ausgebreitet habe, wartet der Hund weiter auf sein Herrchen, und ich kann mich wieder um den Tee kümmern.

Der Schneesturm wütet unaufhörlich, peitscht gegen die Fenster und die Haustür, als wolle er Einlass begehren. Als habe er noch nicht genug Wärme von unseren Körpern gestohlen.

In dem Moment, als ich wieder ins Wohnzimmer trete, lässt sich der Fremde gerade auf das Sofa fallen. Er zittert noch immer, aber ich bilde mir zumindest ein, dass sein Gesicht langsam wieder an Farbe gewinnt.

»Wie heißt du?«, frage ich, während ich eine Decke nach der anderen über ihn ausbreite. Mein kleines Sofa sieht aus, als habe ich versucht, eine Festung zu bauen.

»Henry.«

»Ich bin Amalie.«

»Und das ist B«, meint er und deutet auf den Hund, der sich inzwischen auf meinem Sessel niedergelassen hat. Auch er zittert, doch ich bilde mir ein, dass meine Versuche, sein Fell zu trocknen, zumindest etwas geholfen haben.

»Hey B«, sage ich sanft.

Dann meldet sich mein Timer, dass der Tee fertig ist.

»Verbrenn dich nicht«, sage ich, als ich Henry die Tasse reiche und gleichzeitig eine Wärmflasche zu ihm unter die Decken schiebe. Henry stöhnt leise auf, als wüsste er nicht, ob die Wärme ihm guttut oder Schmerzen bereitet.

Ich fühle mich, als seien wir in einem Gefängnis aus Kälte und Stille gefangen, während die Welt in einem weißen Chaos versinkt und wir den Rest der Wärme irgendwie in dieser kleinen Wohnung zu bewahren versuchen. Doch trotz der Kälte und der Einsamkeit spüre ich eine seltsame Ruhe in mir aufsteigen. Vielleicht liegt es daran, das B langsam die Augen schließt und sein ruhiger Atem auch meinen Herzschlag normalisiert. Vielleicht aber auch daran, dass Henrys Lippen langsam, aber sicher wieder rosa werden.

»Was ist da draußen passiert?«, frage ich nach einer Weile.

»B musste mal.«

»Das war's? Wir wären fast draufgegangen, weil du dich beim Gassigehen verlaufen hast?«

»Ich gebe zu, das war nicht meine Glanzstunde«, murmelt er in die Tasse hinein. »Ich bin ausgerutscht und dann … keine Ahnung, habe ich mich verlaufen.«

»Wieso wurdest du nicht evakuiert?«, frage ich.

»Sie hatten keinen Platz für B.«

Der Hund legt den Kopf schief, als würde es ihm leidtun, dass er sein Herrchen in diese Situation gebracht hat. Dann steht er auf und setzt sich zu ihm.

»Verstehe«, gebe ich zu. »Ich hätte ihn auch nicht allein gelassen.«

Henry beugt sich vor und streicht dem Tier durch das dichte Fell.

»Und warum bist du noch hier?«

»Ich bin nicht sicher. Der Gedanke, zu gehen, kam mir unerträglich vor«, gebe ich zu. »Vielleicht auch der, mich zwischen so vielen Fremden wiederzufinden.«

»Du hast doch gerade einen Fremden bei dir?«, fragt er und sieht mich einen Moment lang an, als sei ich ein Rätsel, das er gerne lösen würde.

»Ich habe nicht gesagt, dass es logisch ist«, meine ich. »Und ich bereue die Entscheidung. Also die, nicht gegangen zu sein. Nicht, einen Fremden aus dem Schnee gezogen zu haben.«

»Was hast du da draußen gemacht?«

»Dein Hund war schuld.«

»Dann habt ihr mir wohl beide das Leben gerettet.«

»Ja, aber nur, weil ich eh nichts Besseres zu tun hatte«, gebe ich zurück, und seine Lippen verziehen sich zu einem Grinsen.

»Danke.«

»Kein Problem.« Lächelnd schenke ich ihm noch etwas Tee nach, ehe mein Blick wieder nach draußen schweift. Es schneit noch immer, und das wird es wahrscheinlich auch noch die nächsten Stunden.

Aktuell läuft der Strom noch, aber mich beschleicht die leise Befürchtung, dass wir uns darauf nicht verlassen können. »Es wird schon alles gutgehen«, höre ich Henrys Stimme plötzlich, als habe er meine Gedanken gelesen.

»Was macht dich so sicher?«

»Ich wurde gerade von einer kleinen Rothaarigen aus dem Schneesturm gerettet, wenn ich jetzt nicht anfange, an Gott zu glauben, wann dann?«

Ohne darauf einzugehen, komme ich etwas dichter und inspiziere sein Gesicht. Bis eben war ich zu beschäftigt damit, darüber nachzudenken, was ich tun soll, um zu erkennen, wie scharf geschnitten seine Gesichtszüge sind.

»Wird dir langsam warm?«, murmele ich, während ich nach seiner Stirn taste, um die Temperatur seiner Haut zu prüfen. Er fühlt sich nicht mehr kalt an, aber noch immer kühler, als er sein sollte.

»Es geht mir gut.«

»Dank B.«

»Dank dir.«

Unsere Blicke treffen sich wieder. Anders dieses Mal. Vielleicht, weil wir einander zum ersten Mal wirklich sehen oder weil uns die Absurdität der Situation klar wird.

Zwei Fremde, gefangen in einem winzigen Haus in Chicago, umringt von Eis und Schnee. Fast fühlt es sich so an, als gebe es nur uns auf dieser Welt, und es macht mir Angst, dass es mich so wenig zu stören scheint. Räuspernd trete ich etwas von Henry weg und setze mich zu seinem Hund.

Auch Bs Körper wird langsam wieder warm. Ich streiche durch das struppige Fell, während ich mich in meinen Gedanken verliere.

»Ich will wirklich nicht undankbar wirken«, kommt es plötzlich aus Henrys Mund. »Aber du hast nicht zufällig etwas zu essen da?«

»Was denn, macht es etwa hungrig, halb zu erfrieren?«, scherze ich und bin froh, dass auch seine Mundwinkel sich wieder heben.

»Um ehrlich zu sein, ja.«

»Ich besitze eine beeindruckende Auswahl an Tütensuppen und Toastbrot«, erkläre ich und stehe auf. Henry tut es mir nach. Er ist gut einen Kopf größer als ich, obwohl seine Schultern nach unten hängen. Mein Pulli sitzt etwas zu eng an seinem Körper.

»Danke, dass du mich gerettet hast, Prinzessin«, murmelt er. Leiser. Eindringlicher.

»Prinzessin?«

»Wer, wenn nicht eine Eisprinzessin, kann jemanden wie mich aus einem Sturm retten?«, fragt er zurück.

»Sind es nicht immer die Prinzessinnen, die gerettet werden müssen?«, will ich skeptisch wissen.

»Diese hier offensichtlich nicht«, antwortet er grinsend und fährt sich durch die dunklen Haare.

»Und wie geht das Märchen weiter?«

»Das erfahren wir wohl erst nach der Tütensuppe.«

23

CHRISTIAN HANDEL

Drei Herzen

Christian Handel stammt aus der Schneewittchen-Stadt Lohr am Main, lebt und schreibt aber bereits seit vielen Jahren in Berlin. Er liebt emotionale Geschichten, die queere Themen und märchenhafte Motive aufgreifen, und macht sich online und offline immer wieder für LGBT-Q+-Literatur stark. Für seine Bücher wurde er unter anderem mit dem Amanda-Neumayer-Stipendium und dem Deutschen Phantastik Preis ausgezeichnet. Außerdem ist er einer der größten *Buffy*-Fans überhaupt. Mehr über ihn erfährt man auf www.christianhandel.de

Es war klirrend kalt draußen, und das Licht der Sterne ließ die Schneelandschaft vor dem Hüttchen glitzern. Viel zu eisig, um auch nur einen Hund vor die Tür zu schicken.

»Bei diesem Sauwetter würde ich mich auch nicht vor die Tür schicken lassen«, teilte ihr Oisín selbstzufrieden mit.

Kamryn warf ihm einen vorwurfsvollen Blick zu. »Du hast schon wieder meine Gedanken gelesen.«

Der riesige Schäferhund riss die Schnauze auf und gähnte. »Weil du zu viel denkst.«

»Ich hätte mir eine Katze besorgen sollen, wie jede anständige Hexe.«

Oisín gab einen Ton von sich, der verdächtig wie ein Schnauben klang. Kamryn drehte sich wieder zum Fenster. Durch das kleine Guckloch, das nicht von Frostblumen überzogen war, blickte sie nach draußen, wo eine Gestalt durch die Schneeverwehungen stapfte. Mit einer Laterne in der Hand und in einen Pelzmantel gehüllt, näherte sie sich stetig der Hütte. Mitternacht war nicht mehr fern. Wer um alles in der Welt …

»Sie ist keine Gefahr«, teilte ihr der Hund schläfrig mit.

»Sie? Es ist eine Frau?«

»Sie wird durchgefroren sein. Du solltest einen Tee aufbrühen.«

Der Hund machte es sich auf seinem Lager aus Decken gemütlich, während Kamryn zur Feuerstelle ging. Er hatte ja recht. Nachdenklich griff sie nach einem glasierten Tonbecher und schöpfte heißes Wasser hinein. Sie hatte kaum ein Säckchen mit getrockneten Kräutern hinzugegeben, da klopfte es an die Tür.

Tatsächlich stand eine junge Frau davor. Es war keine Unbekannte. Kamryn wäre beinahe der Tonbecher aus der Hand gefallen, so sehr überraschte sie der Anblick.

»Prinzessin«, begrüßte sie sie und versuchte, einen klaren Gedanken zu fassen, während sie auf die Eiskristalle starrte, die sich in der Pelzkapuze des Mantels und den braunen Haarsträhnen ihres Gegenübers verfangen hatten.

»Kommt herein«, fügte sie schließlich hinzu. Es war nicht so, als sei Kamryn nicht bereits ein paarmal auf das Schloss beordert worden, doch bisher hatte man dafür immer Bedienstete geschickt. Nein, wenn Prinzessin Una allein zu ihr kam, und das weit nach Schlafenszeit in einer der kältesten und dunkelsten Nächte des Jahres …

»Wie kann ich Euch helfen?«, fragte sie, nachdem sie der Prinzessin den Mantel abgenommen und einem Platz an ihrem bescheidenen Tisch angeboten hatte.

»Ich …«, begann Una und verstummte wieder. Ihr Blick wanderte durch die winzige Hütte mit den Regalen voller Tongefäße und Kräutersäckchen, während sie mit beiden Händen fest den Tee umklammerte, vermutlich in der Hoffnung, wieder etwas aufzutauen.

Sie will …, erklang Oisíns Gedankenstimme in Kamryns Kopf, doch sie unterbrach ihn scharf: »Das wird sie mir schon selbst sagen.«

Prinzessin Unas Augen weiteten sich.

»Entschuldigt, Hoheit.« Kamryn ließ sich zerknirscht ebenfalls am Tisch nieder. »Ich habe nicht Euch gemeint. Mein Hund …«

Una blickte hinüber zu Oisín, der sich friedlich zusammengerollt hatte und so tat, als würde er schlafen.

Du Schauspieler, schickte Kamryn ihre Gedanken jetzt direkt zu ihrem Familiar. *Ich sollte dir das Fell über die Ohren ziehen.*

Dazu hast du mich viel zu lieb.

Kamryn unterdrückte ein Seufzen und wandte sich der Prinzessin zu. Für gewöhnlich war es ihr nicht unrecht, wenn ihre Besucher sie für verschroben oder gefährlich hielten. Warum störte es sie also jetzt so sehr?

Weil …, setzte Oisín an.

Kein weiteres Wort, befahl sie streng, und tatsächlich hörte er auf sie.

»Nun?«, forderte sie ihre Besucherin auf, sanft, aber bestimmt.

Im Schloss hätte sie sich nicht so forsch gegeben, doch das hier war ihre Hütte, hier war Kamryn die Herrin, und für ihr Geschäft war es essenziell, dass das jedem bewusst war. Eine Hexe, die nicht respektiert – und, ja, vielleicht sogar ein bisschen gefürchtet – wurde, konnte sich auch gleich einen anderen Lebensunterhalt suchen.

Una befeuchtete sich die Lippen mit ihrer Zungenspitze. Schöne Lippen waren das.

»Ihr seid gut mit Salben und Tinkturen«, sagte sie. »Ihr habt meinen Bruder geheilt, vorletzten Winter, als keiner sonst ihm helfen konnte.«

Kamryn nickte. So waren sie sich zum ersten Mal begegnet. Una hatte am Bett ihres Bruders gewacht, ihm mit feuchten Tüchern die Stirn gekühlt, und ihr war bereits damals aufgefallen, wie schön und gutherzig sie war.

Schnulzig, beschwerte sich Oisín. *Mir wird gleich schlecht.*

Kamryn strafte ihn mit Missachtung, spürte aber, dass ihre Ohren zu glühen begannen.

»Das ist richtig«, sagte sie schnell.

»Kennt Ihr Euch auch mit Zaubertränken aus?«

»Gewiss.«

Die Prinzessin senkte den Kopf und heftete den Blick auf ihren Becher.

»Aber das ist nur Tee«, versicherte Kamryn schnell.

»Das dachte ich mir schon.« Wie um zu beweisen, dass sie sich nicht fürchtete, trank sie davon.

»Es ist nur …«, fuhr sie dann fort, und offenbar fiel es ihr schwer, die richtigen Worte zu finden. »Ich benötige … Nun, mein Vater hat mich Kronprinz Massimo von Espanoal zur Braut versprochen.«

»Oh.« Kamryn wurde flau im Magen. Diese Information kam nicht gänzlich unerwartet. Jeder wusste, wie sehr der König an einem Bündnis mit den südlichen Nachbarn interessiert war. Und wie konnte man ein solches Bündnis besser besiegeln als mit Blutsbanden?

»Und jetzt benötigt Ihr einen Liebestrank?«, vermutete sie.

Das war einer der Zauber, der mit Abstand am häufigsten verlangt wurde. Für gewöhnlich ließ sie sich auf einen solchen Handel nicht ein.

Die Prinzessin nickte.

Kamryn brauchte einen Augenblick, um die Nachricht zu verdauen. Prinzessin Una sollte fortgehen? Das Land verlassen?

»Und Ihr wünscht, den Prinzen verliebt in Euch zu machen?«, fragte sie, nachdem es ihr gelungen war, sich zu sammeln.

Una blickte sie direkt an. Ihre Augen wirkten nun hart. »Könnt Ihr mir helfen?«

Kamryn zögerte.

»Ich bitte Euch, Kamryn. Ihr könnt mich nicht in eine lieblose Ehe gehen lassen.«

»Ihr seid wunderschön, Prinzessin Una«, begann die Hexe vorsichtig und spürte die Hitze ihren Hals hinaufsteigen. »Glaubt Ihr wirklich, dass Ihr einen Liebestrank braucht?«

Una verdrehte die Augen. »Ich bitte Euch. *Vielleicht* mag mein Äußeres dem Auge des Kronprinzen schmeicheln. Wir beide wissen jedoch, dass dies kein Garant für eine glückliche Ehe ist.«

»Wenn –«

»Der Liebestrank ist für mich«, unterbrach sie Una. »Ich will mich verlieben, versteht Ihr? Könnt Ihr mir helfen? Oder lasst Ihr mich in mein Unglück ziehen?«

Erbarmungslos musterte sie die Hexe, und diese musste sich zwingen, nicht von ihr wegzusehen.

»Ich kann einen Liebestrank brauen«, hörte sie sich selbst sagen. »Aber leicht ist es nicht und auch nicht billig.«

Was tust du da? Oisín klang angespannt.

Still!

Kamyrn …

»Was soll der Trank kosten?«, fragte die Prinzessin ungerührt.

Kamryn, drängte Oisín noch einmal. *Du kannst nicht …*

Doch sie hatte sich bereits entschieden.

»Drei Herzen«, sagte sie schnell, ehe sie es sich anders überlegen konnte. »Drei Herzen für den Trank, den Ihr verlangt.«

Das Blut wich aus dem Gesicht der Prinzessin. »Drei Herzen?«

Kamryns Mundwinkel zuckten. »Keine Menschenherzen«, versicherte sie. »Feenherzen.«

»Was?«

»Das ist der Name einer Pflanze, die auch im Schlossgarten wächst. Gewiss habt Ihr sie bereits gesehen. Sie besitzt tiefrote Blütenkelche, die Blätter selbst sind von einem silbrigen Grün und geformt wie Schwertklingen.«

Prinzessin Una nickte. »Ich weiß, welche Ihr meint. Sie werden gehütet wie Augäpfel.«

»Sie sind selten und sehr kostbar.«

Und sie besaßen magische Kräfte. Selbst für eine Prinzessin würde es nicht leicht sein, gleich drei von ihnen zu pflücken.

Una jedoch nickte. »Gut. Ihr sollt sie haben.«

Lass den Unsinn, mahnte Oisín seine Herrin und erhob sich von der Decke.

Die Prinzessin zuckte zusammen.

»Keine Angst«, sagte Kamryn schnell. Und zum Hund: *Leg dich wieder hin, du machst ihr Angst.*

Du machst mir Angst, widersprach er. *Wir brauen keine Liebestränke.*

Du musst es ja auch nicht tun. Ich erledige das.

Die Liebe ist nichts, mit dem man spielt. So etwas ging noch nie gut aus, Kamryn.

Sie beschloss, ihn zu ignorieren. »Ihr habt Zeit bis zum nächsten Vollmond«, teilte sie der Prinzessin mit.

Diese riss die Augen auf. »Das ist erst in zwei Zehnt-Tagen.«

Kamryn nickte. »Es dauert, bis ich die Zutaten für Euren Trank gesammelt habe. Es braucht auch Sternenkraut, und das kann nur in Neumondnächten geerntet werden. Ihr habt Glück, dass es sommers wie winters wächst. Und dann muss ich den Trank noch zubereiten und die Zauber weben.«

Prinzessin Una schluckte und nickte. Wie entschlossen

sie aussah. Sie wollte diesen Trank. Und Kamryn konnte sie doch nicht in eine lieblose Ehe entlassen.

Wir werden den Trank für sie brauen, teilte sie Oisín entschlossen mit. *Genug, dass er für zwei Menschen reicht. Wenn sie ihm davon in der Hochzeitsnacht zu trinken gibt …*

Hast du vergessen, was mit Tristan und Isolde geschehen ist?

Das ist nur ein Schauermärchen, das alte Hexen ihren Schülerinnen erzählen, um ihnen Angst einzujagen, widersprach Kamryn. Wie gern hätte sie jetzt genau dazu ihre alte Lehrmeisterin befragt, aber Ephenesza war schon lange tot.

»Kann ich helfen?«, fragte die Prinzessin leise. »Beim Kräutersammeln, meine ich? Und beim Zubereiten des Trankes.«

Kamryn hätte sofort Nein sagen sollen. Eine Hexe ließ sich nicht in den Kessel gucken. Aber es ging um Prinzessin Una. Um ihr Leben. Ihre Zukunft. Um das Glück dieser herzensguten, liebenswerten Frau.

Kamryn, protestierte Oisín erneut. Aber die Hexe konnte der Prinzessin diese Bitte nicht verwehren.

In den folgenden Nächten begleitete die Prinzessin Kamryn und Oisín in den Wald, wo sie in abgelegenen Laubhainen Holunderpilze und Alraunenwurzeln suchten. Sie half dabei, getrocknete Kräuter im Mörser zu zerreiben und Mondlicht mit einem Bergkristall einzufangen. In der Neumondnacht kam sie sogar mit ins Moor, um nach Sternenkraut zu suchen, obwohl ganze Berge frisch gefallenen Schnees die Pfade dort noch trügerischer machten.

Natürlich fragte Kamryn Una, wie es ihr so oft gelang, sich aus dem Schloss zu stehlen. Als sie erzählte, dass sie ihren Kammerzofen einen Schlaftrunk in den Abendwein schüttete und dann einen uralten Geheimgang nutzte, der bis kurz vor den Wald führte, schnalzte Kamryn mit der Zunge und überließ ihr einen Sud aus Traumwurz, Honig und den Blättern schwarzer Nelken. Er war stärker als der Schlaftrunk, den Una zuvor verwendet hatte, und gleichzeitig weniger gefährlich.

Oisín versuchte nicht, seine Herrin davon abzubringen. Das hatte er inzwischen aufgegeben. Außerdem brachte die Prinzessin ihm immer Leckereien aus der Schlossküche mit, und seit sie das tat und ihm nach dem Fressen zwischen den Ohren kraulte, konnte er ihr ebenso wenig etwas abschlagen wie Kamryn.

Auch der Hexe brachte sie kleine Geschenke: mal die mit Zimt bestreuten Küchlein, die es nur im Winter gab, mal einen Seidenschal, den sie selbst bestickt hatte. Dieses Geschenk bedeutete Kamryn am meisten, weil sie wusste, wie viele Stunden Arbeit Una in den Schal gesteckt haben musste. Immer, wenn sie ihn in die Hand nahm und ihre Wange damit streichelte, wurde ihr ganz warm ums Herz.

Und während die beiden Kräuter zerkleinerten und stechend duftende Schwaden dem Hexenkessel entstiegen, vertrauten sie sich immer mehr an.

»Weshalb hast du beschlossen, Hexe zu werden?«, fragte die Prinzessin Kamryn eines Tages, und diese erzählte ihr von ihrer Mutter, die von einer Hexe geheilt worden war, als keiner das mehr für möglich gehalten hatte, und von Ephenesza, die sie als Lehrling angenommen hatte, obwohl sie nicht dafür hatte bezahlen können.

Una erzählte Kamryn im Gegenzug davon, wie es sich wirklich für sie anfühlte, als Prinzessin aufzuwachsen, wie sehr sie ihre Heimat liebte und wie furchtbar sie den Gedanken hasste, sie zu verlassen.

Bei ihren Worten wurde Kamryn das Herz schwer. Sie beobachtete Una heimlich, wenn sie sich über den Kessel beugte oder ein Tongefäß zurück in den Schrank stellte, und wann immer sich die Hände der beiden zufällig berührten, begann ihre Haut heftig zu prickeln.

Bald schon konnte Kamryn es kaum erwarten, dass die Dunkelheit hereinbrach und Una durch den Schnee auf die Hütte zustapfte.

Es tat ihr gut, außer Oisín noch weitere Gesellschaft zu haben, während sie Zauber wob, denn eine Hexe zu sein, war ein einsames Geschäft. Ein bisschen fühlte es sich an, als habe Kamryn ihre Lehrmeisterin zurück.

Und gleichzeitig war es ganz anders.

Doch dann kam der Vollmond, und Kamryn wusste, dass sich diese Zeit dem Ende zuneigte.

»Morgen wird der Trank bereit sein«, teilte sie Una mit und gab sich Mühe, sich nicht anmerken zu lassen, wie traurig sie der Gedanke stimmte. Nach morgen würde sie die Prinzessin nicht wiedersehen. »Hast du die Feenherzen gepflückt?« Ihre Stimme klang ganz rau.

Una schüttelte den Kopf. »Noch nicht. Morgen werde ich sie haben.«

Kamryn nicke. »Komm eine Stunde vor Mitternacht. Dann wird der Trank bereit sein.«

Und wir werden uns vermutlich zum letzten Mal sehen.

Den ganzen Tag über war Kamryn missgelaunt. Bereits am Morgen verschüttete sie ihren Tee, beim Kochen ging ein Glasgefäß zu Bruch, und egal, was sie aß, es kam ihr vor, als würde es nach Asche schmecken.

Oisín ging ihr aus dem Weg. Vielleicht trauerte er auch. Er lag zusammengerollt unter dem Bett und ließ sich auch von dem Knochen nicht hervorlocken, den sie ihm vor die Schnauze hielt.

Am liebsten hätte Kamryn die Tür der Hütte verriegelt, sich unter den Bettdecken verkrochen und die Welt vergessen. Stattdessen blickte sie immer wieder durch das Fenster Richtung Schloss, bis Unas vertraute Gestalt durch den Schnee auf sie zustapfte.

Eine seltsame Nervosität nahm von Kamryn Besitz. Sie konnte es kaum erwarten, Una zu sehen. Gleichzeitig spürte sie die Enttäuschung und Trauer darüber, sie bald zu verlieren, wie einen dicken Kloß in ihrer Kehle. Die Kälte, die ihre Klauen immer tiefer in die Welt vor ihrem Hüttchen grub, schien auch in ihrem Inneren Einzug zu halten.

Das ist eure letzte Begegnung, ermahnte sie sich selbst. *Mach sie nicht kaputt, sondern nutz die Gelegenheit, noch einmal schöne Erinnerungen zu schaffen.*

Kamryn hatte darüber nachgedacht, ebenfalls nach Espanoal zu gehen. Aber wenn Kamryn ehrlich zu sich war, so liebte auch sie ihre Heimat. Und was hätte sie in der Fremde erwartet? Was wäre ihr anderes übrig geblieben, als Una aus der Ferne zu beobachten? Una, verliebt in ihren Gemahl dank des Trankes, den sie beide gebraut hatten…

Nein. So war es besser. Trotzdem wurden ihre Augen feucht, und sie ballte die Hände zu Fäusten.

Dreimal klopfte es an die Tür. Una.

Schnell strich Kamryn sich eine Haarsträhne aus dem Gesicht und öffnete.

Da stand sie. Wunderschön wie die Winternacht selbst. In der Hand hielt sie die Feenherzen. Ihre roten Blüten wirkten wie Blut vor dem weißen Schnee.

Aber es waren nur zwei.

»Drei hatten wir vereinbart«, sagte Kamryn gröber als beabsichtigt. Natürlich würde sie Una den Trank trotzdem überlassen.

»Drei«, antwortete Una sanft und trat in die Hütte. Sie legte die Feenblumen auf den Tisch. Kamryn wollte sich abwenden, um eine Vase zu holen, doch die Una griff nach ihrer Hand. Ein warmes Prickeln schoss ihren ganzen Arm hinauf bis in die Schulter.

Schweigend starrten sich die beiden an.

»Ich brauche den Trank nicht mehr, Kamryn«, sagte sie sanft.

Die Hexe blinzelte verwirrt. »Was?«

Der Schatten eines Lächelns huschte über Unas Gesicht, so schnell, dass Kamryn bereits daran zweifelte, es tatsächlich gesehen zu haben.

»Es ist zu spät«, fuhr die Prinzessin fort.

»Was meinst du?«

»Ich habe mich bereits verliebt.«

Kamryn öffnete den Mund, um etwas zu sagen. Sie meinte damit doch nicht etwa … sie wollte doch nicht sagen … Ein seltsamer Druck bildete sich hinter ihren Augen.

»Ich …«, krächzte Kamryn. Ihre Lippen begannen zu zittern, und der Druck hinter ihren Augen nahm zu.

»Ich will nicht gehen«, gestand Una ihr nun. »Nicht nach Espanoal und nicht weg von dir. Ich habe mit meinem Vater geredet.«

Mit dem König? Kamryns Beine wurden so schwach, dass sie sich setzen musste. Würde es für sie Ärger geben?

»Du musst dir keine Sorgen machen«, sagte Una schnell, die wohl erriet, in welche Richtung ihre Gedanken gewandert waren. »Mein Vater sagt zwar, er habe meine Mutter auch nicht gekannt, ehe sie geheiratet haben, und dennoch sei eine glückliche Ehe daraus geworden. Das hat er sich auch für mich gewünscht. Er sagt aber auch, wenn er weiß, dass seine Tochter *keinen* Mann wirklich lieben kann, dann will er sie nicht dazu zwingen. Auch nicht für das Wohl des Landes.«

Kamryns Herz begann zu flattern.

Una zog sich einen Stuhl heran und setzte sich neben sie. »Und er will nicht, dass ich einen Liebestrank nehme, um diese Ehe zu überstehen.«

»Aber … das Bündnis mit Espanoal?«

»Wir werden einen anderen Weg dafür finden, sagt Vater.«

Una griff nach ihrer Hand, und Kamryn spürte, wie ihr leichter ums Herz wurde.

»Für das Bündnis mit unseren Nachbarn braucht es keinen Liebestrank, sagt er. Mein Glück ist ihm wichtiger. Er hat sogar geholfen, die Feenherzen zu pflücken.«

Kamryn blickte auf die wunderschönen Blumen auf dem Tisch. Ihre Gedanken wirbelten ihr durch den Kopf, ohne sich richtig ordnen zu lassen.

»Nur zwei«, war alles, was sie stammeln konnte. »Es ist eine zu wenig. Es sind nur zwei.«

Unas Griff um ihre Hand wurde fester, und Kamryn blickte wieder zu ihr.

»Drei Herzen hast du verlangt«, sagte die Prinzessin ruhig und ernst. »Zwei liegen dort auf dem Tisch.«

Die freie Hand legte sie auf ihre Brust. »Das dritte Herz gehört dir bereits.«

Ha, hörte Kamryn Oisín in ihrem Kopf.

Sie achtete nicht darauf. Glück durchströmte sie, und sie spürte ihre Augen feucht werden.

»Und dir das meine«, sagte sie zu Una, ehe sie sich nach vorne beugte und sie küsste.

24

JANINE UKENA

Winterherz

Janine Ukena wurde 1995 geboren und lebt mit vielen Büchern und Pflanzen im Norden Deutschlands. Wenn sie nicht gerade am Schreiben ist, nutzt sie die Zeit, um zwischen den Seiten von Büchern zu verschwinden. Auf Instagram (@janineukena) postet sie regelmäßig Buchempfehlungen und Einblicke aus ihrem Alltag.

Es ist ein ganz gewöhnlicher Morgen im Dezember, als die Presse meiner Familie mal wieder den Krieg erklärt.

Der Winter hat über Nacht ganz Sylt mit einer dünnen Eisschicht überzogen, draußen fallen Schneeflocken vom Himmel, und ich bin neidisch. Neidisch, dass jede von ihnen einzigartig ist, und als sie an den Fensterscheiben unserer Küche schmelzen, stiehlt sich beinahe ein Lächeln auf meine Lippen. Aber auch nur beinahe.

»Ich habe nicht mitbekommen, dass da Fotos gemacht wurden«, versuche ich mich zu rechtfertigen.

»Das ist keine Entschuldigung«, entgegnen mein Vater und auch mein schlechtes Gewissen. »Mein Mitleid steht dir nicht, Laura. Du kannst also aufhören, dich darum zu bemühen.«

Für einen Samstagmorgen nach einer Party könnte ich mir etwas Besseres vorstellen, als mir seine Predigt anzuhören. »Ich will kein Mitleid, ich möchte Verständnis.« Gut möglich, dass ich etwas melodramatisch klinge, aber das ist eben mein Ding.

Es kostet meinen Vater nur einen Blick, und ich schrumpfe auf dem Hocker am Küchentresen in mich zusammen.

»Und ich möchte, dass meine Tochter auch nur einen Monat lang nicht negativ auffällt. Kannst du nicht ein Mal die Rolle übernehmen, die wir für dich vorgesehen haben? Ist es nicht langsam Zeit, es ruhiger angehen zu lassen?

Deine Zukunft sollte nicht nur aus Partys und irgendwelchen Typen bestehen, die Nasenpiercings und zerrissene Jeans tragen.«

Meine Hände umklammern die Kaffeetasse, und mein Schlafanzug aus Kaschmir fühlt sich plötzlich wie eine Zwangsjacke an. »Der Artikel tut mir leid«, sage ich jetzt eine Spur leiser.

»Es geht mir ums Geschäft. Unsere Kanzlei. Du weißt, wie wichtig der bevorstehende Ball für uns ist, oder?«

»Ich weiß.« Der Ball ist entscheidend für den Deal, den er abschließen will. Seit Wochen erzählt er davon.

»Ich habe bereits einen Begleiter für dich ausgewählt.«

Augenblicklich verschlucke ich mich am Kaffee. »Was?«

»Étienne Leclerc«, ergänzt mein Vater und steht auf. Er trägt bereits seinen Anzug und damit auch seine Professionalität.

»Der Sohn von Antoine Leclerc, diesem Autoherstellertypen?«

Eigentlich sollte es mich nicht überraschen. Es ist nicht das erste Mal, dass er Pläne für mich zu seinem Vorteil macht.

»Dieser Deal ist wichtig, Laura«, wiederholt er erneut.

»Ich verspreche, dass ich das mit der Presse wiedergutmache. Dabei wird mir Étienne aber nicht helfen. Glaub mir, eher das Gegenteil wäre der Fall.« Ich weiß, wie heftig dieser Typ in Paris auf den Partys eskaliert. Schließlich war ich erst vor wenigen Wochen dort. »Und ich habe selbst schon jemanden gefragt.« Eine Lüge. Mein Blick wandert zu der Zeitung, die auf dem Schoß meines Vaters liegt, genauer gesagt auf die Lokalseite, wo über ein Weihnachtsstück eines Kindergartens berichtet wird und auf der ich ein bekanntes Gesicht entdecke. Meine Zunge ist schneller als mein Verstand. »Henrik.«

Skeptisch blickt mein Vater mich an. »Wer?«

»Henrik Graffs«, ergänze ich. »Er war in meinem Jahrgang.«

»Der Kindergärtner?« Die Missbilligung in seiner Stimme ärgert mich.

Ich setze mein liebstes Lächeln auf, bevor ich sage: »Du wolltest doch ein Image mit mehr Bodenständigkeit für mich. Wer ist dafür besser geeignet als ein Begleiter, der nicht zur Sylter High Society gehört?«

Die Worte klingen nicht nach mir, auch wenn andere Menschen sie vielleicht von mir erwarten würden. Insgeheim verabscheue ich diese ganze Seifenblase, doch ich traue mich nicht, sie platzen zu lassen.

»Ich vertraue dir. Aber sieh zu, dass er einen vernünftigen Anzug trägt und uns an diesem Abend nicht bloßstellt.«

»Das wird er nicht«, verteidige ich ihn automatisch, obwohl ich es nicht wissen kann. Henriks Familie gehört nicht zu der sozialen Schicht, in der mein Vater sich aufhält … und mir ist bewusst, dass er alles verabscheut, was diese Welt ausmacht. Das war schon zur Schulzeit so.

Wie soll ich ihn nur dazu bewegen, mich zu begleiten? Ich hasse es, wenn der Morgen mit einer Aufgabe beginnt.

***

Als ich an der Tür des Kindergartens in Westerland läute, öffnet mir ein Mädchen und sieht mit großen Augen zu mir hoch. »Hi. Deine Haare sind schön!« Sie sagt das alles so schnell, dass es sich fast wie ein einziger Satz anhört.

»Danke«, gebe ich knapp zurück, weil mich Kinder schon immer überfordert haben. »Darf ich reinkommen?«

Das Mädchen nickt heftig. »Wir basteln gerade eine

Karte für den Weihnachtsmann. Ich wünsche mir ein Fahrrad, was wünschst du dir?«

»Das weiß ich noch gar nicht.«

»Aber Weihnachten ist doch schon bald«, sagt sie so empört, dass ich für eine Sekunde wirklich denke: *Fuck, ich muss mir was wünschen.*

Wir laufen am Eingangsbereich vorbei, an dem keiner sitzt. Arbeitet hier überhaupt jemand? Das Mädchen flitzt den Flur entlang. Sofort dringen mir laute Kinderstimmen ins Ohr, und ich würde am liebsten flüchten.

»Kann ich irgendwie helfen?«, ertönt eine tiefe Stimme, die mich sofort innehalten lässt. Henrik.

»Was machst du hier?«, fragt er sichtlich verwirrt. Das kann ich verstehen, ich bin es ja auch.

»Du bist mein Weihnachtswunsch«, sage ich, ohne nachzudenken.

Seine Miene verhärtet sich. »Bist du … betrunken?«

»Was? Nein. Ich … Können wir vielleicht kurz reden?«

Sein Blick wechselt von Verwirrung zu Skepsis. »Gerade ist es etwas schlecht, Laura. Ich arbeite.«

Also weiß er noch, wer ich bin. Das ist doch schon einmal ein Anfang, oder? Immerhin haben wir uns seit dem Abi nicht mehr gesehen. Einen Augenblick mustere ich ihn. Die braunen Haare sind etwas länger geworden, seine graublauen Augen sind immer noch wachsam. Henrik trägt eine schwarze Jeans und ein kariertes Hemd, das etwas verwaschen aussieht. An seinen Händen klebt bunte Farbe, was mich schmunzeln lässt.

»Mia, lässt du uns kurz alleine?«, wendet er sich jetzt an das Mädchen. Der Ton in seiner Stimme ist so sanft, dass ich verärgert bin. Warum kriege ich diese harte Stimme, und bin ich gerade eifersüchtig auf ein kleines Kind? Henrik geht in die Hocke, während er weiterspricht. »Mal doch schon mal die Karte fertig.« Dann dreht er sich zu mir, nickt nach rechts. »Lass uns in die Küche gehen.«

Die Küche besteht aus einer Küchenzeile und ist circa neun Quadratmeter groß. Ich umklammere meine Taille, als könnte ich mich so vor der Nähe und seinem Blick schützen. So verachtend sehen mich sonst nur meine Exfreunde oder mein Vater an. Was für eine gelungene Abwechslung.

Henrik räuspert sich, verschränkt dann die Arme vor der Brust. »Also, Prinzessin. Was willst du hier?«

Prinzessin. Der Spitzname lässt mich zusammenzucken.

»Ich … brauche deine Hilfe.«

»Was könnte jemand wie du von jemandem wie mir wollen?«

Beruhige dich, Laura. Du schaffst das. Einmal tief Luft holen, dann reißt du das Pflaster ab. »Warst du schon mal auf einem Ball?«

»Ich denke, dass du die Antwort darauf kennst.«

»Würdest du mich zum Weihnachtsball begleiten?«

Alles in seinem Gesicht gefriert. »Wie bitte?«

Ich seufze. »In zwei Tagen findet der Weihnachtsball der Familie Rose in Kampen statt, und es wäre toll, wenn du mich begleitest.«

»Ich verstehe nicht ganz.«

Bemüht gelassen erkläre ich ihm die Situation.

»Was steckt dahinter? Ne Wette, wer das größte Sozialprojekt mitbringt?«

»Nein, was …«, bringe ich hervor. Geschockt, dass er so was von mir denkt, aber … wie könnte ich es ihm verübeln? Die Lokalzeitung liebt es, über meine Familie herzuziehen, und man braucht nur meinen Namen in den sozialen Medien einzugeben, um herauszufinden, was ich gerade treibe. Den Spitznamen *Sylts It-Girl* trage ich seit der achten Klasse mit Stolz und Scham gleichermaßen. »Das war eine bescheuerte Idee. Tut mir leid, ich gehe.«

Doch ich bleibe wie angewurzelt stehen und lasse mich anstarren. Alles wie gehabt.

Henrik seufzt auf, fährt sich durch die Haare, und plötzlich wird seine Miene etwas weicher. »Wenn du meine Hilfe willst … dann hilf zuerst mir. Wir sind heute unterbesetzt, und ich muss noch ungefähr hundert Dinge mit den Kindern basteln, damit das Bühnenbild für die Weihnachtsaufführung fertig wird.«

Während er spricht, zucken seine Mundwinkel verdächtig, und ich weiß, dass er davon ausgeht, dass ich ablehne.

Wie immer, wenn man mich unterschätzt, gewinnt mein Ego.

***

Ich sitze an einem Tisch mit fünf Kindern und schneide Sterne aus. Ein Kind hat Glitzerkleber über meine Louboutins gekippt, meine Maniküre war umsonst, weil jetzt Fingerfarbe unter meinen Nägeln klebt, und seit ich hier bin, haben mich so viele Kinder angeniest, dass ich überlege, meinen Schal als Mundschutz zu verwenden. Aber ich lasse es.

Henrik beobachtet mich und wartet sichtlich darauf, dass ich den Rückzug antrete. Aber ich bleibe, bastle und lese aus Büchern vor, während mich große Kinderaugen niederstarren.

Aus mir unerklärlichen Gründen ertappe ich mich dabei bei einem Lächeln. Vielleicht färbt die Naivität der Kinder und wie sie die Welt sehen auf mich ab.

Henrik und ich reden kaum ein Wort, bis alle Kinder abgeholt werden und ich kleine Stühle auf kleine Tische stelle.

»War's das?« Sorgfältig räume ich die Bücher aus der Leseecke auf.

»Ich begleite dich zum Ball«, sagt er plötzlich. »Unter folgenden Voraussetzungen.«

Dann habe ich diese Prüfung also bestanden. Er mustert mich, und ich frage mich, was er wohl sieht. Eine verwöhnte Prinzessin, wie er mich nennt? Ein Mädchen, das nicht weiß, wohin es gehört? Beides ist irgendwie richtig.

»Du musst mich Antoine Leclerc vorstellen. Er wird da sein, oder? Letztes Jahr war er es jedenfalls, stand groß in der Presse.«

»Was habt ihr nur alle mit diesem Mann?«, seufze ich.

»Ich möchte, dass er dem Kindergarten Geld spendet. Ich weiß, dass er solche Einrichtungen unterstützt, ich brauche nur den Kontakt. Du könntest mir dabei helfen.«

»Dann haben wir einen Deal?«, frage ich hoffnungsvoll.

»Oh, das war nur die erste meiner Bedingungen.«

***

Ein gutes Wort bei Herrn Leclerc einlegen, Henrik zeigen, wie man Walzer tanzt und ihm ein Outfit besorgen, in dem er Eindruck schinden kann. Henriks Bedingungen hätten mich härter treffen können. Nachdem wir einen Anzug für ihn geholt haben, der hervorragend zu meinem Kleid passt, steht Henrik in unserem Hausflur und sieht absolut deplatziert aus.

»Unglaublich, dass du hier wohnst.«

»Wieso, hat euer Haus keinen Kronleuchter im Eingangsbereich?«, scherze ich, aber es prallt an Henrik ab.

So wie all meine Versuche, diese bescheuerte Situation irgendwie erträglicher zu machen.

»Gut, dass du wunderschön bist. Humor hast du nämlich eher weniger.«

Einen Augenblick verschlägt mir seine direkte Art die Sprache. »Hast du mir gerade gleichzeitig ein Kompliment gemacht und mich beleidigt?«

In Henriks Gesicht zeichnet sich ein Lächeln ab. Ein breites, das Grübchen links und rechts zum Vorschein bringt. »Immerhin hörst du mal richtig zu.«

Seit wir den Kindergarten verlassen haben, hat er diese überhebliche Art an sich. Es sollte mir nichts ausmachen, aber natürlich tut es das.

»Wer hat dich eigentlich so unglücklich gemacht?«

»Ich selbst«, sagt er achselzuckend. »Und ein wenig auch die Welt, in der wir leben.«

»Ja, das kann bedrückend sein.«

»Als hättest du Probleme«, erwidert er, und als hätte er realisiert, was er da gesagt hat, schiebt er ein leises »Sorry« hinterher.

»Schon klar, Henrik. Wer Geld hat, hat keine Probleme.«

»So war das nicht gemeint. Du wirkst nur einfach sorgenfrei.«

»Du kennst mich so gut wie gar nicht«, erwidere ich, und durchaus möglich, dass ich eingeschnappt klinge.

Sorgenfrei. Das letzte Wort, mit dem ich mich beschreiben würde, aber schön zu wissen, dass meine Maske überzeugt.

»Hey, es tut mir leid. Ich wollte nicht …«

»Zeit, dir das Tanzen beizubringen«, unterbreche ich ihn. Ich will seine geheuchelte Entschuldigung nicht hören. Nach dem Ball sehe ich ihn nie wieder. Wenn ich Glück habe, sehe ich bald diese ganze verdammte Insel nie wieder.

Als ich Musik anmache und mich zu Henrik umdrehe, ist mein erster Gedanke: *Was für eine bescheuerte Idee.* Er sieht sich in meinem Zimmer um, und plötzlich fühlt es sich viel zu intim an, dass er hier ist.

»Zuerst lernen wir die Grundschritte«, sage ich und trete näher an ihn heran.

Henrik nimmt nicht eine Sekunde den Blick von mir, was mein Herz ein wenig schneller schlagen lässt. »Du übernimmst die Führung, Prinzessin.«

Mit einem wortlosen Nicken platziere ich eine seiner Hände an meiner Taille, die andere ergreife ich, und sofort umschließen seine Finger meine.

»Ein einfacher Schritt nach vorne, seitwärts und dann zurück.« Zu meinen Worten bewege ich mich mit ihm gemeinsam durch den Raum.

Henrik lernt schnell, auch wenn er den Blick nicht von unseren Füßen abwendet. Unerwarteterweise fühle ich mich mit jeder Minute, die vergeht, wohler in seiner Gegenwart.

»Meinst du, ich werde auf dem Ball auffallen?«

»Natürlich«, gebe ich zurück. »Aber das ist etwas Gutes.«

Einige Sekunden schauen wir uns an, doch wir hören nicht auf zu tanzen. Bei der nächsten Drehung zieht Henrik mich näher, sodass mein Kopf plötzlich an seiner Brust ruht.

Ein neues Lied setzt an, und ich hoffe, die Playlist endet nicht so schnell.

Henrik wirft einen Blick von mir zu meiner Zimmertür. »Sind wir eigentlich alleine hier?«

»Warum? Hast du etwa unanständige Gedanken?«

»Ich will dich nicht in Verlegenheit bringen, Prinzessin.«

»Das schaffst du nicht, glaub mir.« Mein Blick fordert

ihn heraus, und zu meiner Überraschung senkt er seine Stirn an meine.

»Wir könnten auch was anderes machen, um uns näherzukommen. Ich kann mir gut vorstellen, wie mein Name als Echo von diesen Wänden hallt, wenn du ihn schreist.«

Hitze steigt in meine Wangen. Seine Worte bringen mich so aus dem Konzept, dass ich ihm auf die Füße trete. Ich sollte ihn wegschubsen, aber ich bin so perplex, dass ich einfach nichts mache.

»Das war ein Scherz, hör auf, mich so anzustarren.«

»Du bist echt …« Demonstrativ streiche ich mit beiden Händen über den Kragen seines Hemdes.

»Ja?« Jetzt hören wir auf zu tanzen, und seine Finger wandern von meiner Taille meinen Rücken auf und ab.

»… nicht mein Typ«, beende ich den Satz und lächle.

»Dafür hast du mich aber verdächtig lange angeschaut.«

»Bilde dir nichts ein. Wir passen sowieso nicht zueinander.« Henrik weicht einen Schritt zurück, als hätten meine Worte den Schleier zwischen uns entfernt.

»Die Prinzessin und der Kindergärtner. Das klingt nicht nach einem Happy End, oder?«

»Das klingt, als wären wir aus einem Barbiefilm entsprungen.«

Für einen Augenblick sagt keiner von uns beiden etwas. Wie intensiv können schon ein paar Stunden mit jemandem sein, den man so lange nicht gesehen hat? Absoluter Quatsch, dass mein Herz gerade so wild klopft.

»Ich sollte jetzt gehen«, durchbricht Henrik die Stille.

Wortlos nicke ich, begleite ihn bis zur Tür. »Wir sehen uns beim Ball.«

***

Henrik und ich finden uns in einem Meer aus Kleidern, Jazzmusik und Champagner wieder. Gemeinsam laufen wir durch die Menge, und ich komme nicht drum rum zu bemerken, wie gut Henrik in seinem Anzug aussieht.

»Siehst du ihn irgendwo?«, fragt er hoffnungsvoll und lässt seinen Blick über die Menge wandern.

»Ich besorge dir das Gespräch, keine Sorge.«

Vor der Tür sind wir unseren Plan durchgegangen. Irgendwie hat mir das geholfen, ein wenig Distanz aufzubauen. Ich muss mich um mein Image kümmern, sollte Verlässlichkeit und Stabilität ausstrahlen. Er ist hier, um an Spenden zu kommen.

»Ich mache mir eher Sorgen darum, dass dein Vater dich enterbt, wenn er mich sieht.«

Eine Kellnerin bringt uns Champagner, und während wir uns weiter den Weg durch die Menge bahnen, habe ich ihn bereits ausgetrunken.

»Er weiß, dass du mich begleitest, und war ganz begeistert.«

»Du lügst«, lacht er.

»Guuuut«, gebe ich zu. »Aber enterben tut er mich nur, wenn wir eine Show abziehen. Das steht also nicht zur Debatte.«

»Dabei wollte ich dich so leidenschaftlich küssen, dass sie uns des Balls verweisen.«

»So ein Mist aber auch«, entgegne ich und lache verlegen.

Henrik stellt unsere Gläser auf einem Stehtisch ab und hält mir die Hand hin. »Lust zu tanzen, Prinzessin?«

Automatisch nicke ich und lasse mich von ihm auf die Tanzfläche führen. Er verbeugt sich, ich mache einen Knicks. Weil wir bei *Barbie* sind. Weil das hier einfach ein Film sein muss, denn alles fühlt sich danach an. Henriks

Hand in meiner, unsere Berührungen und die Art, wie wir uns tanzend durch den Raum bewegen. Unglaublich, dass er das Tanzen gerade erst gelernt hat. Er ist ein Naturtalent. Für einen Augenblick gibt es nur ihn und mich. Doch als der Song endet, entdecke ich Antoine an einem der Tische.

»Hey, komm mit.« Ich ergreife seine Hand. Wir durchqueren das Meer aus Abendkleidern und Nadelstreifenanzügen, und bevor wir überhaupt am Tisch sind, kommt Antoine schon auf uns zu.

»Laura, meine Liebe, du siehst wundervoll aus«, begrüßt er mich. »Mein Sohn sucht bereits nach dir. Er will sicherlich mit dir tanzen.«

»Dann sollte ich ihn mal finden.« *Oder mich in einem Schrank verstecken.* »Antoine, kennst du schon meinen Begleiter? Henrik Graffs leitet einen Kindergarten in Westerland.«

»Freut mich, Sie kennenzulernen, Herr Leclerc.« Die beiden Männer schütteln sich die Hand. »Ich würde gerne mit Ihnen über ein Angebot sprechen.«

Mein Zeichen, zu gehen. Meine hohen Schuhe tragen mich über das Parkett, an den Rand der Tanzfläche, während ich Henrik und Antoine im Blick behalte. Sie unterhalten sich angeregt, und ich bemerke Papa erst, als er direkt vor mir steht.

»Du magst ihn«, stellt er fest, als er meinem Blick folgt. Keine Begrüßung, aber auch kein Vorwurf.

»Wie kommst du darauf?«, frage ich und verdränge die Wahrheit. Mein Herz war so lange eingefroren, immun gegenüber der Liebe. Doch dieser Mann bringt tatsächlich etwas Wärme in mein Winterherz.

»Du lächelst, wenn du ihn ansiehst.«

»Ich lächle immer.« Das habe ich mir schließlich hart antrainiert.

»Nicht so, Laura. So habe ich dich lange nicht mehr lächeln sehen.«

»Ich kenne ihn doch kaum.«

»Sei bitte vorsichtig. Ihr kommt aus zwei verschiedenen Welten. Das würde nicht funktionieren.«

»Wach auf, Papa. So etwas wie verschiedene Welten gibt es nicht. Manchmal geht es nicht nur um Geld und Prestige, manchmal geht es auch um ein gutes Herz.«

Keine Ahnung, ob Henrik das hat. Ich kenne ihn kaum, aber vielleicht möchte ich das ändern. Die Seifenblase, in der ich mich befinde? Sie ist gefährlich nahe dran, zu platzen. Als Henrik mit einem Grinsen auf mich zukommt, macht es mir fast nichts mehr aus.

»Er will direkt nach Weihnachten vorbeikommen«, sagt er sofort, als wir uns gegenüberstehen, und erzählt mir alles.

»Das ist doch super.« Die Freude in meiner Stimme ist aufrichtig, doch gleichzeitig will ich nicht, dass unser Deal schon endet. »Dann hast du, was du wolltest, oder?«

»Nicht ganz. Aber vielleicht … Wollen wir kurz raus? Da gibt es noch etwas, was ich tun möchte.«

Wortlos nicke ich. Gemeinsam holen wir unsere Jacken, und dann begrüßt uns kalte Dezemberluft.

»Weißt du, dein Ruf könnte noch wesentlich besser werden, wenn wir uns öfter sehen.« Er hält mir seine Hand hin, als würde er mich zum Tanzen auffordern. Doch als ich sie ergreife, zieht er mich bloß näher.

»Eventuell könnte ich mich darauf einlassen.«

»Das wäre vielleicht mein Weihnachtswunsch«, sagt er jetzt, und seine Knöchel streifen sanft über meine Wange.

Mein Blick trifft seinen, und sein Lächeln wird breiter, als ich meine Arme um seinen Hals lege. Er wirbelt mich herum, während Schneeflocken von Himmel fallen, und als er mich endlich küsst, denke ich: *Vielleicht bin ich doch nicht neidisch auf die Schneeflocken,* denn ich schmelze unter seinen Küssen ebenfalls.